中国古典诗词

名家菁华赏析丛书

晏殊　晏几道词赏析

王建忠　主编

商务印书馆国际有限公司

中国·北京

图书在版编目（CIP）数据

晏殊 晏几道词赏析 / 王建忠主编 . — 北京 ： 商务印书馆国际有限公司 , 2022.8
（中国古典诗词名家菁华赏析丛书）
ISBN 978-7-5176-0926-1

Ⅰ . ①晏… Ⅱ . ①王… Ⅲ . ①晏殊（991–1055）—宋词—诗歌欣赏②晏几道（1038–1110）—宋词—诗歌欣赏
Ⅳ . ① I207.23

中国版本图书馆 CIP 数据核字（2022）第 138079 号

YANSHU YANJIDAO CI SHANGXI
晏殊 晏几道词赏析

主　　编 王建忠
出版发行 商务印书馆国际有限公司
地　　址 北京市朝阳区吉庆里 14 号楼
佳汇国际中心 A 座 12 层
邮　　编 100020
电　　话 010-65592876（编校部）
010-65598498（市场营销部）
网　　址 www.cpi1993.com
印　　刷 三河市紫恒印装有限公司
开　　本 710mm × 1000mm 1/16
字　　数 260 千字
印　　张 15
版　　次 2022 年 8 月第 1 版第 1 次印刷
书　　号 ISBN 978-7-5176-0926-1
定　　价 39.80 元

总　目

说　明

一、本书选收晏殊词32首，晏几道词44首，共76首。

二、所收词以《全宋词》《珠玉词》《小山词》等权威版本为底本，同时参考其他版本。

三、本书先收录晏殊词，再收录晏几道词，分别在第一首词之前给出作者简介。

四、词原文后列有对一些难解字词、生僻字、历史词、方言词、古地名、出典、重要事件等的注释。

五、每首词都设有题解，内容包括词类型、写作背景（或人物关系）、思想内容以及其他需要交代的内容等。

六、每首词都有赏析，主要阐述词所蕴含的文学性和思想性，对于比较难懂的词，一般有逐句翻译式的串讲，有名句的，大都予以点出。

七、本书使用简化字和现代汉语标点，可能有歧义时，酌用繁体字或异体字。

八、行文中涉及的年份，一般用旧纪年，在其后括注公元纪年，“年”字从略。

九、行文中如涉及与今地名不一致的旧地名时，在旧地名后括注今地名或其归属地。

前　言

父子文学家在中外文学史上都是一个颇为奇特而极富魅力的文学现象（如法国的大仲马和小仲马）。宋代的两位大词人晏殊和他的儿子晏几道便是其中之一。他们父子二人以善作艳词著称，主题多为表现歌舞升平，描写春恨秋愁、男欢女爱、羁旅忧思、离愁别恨，风格婉丽。世称晏殊为“大晏”，晏几道为“小晏”，亦将二人合称“二晏”。“二晏”之词集名分别为《珠玉词》和《小山词》，合称《二晏词》。“二晏”不仅在两宋名震一时，而且在整个中国词史上也具有承前启后之重要地位：“二晏”上承“三曹”（汉魏间大诗人曹操与其子曹丕、曹植之合称，因其政治地位显赫，文学成就突出，遂为当时文坛领袖，并集中体现了“建安风骨”特点之代表作家），下启“三苏”（同列“唐宋八大家”的苏洵与其子苏轼、苏辙之合称）。名列宋初“三大词人”之首的“大晏”（另两位是柳永和张先），甚至被后世学者推为北宋倚声家之初祖。有论者认为“小晏”之词作成就在“大晏”之上。总之，“二晏”是中国历史上有名的父子文学家。“二晏”词作成就卓著，以出色之创作实绩和辉煌之创作成就，先后对北宋词坛之繁荣作出了重大贡献，是当时最重要、最具实力、最具影响力的大词人。

首先，“二晏”之词作，打上了时代及个人一生际遇之烙印，体现了词人极真实、极诚挚、极深刻之人生体验。

“大晏”少有才名，七岁能文，年方十四便以神童召试［宋真宗景德二年（1005）］，与进士千余人同场比拼。“殊神气不慑，援笔立成”（《宋史·晏殊传》），脱颖而出，深得皇帝赞赏，赐同进士出身。仕真宗、仁宗两朝，官至宰相。其官场生涯虽屡有波折（曾三次遭到降谪外贬），但一生仕途还算顺遂。他长期跻身上层，贵为高官，朝廷内之派别争斗、政治上之风雨阴晴，使他对官场之上的尔虞我诈、相互倾轧，深有感触。在他看似窥透官场“利名场”之“今古梦”（《喜迁莺》）的豁达、洒脱之中，难以掩饰其身处污秽官场之内心的无奈与痛苦，反映了词人与笔下之词一般的圆润、理智的人生态度和哲学追求。同时，有“宰相词人”之誉的“大晏”，性格刚健，虽则几乎日日沉浸于诗酒人生之中，但始终坚守着对人生之审慎的理性态度。故而歌乐相佐之宴饮生活，不仅未能消磨掉词人之精神和意志，反而令他由繁华思虑到应有之消歇。在其代表作《浣溪沙（一向年光有限身）》之中，词人以极小之篇幅，表达了对萦绕于自己脑际之人生的有限与无限、离散与聚合等重大问题之看法，表达了人生有限、不可沉溺于离情别绪之中，而应及时行乐之豁达思想，蕴含着丰富的人生哲理。在采用超前之“蒙太奇”（镜头组接）手法、全词由六个“特写镜头”组接而成的《浣溪沙（阆苑瑶台风露秋）》一词中，词人表达出对处于社会下层的歌女的深挚追思和深切同情之意，表现出极为真切的人生体验和感受。同时，更巧妙地寄托了词人颇不遂心适怀的官场失意之忧。

此外，值得一提的是，享有“太平宰相”之誉的“大晏”，经常流连舞榭歌台、宴席酒会之上，有机会接触到地位低下、处于社会底层之歌儿舞女。他便以关注、同情之笔触，写下了不少抒写社会底层女性喜怒哀乐、悲欢离合之词。这对一个封建官僚来说，亦是难能可贵的。

由此可见，“大晏”之词颇为突出地表现出人民性和进步性之特点。当然，不可否认，“二晏”词作中，亦有一些消极颓废之作。

“小晏”本是赋性天真而又风流的贵公子。年轻时，酒宴歌席，良辰佳节，有过很多欢娱的朝朝暮暮，有过一段友朋长聚、诗酒人生之快乐时光。亦有几位歌女伴其左右，生活优渥而舒心、甜美。然而，词人十七岁时父亲“大晏”去世，家道中落，生活陷于窘困之中，曾经的红颜知己相继离散，他亦“陆沉于下位”（宋·黄庭坚《小山词序》）。如此遭际，令词人对人情冷暖、世态炎凉、悲欢离合等种种人间悲喜情仇有了更为深刻之人生体验；那曾经天真无邪之心肠，不免时时蒙受悲哀、伤愁和痛苦，亦让他品尝到惆怅、凄楚、酸辛、苦悲等万千人生滋味。尤其“大晏”之离世，使“小晏”失去了获得丰厚物质财富和精神享受的来源和资本，却使他得到了词之创作的意外精神财富。他是一个“痴情”的词人：“仕宦连蹇，而不能一傍贵人之门，是一痴也；论文自有体，不肯一作新进士语，此又一痴也；费资千百万，家人寒饥，而面有孺子之色，此又一痴也；人百负之而不恨，已信人终不疑其欺己，此又一痴也。”（宋·黄庭坚《小山词序》）他这种单向付出之“痴”，其实是一种执着，亦是一种发泄。作为重情重义的词人，要想自我解脱自然绝非易事，他只能将这种辛酸、苦痛、无奈、无助和困惑等深刻之感触融于笔下的词作之中，借助多样的甚至极富创造性的艺术手段，以“艳而不淫”之“艳词”的形式，表达出“留春不住，恰似年光无味处”（《减字木兰花》）、“今宵剩把银釭照，犹恐相逢是梦中”（《鹧鸪天》）、“可怜人意，薄于云水”（《少年游》）、“衣上酒痕诗里字，点点行行，总是凄凉意”（《蝶恋花》）、“欲将沉醉换悲凉，清歌莫断肠”（《阮郎归》）、“断肠多处，不与者番同”（《少年游》）等种种难以述尽之世感人情和人生况味。在词作中，“小晏”似乎完全忘记了自己世家公子之身份，始终以完全平等的心态去和那些身份低下的歌儿舞女交流。因为她们是真实的，是词人现实中的朋友。但同时她们又是虚幻的，因为在她们身上，寄托的甚至是词人所有的希望和理想。“小晏”艳词之最大亮点，就是词人在“丰艳词”的外壳之中，包藏着一颗敢于亮出心中之丑，勇于解剖自己的弃旧图新、不断上进、有所作为之心。

其次，“二晏”之词作，亦呈现出极富特色、极有魅力之艺术追求。

有“宰相词人”之誉称的“大晏”，继承且吸收了以温庭筠、皇甫松、韦庄、薛昭蕴等十八家五代西蜀之“花间词派”和李璟、李煜、冯延巳南唐君相为代表的“南唐词派”之词风，开创了北宋婉约词之词风，是北宋专工令词且以词名世之第一人，亦是最早步入宋词领域之作家，堪称北宋初期词家之祖。

“大晏”之词题材大多较为传统，虽则有一些吟咏春花秋月之闲愁的安逸闲适的消遣之作，但其词总的说来，语言清丽，声调谐美，情趣娴雅，怀抱旷达。尤其是写艳词而不佻巧，言富贵而不鄙俗，写景状物特重其内在之精神，常能赋予笔下之自然景物以生命，亦能将理性之思致，融入叙事、状物及抒情之中。在伤春怨别的情绪之内，常能融入理性之反省和操持；在柔情敏感之中，又透露出一种旷达不羁之理性观照，就是平平常常、司空见惯之花草树木，亦能生发出独特且引人深思之感慨。其脍炙人口之代表作《浣溪沙（一曲新词酒一杯）》，既有“夕阳西下几时回”之对赏心乐事的留恋，对美好时光逝去难回的今日不再之惆怅、惋惜，对美好事物去之而难以原样重现之叹惋和无法阻止光阴流逝、人入老境之无奈；又有在“无可奈何花落去，似曾相识燕归来”之慨叹中感悟出珍惜拥有、珍惜当下、惜时如金之新意，亦有面对新春新景、日新月异气象而欣喜的有所作为、有所进取之意旨。可以说，融入了“大晏”对人生、社会乃至自然宇宙极有见地之思考。

“大晏”又善于以娴雅从容之笔，以眼前所见之情景，信手入词，毫不雕饰而自见天趣，形成了开一代词风的以娴雅风格和富贵气象为特征的富贵词。其典范之作《浣溪沙（小阁重帘有燕过）》，打破了传统词作上、下阕之界限和限制，善以匠心独具之布局和妙以细节描写及暗示、互文、反衬、动静结合、情景交融和卒章显志等多种艺术手法，表现出衣食无忧之富贵者的美景已逝、盛景不再和时光难留之淡淡闲愁。

“小晏”之词，大多是以直笔朴语不事雕饰、不加掩饰地娓娓道来，收到“情溢词外”（清·陈廷焯《白雨斋词话》）、真情自然流露的艺术效果。亦有“哀而不伤，怨而不怒”的极有特色之词。如其具有标志性之情思深沉的代表作之一的《阮郎归（天边金掌露成霜）》一词，词人以真诚、直率之笔，真实而真切地表达了“慕冥伤涸两踌躕”（晏殊《观画目送飞雁手提白鱼》）之极遭压制而心犹不甘之情怀，成就了“含不尽之意”的“沉着厚重”（清·况周颐《惠风词话》卷二）之名作，使其词由真率而逐渐走向深沉。又如着力描写思妇之心态与感受、抒发郁积于心之痛苦之情的代表作之一的《清商怨（庭花香信尚浅）》一词，全词时时有照应，处处设伏笔，充分体现出“小晏”之词词情婉丽之风格特征和精雕细琢的艺术追求，达到了“淡语皆有味，浅语皆有致”（清·冯煦《宋六十一家词选·例言》）之美学佳境。更有独出心裁、别具一格之词。如“小晏”首创词牌的《思远人（红叶黄花秋意晚）》一词，语言清丽，用笔婉曲，意味深厚；字字蕴意，句句含情。全词以“寄书”二字生发开来，以和泪研墨、泪滴红笺之情愈悲而泪益多之细节，尤其是词末之“渐写到别来，此情深处，红笺为无色”三句，以存至理至情于看似极无理之奇思妙想之中的夸饰手法所构成的细节，不说抒情主人公心中之悲哀伤痛，而言“红笺”亦为之变颜变色，确为“慧心妙语”（唐圭璋《唐宋词简释》）。

总而言之，“二晏”承前启后，开创未来，为词之发展尤其是令词之发展作出了无人可及之重大贡献，使令词之技法趋于完善，将令词之创作推向了一个前所未有的新高峰，从而为词之发展作出了不可磨灭的突出贡献。特别是其机杼独出之佳构妙词，为词之发展尤其宋词之发展开辟了极为广阔的道路，成为千百年来词家、学者及广大诗词爱好者竞相学习、效仿之楷模，至今仍然深受广大读者的青睐与推崇。

鉴于以上，我们特此编写了本书。本书有以下几个显著特点：一是选取的典型性。我们分别从《珠玉词》和《小山词》中选取了三十二首和四十四首，这七十六首词皆是久经历史检验的、极有代表性的脍炙人口的佳作。其中亦有一些大多读者颇为陌生但思想性、艺术性皆为上乘的词作。二是体例的新颖性。每首词由原作、注释、题解和赏析四大部分组成，读之不仅能领悟所选词的思想内容和艺术特色，而且对写作之背景及词人之思想状况等多个方面亦能有较为全面的了解。三是赏析的深刻性。本书赏析皆紧扣原作，语言精美，准确、生动、形象之中又不乏诙谐、幽默；见解独到，富有创新，旁征博引、睿智洞见之中又不乏厚重、犀利。尤其是其他典籍或文章中回避或解释不清或有意滑过的问题，在本书中皆有明确的解释、观点或看法，且合情合理，令人信服。此外，本书不仅内容充实，分析有理有据，写法灵活多样，打破了传统之单一的赏析形式，颇能引起读者之兴趣，其中多篇有独到见解，令人耳目一新，而且还具有时代特征，极易为广大读者，尤其是青少年朋友所接受。

由于时间、水平所限，本书纰漏在所难免，恳请广大读者尤其方家批评指正。

目　录

晏　殊

晏殊（991—1055），字同叔，临川（今江西南昌）人。北宋词人。七岁能属文，宋真宗景德初，以神童召试，赐同进士出身。官知制诰、翰林学士等。宋仁宗庆历中，拜集贤殿学士、同平章事（宰相）兼枢密使。卒赠司空兼侍中，谥“元献”，故世称“晏元献”。性喜宾客，好诗酒，尤能荐拔人才，范仲淹、欧阳修等人均出自其门下。词擅长小令，工于造语，多以男欢女悦、离情别绪为内容，反映富贵闲人的生活情趣，风格娴雅清婉，颇受南唐冯延巳的影响。与其子晏几道，被称为“大晏”和“小晏”，合称“二晏”。今存《珠玉词》及清人所辑《晏元献遗文》。

浣溪沙①（一曲新词酒一杯）

一曲新词酒一杯②，去年天气旧亭台③。夕阳西下几时回④？　无可奈何花落去⑤，似曾相识燕归来⑥。小园香径独徘徊⑦。

注　释

① 浣溪沙：词牌名。原是唐教坊曲名。另作“浣溪纱”，又名“小庭花”。

② 一曲新词酒一杯：此句化用唐代“诗魔”白居易“花枝缺处青楼开，艳歌一曲酒一杯”（《长安道》）之诗意。一曲，即一首。新词，指刚刚填好的词。

③ 去年天气旧亭台：这一句是说天气、亭台皆与去年一样。此句化用唐代郑谷《和知己秋日伤怀》诗句“流水歌声共不回，去年天气旧亭台”之诗意。旧亭台，曾经到过的或熟悉的楼阁亭台。这一句重在说明天时景物虽与去年相同，但人事已经改变。

④ 夕阳：即落日。西下：指太阳向西方地平线落下。几时回：什么时候回来。

⑤ 无可奈何：即迫不得已，毫无办法可想。奈何，如何，怎么办。

⑥ 似曾相识：即好像认识或曾经见过。这里形容对人或事既觉得眼熟又不能确定相识之状态。似，好像。曾，曾经。识，认识。燕归来：指燕子从南方回来。此乃春天常见之景。

⑦ 小园香径：这里指弥漫花草芳香的小路，也可指落花满地而有馨香之气的小路。独：即独自。徘徊：这里指来回地走，意即留恋难舍。

题 解

这是晏殊最为人称道、脍炙人口的词之代表作。晏殊通过伤春惜时、感离怀旧，将诸多说不清、道不明的人生哀怨蕴于词中。本词语言自然清丽，晓畅浅显，蕴意深厚。明为怀人，而通篇不着一字怀人之语，巧于以景衬情，余味隽永。尤其是词人对宇宙人生之思考，确有启人心智、开阔胸怀、畅开眼界之功效，给人以充满哲理和美的艺术享受。“无可奈何花落去，似曾相识燕归来”二句，对仗天成，十分工丽，妙手偶得，“情致缠绵，音调谐婉”（清·张宗橚《词林纪事》卷三），是“极炼如不炼”之“触著”之句（清·刘熙载《艺概·词曲概》），乃千古之名句。清代王士禛认为此二句“定非香奁诗”（《花草蒙拾》）。有人甚至认为，从这二句之中，可见出诗词、词曲之分界。

赏 析

词之上阕，以忆昔为重。

词人起笔二句，没有陈词套语，直写听歌对酒之场景：“一曲新词酒一杯，去年天气旧亭台。”“我”一边喝着美酒，一边作着新词，面对着的是和去年一样的天气，仍然是去年那个亭台。乍一落墨，“一曲酒一杯”（唐·白居易《长安道》之诗意）。下句化用唐代词人、曾被同代诗人齐己尊为“一字师”的郑谷“流水歌声共不回，去年天气旧亭台”（《和知己秋日伤怀》）之诗意，十分巧妙而自然，且赋予新意，为我所用，更为通俗、畅达。语意明了，朗朗上口，把词人内心轻松、愉悦之情感表达出来。由此，我们亦可推想出安享尊荣而崇文尚雅之“太平宰相”的安闲潇洒之仪态，就如同处在那“远村秋色如画，红树间疏黄”（晏殊《诉衷情》）之美景中一样心情舒畅。上、下句一“新”一“旧”，看似对比，实则说明词人如此以歌侑酒已习以为常，竟然连“天气”“亭台”亦无二致。上阕之末句，词人又转写眼前之景：“夕阳西下几时回？”夕阳又西下了，何时才能回转呢？这一句，词人由景而生情，蕴含着极为深沉的感慨及理性的思考：既有对眼前赏心乐事之留恋，对美好时光流逝难回、今日不再之惋惜和怅惘，又有对美好物事难以原样重现之叹惋，更有无法阻止光阴逝去、岁月如流和人入老境之无奈，将一种“夕阳无限好，只是近黄昏”（唐·李商隐《乐游原》）之惆怅、感慨之意融入其中，显然有一种珍惜眼前景、眼前人事，不让人生虚度的积极有为、乐于进取的思考蕴含其中。

词之下阕，则以伤今为主。

换头二句，紧承上阕之“夕阳西下”，而联系到眼前之景色、景物，生发词人心中之感触：“无可奈何花落去，似曾相识燕归来。”花开花落，是无可奈何之事；燕去燕来，似乎是我之老相识。词人面对眼前之春景，生发了颇为深刻之思考：有“花开又花落，时节暗中迁”（唐·杜牧《惜春》）的时光流逝难以阻止之慨叹，又有“花开花落留胜赏，春来春去感流年”（宋·张洎《暮春月内署书阁前海棠花盛开率尔七言八韵寄长卿谏议》。流年：年华像流水一样易逝）的珍惜眼前、珍惜拥有、惜时如金之感悟，更有“燕子归来新社，梨花落后清明”（晏殊《破阵子》。新社：社日是祭社神即土地神的日子，有春秋两社，在春分前后的戊日）的事物变化、日新月异之欣喜。可见，词人以对仗工巧、奇偶相间、声韵谐美的两句，融入了他对人生、社会乃至自然宇宙的极有见地的思考，将慨叹、感悟及欣喜等多种情感融汇其中，有了极为深广之意义。这亦是词人人生经历、人生体验和人生遭际的理性思考和总结，故而成为千古绝句，当是必然。

词末一句，词人以描写独步“小园”作结：“小园香径独徘徊。”“我”独自在那有着花香之气的小路上徘徊、沉思。那么，词人到底沉思什么呢？这就是上文所涉及的内容，有淡淡的哀愁，亦有淡淡的喜悦。这首词在写作上具有两个显著特点：一是语言精美。全词用语浅白、流畅而不失清丽，看似无意而成，实则具有深厚的炼字之功。不再赘述千古名句用语之美，单说其他，亦别具特色：比如词首一句，“一曲”“一杯”，既有边吟边喝之意，又有一曲一杯之意，或一曲数杯或数曲数杯之意，等等；词中着一“回”字，明明不能“回”（因为明日之“夕阳”已非今日之“夕阳”），却硬要问“几时回”，个中词意，令人玩味；词末用一“独”字，既说人“独”，亦说心“独”，更有那些难以说出之“独”。这亦就是该词的第二个特点：词意隽永有深味。不再赘述。

浣溪沙（一向年光有限身）

一向年光有限身①，等闲离别易销魂②。酒筵歌席莫辞频③。　满目山河空念远，落花风雨更伤春。不如怜取眼前人④。

注　释

① 一向：即一晌，片刻，一会儿。形容时光短暂。年光：即时光、春光。有限身：即有限的生命。

② 等闲：即平常、随便、无端，无缘无故。销魂：神思茫然，形容悲伤愁苦的情况。

③ 莫辞频：即不要因为频繁而推辞。频，频繁，次数多。

④ 怜取眼前人：化用唐元稹《会真记》中崔莺莺的诗："还将旧来意，怜取眼前人。"怜取，即爱着。怜，怜爱、珍惜。取，语气助词，相当于"着"。

题　解

及时行乐，是宋代文人士大夫的主流思想。这种思想，乃是源自对人生有限的理性认识。故而，尽管他们表面流连歌酒，其实难掩内心之沉痛伤感。这首词正是这样。词人慨叹人生有限，抒写离情别绪。在不多的篇幅之中，融入深沉的伤别之感，所表现的实则是及时行乐的思想。但"满目山河""落花风雨"等句甚有气象，抒写伤春念远之情，语意颇为含蓄，极有分寸，笔意尤其婉曲。词人只从景物之变易和主人公细微的感觉着笔，而不正面写情，读之令人品味到句句寓情、字字含愁之佳妙。

这首词是晏殊的代表作之一，是词人在一次宴会之后所写。词人性格刚健，虽则几乎日日沉浸在诗酒生活之中，但始终坚守着对人生审慎的理性态度。故而歌乐相佐之宴饮生活，不仅未能消磨掉词人的精神和意志，反而令他由繁华思虑到应当具有之消歇。词人以极小之篇幅，抒写出对萦绕于自己脑际之人生的有限与无限、离散与聚合等重大问题的看法，表达了人生有限、不可沉陷于离情别绪之中，而应及时行乐的豁达思想，其中蕴含着丰富的哲理。

赏 析

词之上阕，着重抒写光阴荏苒、人生苦短而偏偏又聚少离多之苦况。

词人乍一开篇，没有任何铺垫和修饰，直言人生有限、年华稍纵即逝之慨叹：“一向年光有限身，等闲离别易销魂。”片刻的时光，有限的人生，年光易逝，人寿有限，即使极其平常的离别，亦会使人感到极度的悲愁。词人以寥寥十四字的精练之语，道出了极有深度、极富哲理的人生感悟。比之词人之“无可奈何花落去”（《浣溪沙》）之句，更具有一种积极进取、有所作为的豁达态度。因为这两句之中，既有着古人所谓的“人之生也亦少矣，而岁之往亦速矣”（《尸子》。意谓人的生命无多，而岁月却流逝极快）之意，又有着“日月逝矣，岁不我与”（《论语·阳货》。与：等候）时不待我之紧迫感，还有着“岁月不居，时节如流”（《三国志·吴书·孙韶传》。大意：时间过得很快，如同流水，一去不返）、“岁月易尽，光阴难驻”（唐·王勃《守岁序》）的时光一去不返之无情，更有着“物贵尺璧，我重寸阴”（南朝宋·谢惠连《祭禹庙文》。寸阴：短暂的时间）、“青春须早为，岂能长少年”（唐·孟郊《劝学》）的谆谆警示。尽管词句中含有及时行乐的思想，但其中之时光易逝、惜时有为的成分是很有见地，值得我们汲取的。此外，“等闲离别易销魂”一句，亦见出词人一生别离之情景乃为常事，常遇常逢，故而悟出了“易销魂”之伤情，为下文做了很好的铺垫。

“酒筵歌席莫辞频。”上阕末这一句，正是词人的劝诫之语：还是尽情地去欢歌宴饮吧，不要嫌弃这样的场合太多太频。这一句，充分表达了词人无比达观之人生态度：人生是多么短暂，莫为屡屡之离别而伤神、伤情，流连于痛苦之中是毫无益处的，倒不如抛开离情别绪，对酒当歌，及时行乐，来聊以慰藉有限之生命。词人这种抛却悲苦、追求快乐的人生态度，还是值得我们借鉴的。

词之下阕，着重表达词人把握当下、享受生活之超脱愁苦的人生态度。

换头处的二句，是词人的遥想之语："满目山河空念远，落花风雨更伤春。"放眼望去，山河满目，"我"思念之人又在哪里呢？当"我"看到那风雨之中的落花之时，伤春之情便油然而生。这两句，词人宕开一笔，描写遥见之"山河""落花"和"风雨"，意境开阔而辽远，既表达了词人"无情不似多情苦，一寸还成千万缕"（晏殊《玉楼春》。千万缕：千丝万缕，比喻别恨无穷）之重情重义的真性情，又表现出词人"长绳难系日，自古共悲辛"（唐·李白《拟古十二首·其三》）的时空不可逾越、消逝之事物不可复得之慨叹，足可见出词人见景而生情、对往事怀念之深。

词之末句，词人巧妙化用唐人诗意，忽作转折，再次表达及时行乐之思想："不如怜取眼前人。"与其徒劳地思念远方的亲朋好友，因风雨摇落花朵而悲痛伤怀，倒不如现实一些，珍惜珍惜眼前之人，一同及时行乐。这里，词人妙化唐代诗人元稹的"还将旧来意，怜取眼前人"（《会真记》）之意，达观之中亦不乏深沉：莫让那痛苦之思绪折磨自己，亦莫要沉溺于歌酒升平之中而乐而忘返，珍惜眼前、珍惜拥有吧！词人的此种人生态度，具有超前的意识，确实在当时、在今天皆有现实意义，实在是难能可贵。

这首词别具一格，深沉与温婉兼而具之。词人一改娴雅之词风，以阔大之景，蕴深厚之情，别具特色，别具情味。上阕笔意回环婉曲：先直言人生之慨叹，其人生感悟极有深度、极富哲理；后表劝诫之意，诚恳而有蕴藉。下阕转说浩莽之山河、飘摇之风雨，在气象恢宏之中，见景而抒情，表达出珍惜拥有、珍惜眼前之词旨，意旨可谓深矣。

浣溪沙（阆苑瑶台风露秋）

阆苑瑶台风露秋[①]，整鬟凝思捧觥筹[②]。欲归临别强迟留。　月好谩成孤枕梦[③]，酒阑空得两眉愁[④]。此时情绪悔风流[⑤]。

注　释

① 阆（làng）苑：即阆风之苑，传说中的仙人所居之处。唐李商隐《碧城三首》诗："阆苑有书多附鹤，女墙无处不栖鸾。"瑶台：神话中神仙所居之地。唐李白《清平调·其一》诗："若非群玉山头见，会向瑶台月下逢。"

② 鬟（huán）：古代妇女环形发髻。觥（gōng）筹：酒杯和行酒令记数的用竹、木或象牙等制成的小棍儿或小片儿。

③ 谩成：这里意为空成、徒成。

④ 酒阑：这里是说酒宴将尽。

⑤ 风流：这里指多情或滥于用情。

题　解

这是一首写男欢女悦、离情别绪的词，着重表达词人对一位歌女之追念。晏殊深受南唐词人冯延巳之影响，善写男女情事，表现封建官僚的享乐生活。此词显然颇有冯延巳"风乍起，吹皱一池春水"（《谒金门》。皱：指水面出现密集的水波）的味道，既不似"换我心，为你心，始知相忆深"（五代后蜀·顾敻《诉衷情》）那样的直接明快，又不是"月明人倚楼"（唐·白居易《长相思》）一般的含蓄曲深，还不类"长忆得，与郎期。窃香私语时"（五代南唐·毛熙震《更漏子》）那般的缠绵追忆，更不同"却羡彩鸳三十六，孤鸾还一只"（五代·孙光宪《谒金门》）那样的以物相形、由此见彼，而是写景、抒情别有蕴意，既简练、生动，又细致，透过对歌女的追思，寄托了词人并非适心的仕途失意之忧。

赏 析

词之上阕，重在忆昔。

词人满怀着“长恨离亭，泪滴春衫酒易醒”（晏殊《采桑子》。大意：最使人伤情的是长亭设宴送别，眼泪打湿了春天的衣衫，过度的悲恸把人从酒意中震醒）的思念之情，追忆与自己曾经心仪的歌女相别之情景：“阆苑瑶台风露秋，整鬟凝思捧觥筹。”那是一个风冷、露寒的秋日，想那仙人所居之阆苑和瑶台，亦是如此的凄寒吧？她愁意满面地整梳那环形的发髻，那默想凝思的神情令我十分伤感。在那离别的酒宴之上，觥筹交错之中少了往日的欢笑，有的只是别离的凄苦。因为她之悲伤，全写在脸上。开头这两句，犹如两个“特写镜头”：一个是“秋日风露图”，以想象仙境“阆苑瑶台”亦如此时一般之冷、寒，以别时的环境来衬托词人与情人别离之时内心之凄伤；另一幅是“觥筹凝思图”，以“整鬟”“凝思”及“捧觥筹”的一连串之细节，表现出双方，尤其是心上人内心之悲伤，与词人的得意门下范仲淹之“愁肠已断无由醉，酒未到，先成泪”（《御街行》）有异曲同工之妙，足见词人与情人愁思之深重，情意之缱绻、凄切。

上阕末句“欲归临别强迟留”，描写词人与心上人相别之时欲归不忍、欲别不能之情形：我要归去了，临别之时她珠泪涟涟，拉住我的手不放，我与她缠缠绵绵，以致推迟、停留了好长时间。这里的细节描写，又是一个“特写镜头”：“临别迟留图”，真的是“一向年光有限身，等闲离别易销魂”（晏殊《浣溪沙》）啊！

词之下阕，重在写今。

过片处的两句：“月好谩成孤枕梦，酒阑空得两眉愁。”词人描写两个不同场景下的细节：在那月好之夜，“我”一人孤枕，辗转反侧，难以入眠，等到入梦，梦里全是空自徒成的昔日情深义重之场景；在那酒宴将尽的时节，“我”每每徒然地想到与她相别之情景，一时之间便两眉堆满忧伤和愁苦。这里，词人再描写了两个“特写镜头”：“月夜孤梦图”和“酒阑眉愁图”，既有“薄衾孤枕，梦回人静，彻晓潇潇雨”（宋·惠洪《青玉案》。潇潇：这里指雨声）的思念之悲酸，又有“但徘徊班草，唏嘘酹酒，极望天西”（宋·周邦彦《夜飞鹊》。唏嘘：哀叹声。酹酒：倒酒于地）的无时无刻不在挂怀、想念之悲伤和愁苦。

词末一句“此时情绪悔风流”，抒写词人心中之无限悔恨：此时此刻，“我”的心中充满悔恨，悔不该自己滥于用情，欠下难以偿还的风流债。这一句，虽则是心理描写，但亦是一个“特写镜头”：“情悔风流图”，有一种悔不当初、悔之无及之悲凄和悲叹蕴含其中，表现出了词人的情深义重。

该词手法超前，意旨深厚。词人采用“蒙太奇”（镜头组接）的手法，全词由六个“特写镜头”组接而成，表现出词人对歌女的深挚追思之情，更巧妙地寄托了词人颇不遂心适怀的官场失意之忧。这正如前人所说的那样：“元献生平不作妮子语，此词或有所指，非述绮怀也。”（俞陛云《唐五代两宋词选释》）

浣溪沙（小阁重帘有燕过）

小阁重帘有燕过①，晚花红片落庭莎②。曲阑干影入凉波③。　一霎好风生翠幕④，几回疏雨滴圆荷⑤。酒醒人散得愁多⑥。

注　释

① 过：即飞过。

② 晚花：指春晚之花。红片：指落花的花瓣。庭莎（suō）：庭院里所生之莎草。莎草乃多年生草本植物，多生于潮湿地带或水边沙地。其叶条形，有光泽，夏季常开黄褐色小花。

③ 曲阑干：即弯曲的栏杆。

④ 一霎：指极短的时间，即一会儿、一阵子。翠幕：指翠色的帷幕。比喻苍翠浓绿之林木。

⑤ “几回”句：这里是说一日之内下了好几次雨，雨点打在圆圆的荷叶之上。此句化用五代词人孙光宪的词句“看尽满地疏雨，打团荷”（《思帝乡》）之意。圆荷，圆圆的荷叶。

⑥ 愁：这里是说富贵者叹息时光易逝、盛筵不再、美景难留而生发出淡淡的闲愁。

题　解

晏殊少有才名，七岁就能文章。宋真宗景德二年（1005），十四岁的他以神童召试，与进士千余人并试廷中。“神气不慑，援笔立成”，得到皇帝赞赏，赐同进士出身。仕真宗、仁宗两朝，历任右谏议大夫兼侍读学士，同中书门下平章事兼枢密使，礼部、刑部尚书，宰相。尤好贤，当世知名之士如范仲淹、孔道辅、富弼、韩琦、欧阳修等，皆出其门。他一生著作颇丰，有诗文集二百四十卷，编选梁陈以后诗文一百卷，可惜佚失不传。他的词以表现富贵人家景致气象及闺愁闲绪，承袭南唐传统，尤承冯延巳深婉含蓄之风格，为北宋词坛初期一大家。正如人所赞曰："晏元献公长短句，风流蕴藉，一时莫及。而温润秀洁，亦无其比。"（宋·王灼《碧鸡漫志》）

这首描绘词人优越闲适的生活环境，且流露出"酒醒人散"后寂寞怅惘心绪之词，可说是晏殊以娴雅从容之笔，写从容骀荡之情，即以眼前之所见，信手而入词，毫不雕琢而自见天趣，开一代词风的典范之作。

赏 析

这首词机杼独出、匠心独具，词人完全打破了上、下阕之界限和限制，前五句一气而下，重在描写所见景物之神情，而不苛求其形迹，尤以细节刻画，彰显其精神，以色泽与气氛之渲染，写出环境之博大高华，故而全词充满富贵气象。词中所表达的思想，既不是"欲寄彩笺兼尺素，山长水阔知何处"（晏殊《鹊踏枝》）之闺中女子的离愁别怨，亦不是"悠悠天宇旷，切切故乡情"（唐·张九龄《西江夜行》）之羁旅游子的思乡离愁，更不是"芳菲不相投，青黄忽改色"（汉·无名氏《橘柚垂华实》。大意：柑橘和柚子的色和香都不能迎合人们的喜好，以致久被搁置，颜色由青到黄，仍旧无人问津。此为诗人一生不遇的自况）之叹时伤世、感时悯乱的深愁，而是衣食无忧之富贵者叹息时光易逝、盛筵难留、美景不再之淡淡的闲愁。

开篇一句，直写环境和时令："小阁重帘有燕过。"小阁楼的重重门帘之外，有那燕子飞过。寥寥七字，看似平淡，实则传神：写阁内燕入，有一种破空而来、看似无意却"包举时地以尽其胜"（赵尊岳《〈珠玉词〉选评》），既点明时间（春将归去）、地点（"小阁重帘"）和景致（"有燕过"），又沟通了"重帘"之内外（人与景），且将阁中词人的心绪透露出来：这只帘外燕子，莫不是远方而来之使者，专门给"我"传递春将归去之消息？这犹如在词人平静的心湖中投下一枚小小的石子，立时便泛起层层涟漪，惜春之情油然而生。

接着，词人的眼光追随燕子去后，自然落到庭院之中——"晚花红片落庭莎"。傍晚时节，有晚风吹过，那红花的花瓣，一片片地飘落在长有莎草的庭院里。这是一个极有动感的画面，与首句之“燕过”相呼应，前者以“过”写词人心中之伤感，而这里以“花落”更显心中之怅惘，尤其是着一“晚”字，既指傍晚，朝花之夕谢，暗示落花之时间，又指晚春，当是花事凋零之时节，加之“庭莎”二字，暗含春将尽时雨量增多，更兼庭中少有人至，故而那莎草已是浓绿一片。词人笔下之“红片”与“庭莎”绿肥红瘦，相映成趣，不就透露出与“无可奈何花落去，似曾相识燕归来”（晏殊《浣溪沙》）之词句相似的感悟和思考吗？！

上阕末句“曲阑干影入凉波”，写词人眼见之景：那院中池边的曲曲栏杆，它的倒影直入于池塘清凉的碧波之中。词人着一“凉”字，既是时已暮春又是傍晚，池水自然生凉之真实写照，又是词人此时此刻心境凄凉的巧妙暗示，一笔两写，景情交融，可谓高妙。

由此可见，上阕三句对帘外景物之描写，极有特点：“重帘”“燕过”“晚花”“庭莎”“曲阑干”和“凉波”等诸多意象所构成之画面，皆是词人目之所见，既有明暗相映、浓淡相间，又有动静结合、客观与主观之融合，使整个庭院给人的感觉是冷落而凄清的。虽则词人尚未露面，但他之处境、心曲显然可见——亦如眼中之景一般的凄冷。

换头处二句，转而描写风声和雨滴：“一霎好风生翠幕，几回疏雨滴圆荷。”词人从听觉着墨，写阁中人之感受：由于吹来一阵轻风，才让人看到那碧绿之帘幕；几次稀稀疏疏的雨点，滴在那圆圆的荷叶上。这里的“一霎”和“几回”是互文的手法，即在“风”“雨”之中的所见。词人虽则用了“好风”“疏雨”“翠幕”“圆荷”这样惬意的字眼，但他的内心是寂寥而孤独的，这又是反衬的手法。同时，“翠”“生”二字，一为冷色，一为动态，又是化虚为实之手法，把词人所见之景活现于读者眼前。尤其是极细微的“疏雨滴圆荷”之声，阁中人竟然听得清清楚楚，可见其内心之空虚。

词末一句“酒醒人散得愁多”，点出盛筵，总束全词：酒醒之时，才知盛筵早已结束，宴请之人皆已散去，而“我”的内心，又平添了许多忧愁。末句以情语作结，以“酒醒人散”四字，暗示盛筵，省却了许多笔墨。“得愁多”三字，卒章显志，写出富贵闲愁。用笔精妙，有神龙掉尾之跌宕情致。

这首词体现了晏殊富贵词的独特风格：敢于打破上、下阕之界限和限制，善以独具匠心之布局，妙用细节描写及暗示、互文、反衬、动静结合、情景交融和卒章显志等多种手法，表现了衣食无忧之富贵者之美景已逝、盛筵不再和时光难留的淡淡闲愁。

浣溪沙（红蓼花香夹岸稠）

红蓼花香夹岸稠①，绿波春水向东流②。小船轻舫好追游③。　渔父酒醒重拨棹④，鸳鸯飞去却回头⑤。一杯销尽两眉愁。

注 释

① 红蓼（liǎo）：一种多生长于水边的草本植物。夏秋之季开花，花呈淡红色。亦称“水蓼”。稠：这里指多而繁密。

② “绿波”句：化用五代南唐后主李煜的“问君能有几多愁，恰似一江春水向东流”（《虞美人》）之词意。

③ 舫（fǎng）：指小船。

④ 棹（zhào）：此指摇船的一种工具，形状与船桨相似。

⑤ 却：还。

题 解

这首表现春日行舟南湖之时的闲情逸致之词，当是词人于宋仁宗天圣五年（1027）所作。因为据史书（《大明一统志》卷二十七《归德府》）所记载，南湖在归德府（今河南商丘）城南五里。晏殊此时迁谪于河南商丘，亦曾在南湖中放驯鹭鸟。

这首小词，看似信手而写，实则缘情体物，清丽畅朗，细微入妙，颇具天然之趣。既有“小径红稀，芳郊绿遍，高台树色阴阴见”（晏殊《踏莎行》）之自然美景，又有“金风细细，叶叶梧桐坠”“枕小窗浓睡”（晏殊《清平乐》）之恬静闲适，更有“画阁魂消，高楼目断，斜阳只送平波远”（晏殊《踏莎行》）之见景而愁消。

赏 析

词之上阕，重在写景。

开头两句，词人运用富有色彩的笔触，描写眼前色香皆具之美景：“红蓼花香夹岸稠，绿波春水向东流。”只见那夹岸之上，繁密的红碧遍地丛生，四望之中，但见满目繁花掩映，空气中亦飘散着浓郁的香气；而那夹岸之中的一湾春水，碧波澄澈，悠悠地向东流去。这里，“红蓼花”与“绿波”相映，色彩对比鲜明，描写了岸上和水中之景。尤其是着上“夹岸”二字，点明了方位、地点和地形特征。又着一“稠”字，给读者增加了具体的想象空间，那簇簇繁盛、红遍两岸之“红蓼花”如火焰般燃烧在读者面前，颇有“日出江花红胜火”（唐·白居易《忆江南》）的艳美，加之补一“香”字，色味俱全，给人以美之感受。亦可见出词人心中之愉悦：虽则迁谪于边远之地，但心底仍然是美好的，有着“夜雨染成天水碧，朝阳借出胭脂色”（宋·欧阳修《渔家傲》）一般的化逆境为坦途的旷达和开朗。正如前人所评说的那样：“盖大君子之用心，不汩汩于嗜欲”，“寄闲情于辞赋，性情使然也。”（汪懋麟《棠村词序》）“绿波”一句，词人化用南唐后主李煜的“问君能有几多愁，恰似一江春水向东流”（《虞美人》）之词意，化愁为乐，表现出一种达观的人生追求。

上阕末句，词人落笔于自身：“小船轻舫好追游。”此时的“我”，正好坐着小船，在江上愉快地追游遨赏。这里，词人又以一个极为愉悦的画景，紧承前两句美景之描写，直接写划船游乐于“绿波春水”之中，以轻快明丽的行动刻画，表现出词人代逆境为舒心之大度，洋溢着勃勃生机和清朗之气息。

词之下阕，重在写人。

过片二句：“渔父酒醒重拨棹，鸳鸯飞去却回头。”词人将目光转入于江上之风光：渔父酒醒之后，顿然觉察离归程有些远了，便连忙重新拨桨意欲返回，用力划桨而前行。小船驶行之中，只见那被惊起的双双栖憩的鸳鸯，忽地振翅飞去，飞去之时却又相互回头照看。这里，词人通过极富暗示性的动作“重拨棹”，且回溯追述“渔父”酣醉而停船、坐于船中之词人方有机会欣赏岸上和水中之景致，巧妙地收拢住上阕之内容，填补了渔父醉酒停舟之空白，借机表现词人虽则迁谪南湖，但其生涯是悠闲而适意的。这就与上阕所写之美景，十分合拍。此处之由人及鸟的细节描写，从“鸳鸯飞去却回头”里，分明在这极生动的神态之中，勾起了词人心中那暖暖的思亲思家之情，显然有了“天涯地角有穷时，只有相思无尽处”(晏殊《玉楼春·春恨》)的难以除却之情愫。

于是，便自然而然地推出结拍，来收束全词：“一杯销尽两眉愁。”且许“我”痛饮一杯酒，解开那紧锁之双眉，消尽心中之愁绪。那么，词末之缩结于“两眉”之“愁”到底是什么呢？词人虽未明示，但我们不难推想：定然有迁谪之志不得伸、才不得用之愤懑之“愁”，定然有韶华易逝、人生短促之伤感之“愁”，定然有对亲人、朋友之挂怀、想念之“愁”，或许还有对远方恋人之离别与眷念之“愁”，更或许是一种说不清、道不明之淡淡之闲“愁”……总之，它曾经如烟如雾般萦绕、笼罩于词人心头，挥之不去。然而，一杯辣酒下肚，一切之“愁”顿然除去，心中便得释然，直觉眼前之“花”“鸟”“水”“船”是如此之亲切，与自己又是如此相亲相近，为何不享用这阳春美景之愉悦呢？！怎么能拘于自苦之中而不能超拔呢？！故而，词人用“销尽”二字，走出了“愁”之深渊。

这首词构思精妙。上阕写景，表现出达观的人生之乐。下阕写人，由“鸳鸯”双飞而生愁情，且勾起词人不堪回首之人生遭际及诸多不遂心顺意之情事。词末却以“一杯”“销尽两眉愁”之酒，又在释然之中回归到上阕的人生之乐中，缩结全词，形成一个由“乐”到“愁”又到“乐”的圆合结构，可说独具匠心。

更漏子[①]（蕣华浓）

蕣华浓[②]，山翠浅[③]，一寸秋波如剪[④]。红日永[⑤]，绮筵开[⑥]，暗随仙驭来[⑦]。　遏云声[⑧]，回雪袖[⑨]，占断晓莺春柳[⑩]。才送目，又颦眉[⑪]，此情谁得知。

注　释

① 更漏子：词牌名。因晚唐温庭筠词中多咏更漏而得名。

② 蕣（shùn）华：即木槿花，夏秋两季开花，花有红、白等多种，朝开而暮谢。此处以之形容女子的容貌，亦暗含红颜短暂之意。华，通“花”。

③ 山翠浅：喻指女子的眉黛浅淡如远山。

④ 秋波：喻指美女之目光，其清澈而明亮。如剪：喻指女子目光之敏锐。

⑤ 红日永：即长日。永，长久之意。

⑥ 绮筵（qǐ yán）：即丰美之酒宴。

⑦ 仙驭（yù）：指仙人或帝王之车驾。泛指贵人之车驾。

⑧ 遏云：即响遏行云，意即歌唱的声音高亢嘹亮，响彻云霄，使天上的云彩也停止不前了。暗用《列子·汤问》中“薛谭学讴”之故事。遏，阻止。

⑨ 回雪袖：指舞动袖子，犹如雪花飘拂一般。暗引汉代张衡“裾似飞燕，袖如回雪”（《舞赋》）之语意。

⑩ 占断：即占尽，全都占有。晓莺：喻指歌声如清晨黄鹂的啼叫般清脆婉转。春柳：喻指舞姿像春日柳枝一样轻盈婀娜。

⑪ 颦（pín）眉：皱着眉头，以示心中有愁。

题　解

这首词当写于晏殊任宰相期间（宋仁宗庆历年间［1041—1048］）。有“太平宰相”之誉的词人，经常流连于舞榭歌台、宴席酒会之上，接触了多名歌伎。此词就是着力描绘一位歌女之姣好眉目体态的。词人通过歌女妆饰之华美、容貌之娇艳、歌声之亮丽和舞姿之婀娜，尤其是她在酒宴之上强作欢颜之复杂心态之刻画，表现其光彩照人、歌喉婉转背后之忧愁、伤感的精神世界。词人能够关注且同情生活在底层之女性的悲喜和哀乐，能够示之以人，这对一个封建官僚来说，亦是难能可贵的。

此词用语轻盈美妙，极见功夫。尤其是缘情体物、细微入妙之处，更让人读之称奇。

赏　析

词之上阕，以描写歌女之容貌为重。

词人机杼独出，没有按照惯常的时间顺序，先写歌女之来临，而是先以浓墨重彩着力刻画她的美貌和娇颜：“蕣华浓，山翠浅，一寸秋波如剪。”她的娇颜，就如那木槿花盛开一般，脸庞白中泛红，娇美异常；她的眉黛，浅淡恰到好处，就如那远山一般，十分耐看；她的美目，清澈明亮，就如秋水微波一般，如剪之目光是那样的敏锐。这里，词人连用三个比喻，分别以“花”“山”和“波”来描写歌女之脸庞、眉黛和眼睛，抓住其特征，突出了其娇美。尤其是“一寸秋波如剪”六字，状写眼睛之美，极有特色：“一寸”着力刻画眼睛之形，大而明亮之形立现读者面前，确有“增之一分则太长，减之一分则太短”（战国楚·宋玉《登徒子好色赋》）之美；“秋波”着力刻画眼神之清，确有“秋波落泗水，海色明徂徕”（唐·李白《鲁郡东石门送杜二甫》。泗水：发源于山东泗水陪尾山，西经曲阜。徂徕：山名，在今山东泰安东南）之明亮、清澈，令人望之顿觉惊美。“如剪”进一步着力刻画眼睛之神，确有“剪剪轻风阵阵寒”（宋·王安石《夜直》）之化虚为实之妙，形象地写出歌女目光之敏锐而摄引人心。

接着，上阕的后三句则补写歌女之来踪：“红日永，绮筵开，暗随仙驭来。”

在阳光明媚的日子里，举行这盛大而华美之宴会，这位歌女，正是在晏府侍女的引领之下，悄然来到盛宴之前，来表演节目以助兴的。词人以“红日”之“永”（即长久）、“绮筵”之“开”来正面直写盛宴举行的吉日良辰，再次写出此次盛宴之非同一般。词人着一“暗”字，点出她之为主人陪侍之身份，亦含有“不鸣则已，一鸣惊人”（《史记·滑稽列传》）之艺术效果。

词之下阕，以抒写歌女之歌舞为重。

换头处三句，直接表现歌女的歌、舞之美甚、惊人：“遏云声，回雪袖，占断晓莺春柳。”她那高亢嘹亮之歌声，似乎使天上的行云也停滞下来；她那轻盈美妙之舞姿，犹如那雪花飘舞一般，竟然占尽和赛过了晓莺之清脆婉转和春柳之婀娜多姿。这里，词人先用两个三字句，呼应上阕之“暗”字，兼用夸张和比喻的手法，“明”写歌女亮人耳目之惊艳。然后以“占断”之绝美的喻比，极有形象感和画面感，读者之眼前似乎浮现出烟柳披拂、黄莺飞舞之春景，让人赏心悦目、赞叹不已。

词末三句，由形而入神，点示歌女之内心世界：“才送目，又颦眉，此情谁得知。”歌女才刚为客人们表演助兴，她在纵目相看之时，皱眉弄姿之间，似乎若有所怨，若有所思，此时此刻她内心之忧愁和烦恼，又有谁能知道和理解呢？结尾词人以“才”“又”两个极有特点的字眼刻画出“送目”“颦眉”之动态、神情，传达出处于社会之底层、饱受世人凌辱之人的悲苦心境，体现出词人作为封建社会之大官僚，对底层不幸人民之痛苦的关心，这十分难得的，亦显示了此词可贵的进步性。

这首词手法高妙，比喻之运用极有特色。词人准确地把握住歌女能歌善舞之特点，上阕打破惯常以时间为序之叙写方式，先以“花”“山”和“波”三个喻体，以常见常用、明白晓畅的比喻，以浓重之笔墨，来写歌女容颜之娇美。然后以佳日、盛宴和侍女之美来衬托歌女之美，使词首的三个比喻大放异彩。下阕又用三个兼有夸张的比喻句，极写歌女亮人耳目之惊艳，意象鲜明、亮丽而富有动感，给人留下深刻印象，将歌女之美推向极致。自然，使词旨富有深度和新意。

鹊踏枝[①]（槛菊愁烟兰泣露）

槛菊愁烟兰泣露[②]，罗幕轻寒[③]，燕子双飞去。明月不谙离恨苦[④]，斜光到晓穿朱户[⑤]。

昨夜西风凋碧树[⑥]，独上高楼，望尽天涯路。欲寄彩笺兼尺素[⑦]，山长水阔知何处。

注 释

① 鹊踏枝：词牌名，原为唐教坊曲名。又名“蝶恋花”“凤栖梧”等。

② 槛（jiàn）：古时的建筑，常于轩斋四面房基之上围以木栏，上承屋角，下临阶砌，此谓之槛。泣露：即滴露。

③ 罗幕：此处指丝罗的帷幕，常为富贵人家所用。

④ 不谙（ān）：不了解，不熟悉，没有经验。此处有知道、理解之意。谙，熟悉，精通。

⑤ 斜光：落月之光。朱户：朱门，这里是指大户人家。古时富贵人家的门户常以朱漆涂之。

⑥ 西风：秋风。凋：衰落，凋谢。这里是使动用法，意即“使……（碧树）凋落”。

⑦ 彩笺：此指彩色的信笺（书信）。尺素：此为书信的代称。因古人写信用素绢，通常长约一尺，故而称“尺素”。语出《古诗十九首》：“客从远方来，遗我双鲤鱼。呼儿烹鲤鱼，中有尺素书。”

题 解

晏殊此词颇负盛名，是伤离怀远作品之中的名篇。词人通过所见景色之描写，将主人公的愁苦之情含蓄而委婉地表达出来。全词巧妙运用移情于景和白描等手法，把深重的离愁别恨表现得尤为生动、感人。尤其是“昨夜西风凋碧树，独上高楼，望尽天涯路”三句，虽则化用了南朝江淹之“凉风荡芳气，碧树先秋落”（《杂体三十首·陈思王曹植赠友》）的诗意，但悲壮而别有意蕴，与“诗圣”杜甫之“霜凋碧树待锦树，万壑东逝无停留”（《锦树行》）有异曲同工之妙。意趣横生，意蕴丰厚，从而成为千古名句。

此外，这首词上下阕之境界、风格有所不同：上阕取境较狭，风格偏重柔婉；下阕之境界开阔，风格偏重悲壮。但皆具有蕴藉之特点：前者于深婉之中见含蓄，后者于广阔之中有蕴涵。

赏 析

词之上阕，重在描写花中之景，妙在点示离情别恨。

开篇三句，描绘新秋清晨之景：“槛菊愁烟兰泣露，罗幕轻寒，燕子双飞去。”清晨时节，栏杆外的菊花笼罩着一层愁惨之烟雾，兰花上的露珠，让人看去像是兰花在默默饮泣；罗幕之间，透露出缕缕轻寒，一双燕子穿过那帘幕飞走了。这里，词人以景融情。象征高洁之“菊”和“兰”含“愁”而饮“泣”。妙以拟人手法，将词中主人公之主观情感移入客观的“菊”“兰”这两个景物之中，透露出主人公的哀愁之情。清晨之“罗幕”亦让主人公感到了“轻寒”，由此可见其内心之冷凄。另外，双双飞去之“燕子”，更反衬出主人公内心之孤寂、凄苦。这三句移情于景之手法运用十分成功，把女主人公内心之哀愁、凄冷和孤苦表现得形象、真切而感人。

接着，词人再以含情之笔，写所见之明月：“明月不谙离恨苦，斜光到晓穿朱户。”明月不明白，亦不懂得离别的愁苦，它那斜斜的银辉直到天已破晓还穿入“我”家。这里，词人借“明月”抒写女主人公内心之怨恨，甚而至于连她那含愁、含怨之表情及指向明月之纤指，亦如在读者眼前。这就点明了词之主旨。“离恨苦”三字，直接点题，把女主人公在离恨中备受煎熬之苦楚写了出来，那情那景十分凄惨，是不难想象的。

词之下阕，紧承上阕之中的“离恨”二字，通过登楼独望之景和女主人公之心理活动，把她的愁苦之情推向高潮。

换头处的三句，描写女主人公登楼远眺所见之景：“昨夜西风凋碧树，独上高楼，望尽天涯路。”昨天夜里，西风是那样的惨烈，使那树上碧绿的叶子凋落殆尽。“我”独自登上高楼，一眼望尽那消失在天涯之道路。这里，词人又巧用白描之手法，把望而不见的离情别绪写得十分形象，蕴意丰厚：其中有女主人公彻夜未眠卧闻落叶之声的凄伤，更有极目眺望、望尽天涯仍不见归人之影的失落。当然，亦有一种无法泯灭之微渺的希望在。于是，自然而然地转入词末两句。

“欲寄彩笺兼尺素，山长水阔知何处。”这两句写女主人公之矛盾心理：想给“我”的心上人寄一封信，然而高山连绵、碧水无尽，又不知道“我”的心上人到底在什么地方。词末，词人把“尺素”寄远之强烈愿望和“尺素”又无法寄出之现实对照着写，确实有一种“满目山河空念远”（晏殊《浣溪沙》）之悲叹蕴含其中，把女主人公那种遥遥无期，无法寄达心上人的思念之苦楚写了出来，词虽尽而意无穷。

这首词移情于景的手法运用极为成功。那含“愁”饮“泣”之“菊”“兰”，那双双飞去之“燕子”，还有那“斜光”“晓穿”之明月，更有那“西风”凋尽碧叶之“树”，皆融进了女主人公之情愫。

这首词白描手法之运用，使其光彩大增。“昨夜西风凋碧树，独上高楼，望尽天涯路”，这三句纯用白描手法，勾勒出一幅极具特色的悲壮之景，语言洗练，境界深远，曾被清代大学者王国维列为“古今之成大事业、大学问者，罔不经过三种之境界”之“第一境”（即心有理想、树立目标），为千古名句。

清平乐①（金风细细）

金风细细②，叶叶梧桐坠③。绿酒初尝人易醉④，一枕小窗浓睡。　紫薇朱槿花残⑤，斜阳却照阑干⑥。双燕欲归时节⑦，银屏昨夜微寒⑧。

注　释

① 清平乐（yuè）：词牌名。原为唐教坊曲名。又名“忆萝月”“醉东风”等。

② 金风：秋风。古人认为金木水火土五行中，西方主金，故金风即秋风、西风。

③ 叶叶梧桐坠：意即梧桐叶子一片一片地坠落。

④ 绿酒：美酒。古代用土法酿酒，酒色黄绿，故而称之为绿酒。五代南唐词人冯延巳曾有词曰：“春日宴，绿酒一杯歌一遍。”

⑤ 紫薇：一种落叶小乔木，又称满堂红、百日红。夏秋之间开花，其花为淡红、紫色或白色。朱槿：落叶小灌木，又名扶桑、佛桑，叶阔卵形，夏秋之交开花，朝开暮落。花为红色、紫色或白色。

⑥ 却照：即正照。阑干：即栏杆。

⑦ 归：归去。这里指秋天燕子飞回南方。

⑧ 银屏：用云母石等物镶嵌的屏风，洁白如银，故而有此称。亦称云屏。

题　解

这首词是典型的写景抒怀之作。全篇纯写秋天之景色，金风落叶，残花斜阳，双燕欲归，银屏微寒，这一系列的清寂之景，情味当于言外而求之。然而，“一枕小窗浓睡”之景中，毕竟透露了此中人之落寞伤怀。

此词突出地反映了“大晏”词之娴雅风格和富贵气象。词人笔下之“细细”“金风”，轻轻“坠落”之片片“梧桐”树叶，还有衰残之“紫薇”“朱槿”，“斜阳”照耀下之庭院、“阑干”，更有“初尝”美酒之酣然而醉入梦乡，醒来之时所见之“双燕欲归”之景象，在这一连串的描写之中，抒写出词人心中之淡淡的忧愁，即人们所谓之“闲愁”。

赏析

这首词既有五代南唐词人冯延巳之“高树鹊衔巢，斜月明寒草”（《醉花间》）之娴雅，又有唐代词人温庭筠之“山月不知心里事，水风空落满眼花，摇曳碧云斜”（《忆江南》）之华贵。全词描写了词人醉酒而眠到次日薄暮酒醒之感觉。两个时段被整整一个昼夜之“浓睡”自然而又巧妙地分为上、下两阕。

词之上阕，着重写酒醉及浓睡。

词人以眼见之秋风、落叶而起笔：“金风细细，叶叶梧桐坠。”微微之秋风，正在细细地吹拂，只见那梧桐叶子正在一片一片地飘坠而下。这里，词人将“吹老洞庭波，一夜湘君白发多”（唐·唐温如《题龙阳县青草湖》。言秋风起，洞庭湖似乎苍老了，一夜之间湘君添了许多白发）之“西风”，以美誉“金风”称之，可见其心情不错。且缀之以“细细”二字，充分表达出词人对秋风之美好感觉。故而第二句亦是轻轻之感慨：“梧桐”叶子亦是一片一片、似乎有序地飘坠而落。“叶叶”与“细细”相照应，用笔轻灵而色调淡雅。这两组叠词，首尾相接，音律和婉，那语气就恍若词人与好友娓娓而谈，皆是温馨之氛围，全然没有“无边落木萧萧下”（唐·杜甫《登高》）之苍凉。以“细细”来状写“金风”，就消除了“吹老洞庭波”的萧瑟之感，倒有了平静、悠闲之氛围。以“叶叶”状写叶落之景象，亦消除了“萧萧”之气，反而显示出叶落有序有节奏之美感，让人感受不到“秋雨梧桐叶落时”（唐·白居易《长恨歌》）、“一叶叶，一声声，空阶滴到明”（唐·温庭筠《更漏子》）之凄厉和伤感。由此可见，词人是极有创新思维的。

上阕之末二句，转而写词人饮美酒而酣醉之情形：“绿酒初尝人易醉，一枕小窗浓睡。”初尝香醇美酒——绿酒之后，酒香味浓，真的是饮者易醉呀，竟然让“我”在小窗之前而一枕酣眠浓睡，很快便进入梦乡。这里，词人用“初尝”“易醉”二词，既写出自己酒量不是很大，又突出了美酒货真价实、名副其实之效果：词人饮之就醉。这一句显然以酒写人，是陪衬之笔。后一句才是点题：面对眼见之景，词人内心之情绪显然是低落的。因为他触景而伤怀，生发出些许闲愁。故而“抽刀断水水更流，举杯消愁愁更愁”（唐·李白《宣州登谢朓楼饯别校书叔云》），愁深而易醉，醉睡便“浓睡”。“浓”到何种程度，下阕自见分晓。

词之下阕，着重写“浓睡”酒醒之时的所见及所感。

过片二句：“紫薇朱槿花残，斜阳却照阑干”，描写词人酒醒所见：只见那紫薇花、木槿花在秋寒中纷纷凋残，只有那夕阳正映照着楼阁的栏杆。这里所写，显然是次日薄暮之时，词人酣醉醒来，透过小窗所见之景。酣醉沉睡整整一个昼夜的词人，醒时所见之景，并非焕然一新，依然是犹如“残花片片细柳风，落日疏钟小槐雨”（唐·韩翃《赠别王侍御赴上都》。细柳风：吹过柳树的微风。小槐雨：穿过槐树的细雨）一般的凋残中见凄寒。这就加重了上阕末句“一枕小窗浓睡”之景中的落寞伤怀之情。“斜阳”一句，以静景蕴情，有着与词人笔下之“一场愁梦酒醒时，斜阳却照深深院”（晏殊《踏莎行》）的愁情难却之相似情境。着一“却”字，将那斜阳正照栏杆之景凸现出来。虽有靖节先生笔下之“采菊东篱下，悠然见南山”（晋·陶渊明《饮酒·其五》。大意：在东篱下采菊，偶然抬头悠然自得地见到了南山）之神韵，但所见不是“南山”，而是“残花”和“斜阳”，显然不是自得、悠然的闲适之情，而是一种无可奈何的凄然落寞之情。

词末二句“双燕欲归时节，银屏昨夜微寒”，以景融情：正是双燕将要南归的时节，那银色屏风遮挡的帷幕之中，“我”昨夜已感受到了轻微的秋寒。“双燕欲归”四字，明是写“时节”，实则含有见“燕”将“归”而自感孤寂而生的伤感之情。以“双燕欲归”之景语，铺垫并烘托了“昨夜”之“微寒”，亦可见出词人昨夜醉后独宿而眠之凄凉意绪。“微寒”二字，一笔两写，那种落寞、凄凉之情怀，亦自然而然地加重。词人虽未用“衾寒”“枕寒”的字眼，但双重甚至多重的“微寒”，已使词人有些难以消受。这正是本词一个突出的特点：脱套去陈，平中见新。

这首词还有一个显著的特点：寓情于景，含蓄蕴藉。词人笔下之“金风”“梧桐”“紫薇”“朱槿”，还有“斜阳”正照“阑干”及“双燕欲归”之景，无不蕴含着、透露着词人孤寂、落寞的伤感情怀。语不说尽，而蕴意全在。

清平乐（红笺小字）

红笺小字①，说尽平生意②。鸿雁在云鱼在水③，惆怅此情难寄④。　斜阳独倚西楼，遥山恰对帘钩。人面不知何处，绿波依旧东流⑤。

注　释

① 红笺（jiān）：指古时用来向情人写情书或题写情诗的小幅红纸。

② 平生意：平生相慕相爱之意。

③ 鸿雁在云鱼在水：据《汉书·苏武传》记载，苏武出使匈奴被拘，被放逐北海牧羊。后来西汉使者向单于请求归还苏武，单于谎称苏武已死。汉使诡称汉武帝在上林苑射猎得北归鸿雁，足系苏武所寄帛书。单于信以为真，遂被迫道出实情，苏武因而得救。后来人们便以鸿雁指信使，有“鸿雁传书”之说。鱼亦常被当作信使。《古诗十九首》云：“客从远方来，遗我双鲤鱼。呼儿烹鲤鱼，中有尺素书。”《史记·陈涉世家》亦有剖鱼得书之记载。这一句是说鸿雁和鱼都不能为自己传递书信、表达情意。

④ 惆怅：这里是失意、伤感之意。

⑤ “人面”二句：这里用唐崔护“人面桃花”的典故。据孟棨《本事诗》所载，崔护郊游，至村居求饮，有女子给之，含情依桃伫立。明年是日再访，则人去室空。崔护遂题诗于门：“去年今日此门中，人面桃花相映红。人面不知何处去，桃花依旧笑春风。”（《题都城南庄》）人面，这里指所思念的人。

题　解

这首词是男女离别、相思怀人之作。词中不是直白地表达极为深挚的相思牵挂之情，而是连用了“鸿雁传书”“鱼传尺素”的传说和颇具传奇色彩的“人面桃花”之本事，来表达情人离别之后，既抒写了“欲寄彩笺兼尺素，山长水阔知何处”（晏殊《鹊踏枝》）的怅惘，又描写了“愁无际，暮云过了，秋光老尽，故人千里，竟日空凝睇”（宋·柳永《诉衷情近》）的愁苦。写了情书却惆怅难寄，只因深爱之人不知身在何处。由此可以推测，此词之抒情主人公当为闺中女子。她之内心，既有对美好爱情的执着追求，对心上人难以割舍之相思，强烈的呼唤和无休止的期盼，诉之纸上，却无法寄达；又有“忆君心似西江水，日夜东流无歇时”（唐·鱼玄机《江陵愁望寄子安》）的“独倚西楼”、翘首相望，言情可谓深密而婉曲。词之末句“绿波依旧东流”，以景语而收束，有余不尽，为此情再添一份惆怅。

赏 析

词之上阕，重在直抒胸臆，表达女主人公深情难寄的相思之苦。

起头二句，词人将无数情事、无限相思蕴含于一个细节描写中：“红笺小字，说尽平生意。”精美的红格信笺，写满了密密麻麻的小字，说的全是“我”平生对你的深深爱慕、一片痴情。“红笺”二字，表明闺中女子对爱情之珍重、情意之深挚，其中定然有苦苦之思念而生发的恨意，正如唐代诗人韩偓所写的那样：“小叠红笺书恨字，与奴方便寄卿卿。”（《偶见》）南朝宋刘义庆曾在《世说新语·感溺》中写道：“亲卿爱卿，是以卿卿。我不卿卿，谁当卿卿。”（大意：亲你爱你，因此称你为卿。我不称你为卿，谁该称你为卿呢？）“小字”二字，可见情意之深厚，暗示信中所写的倾诉真心真情的文字之多。由此便可见出“说尽”二字，则为反语：千思万想之语，哪里能够说尽啊！这里显然蕴含着女主人公“玉珰缄札何由达？万里云罗一雁飞”（唐·李商隐《春雨》）之无尽的愁苦。

上阕末二句正是抒发了书信无从传递之万千苦闷：“鸿雁在云鱼在水，惆怅此情难寄。”天上有鸿雁，水中有游鱼，但“我”却不知道将信寄往哪里，不禁满心惆怅，伤心而又茫然。这里，词人用“鸿雁传书”和“鱼传尺素”之传说，进一步状写相思之苦，表达一腔深情无法向心上人传递、表白的惆怅和郁闷。“鸿雁在云鱼在水”之没有信使或许只是托词，或许还有更为难以言说之苦衷。然而不论何种原因，结果皆是确定的——“惆怅此情难寄”。这就写出了女主人公“离恨恰如春草，更行更远还生”（五代南唐·李煜《清平乐》）之无尽之怨恨和愁苦。

词之下阕，重在融情于景、寄情山水：既然相思之情难以用书信寄达，那就登高而远眺，遥寄深情于山水吧！

女主人公托书不成，只能借景而抒忧，故而换头二句便由上阕之抒情过渡到写景："斜阳独倚西楼，遥山恰对帘钩。"在斜阳里，她登上西楼，独倚在栏杆之上，遥望中那远处之山峰，恰好正对着她身后的帘钩。上句点明时间、地点和人物之活动，通过"斜阳"与楼阁之上孑然眺望的女主人公的相互映衬，更加暗示出她内心之凄凉和孤苦。词人多首词中有以登楼远眺来抒发离愁别绪的：如"画阁魂消，高楼目断，斜阳只送平波远"(《踏莎行》)，如"高楼目尽欲黄昏，梧桐叶上萧萧雨"(《踏莎行》)，如"昨夜西风凋碧树，独上高楼，望尽天涯路"(《鹊踏枝》)，等等。下句"遥山恰对帘钩"，显然蕴含象征之意义，把两情相对却遥相隔阻之痛楚暗含其中。女主人公本想借远眺而抒心中之深忧，如今非但未能除忧，反倒平添一层新的愁思，使词意又深一层。

词末二句巧妙化用唐人诗意，把全词之情感推向高潮："人面不知何处，绿波依旧东流。""我"思念的人儿不知身在何处，但见一江碧水依旧向东流去。上句化用唐代诗人崔护之"人面不知何处去，桃花依旧笑春风"(《题都城南庄》)的诗意，将深深之怀想、思念、牵挂及感伤等种种情感相融合，把全词之情感推向极致。画面感极强，蕴意颇为深婉。末句与上句词意相承，又有"李后主"之"问君能有几多愁，恰似一江春水向东流"(五代南唐·李煜《虞美人》)之佳妙，可说蕴藉悠长而深远。

这首词意象纷呈，语淡情深。全词由"红笺""斜阳""遥山""帘钩"和"绿波"等意象，构成一个充满离愁别恨之意境，以看似平淡而蕴意深挚之语，把女主人公充溢胸中之满满的离愁别恨抒写出来，细腻婉曲，感人肺腑。

清平乐（春花秋草）

春花秋草，只是催人老①。总把千山眉黛扫②，未抵别愁多少③。　劝君绿酒金杯④，莫嫌丝管声催⑤。兔走乌飞不住⑥，人生几度三台⑦。

注　释

① 只是：总是，尽是。

② 总：这里是“纵然”“即使”的意思。千山眉黛：因眉毛的颜色、形状与山相近，故而这里用千山来形容女子双眉之秀丽。黛，青黑色颜料。古代的女子用此画眉，故称眉黛。

③ 抵：这里是抵消之意，即两种事物由于相互作用或某一种相关性而互相消除。

④ 绿酒：美酒。古代土法酿酒，其酒色黄绿，故有此称。金杯：酒杯之美称。

⑤ 丝管：本是弦乐器与管乐器之总称。泛指乐器。

⑥ 兔走乌飞：此指日月之流逝。兔，代指月亮。乌，代指太阳。

⑦ 三台：本是星座之名，这里代指崇高的官位。古时以星象表征人事，称三公为三台。“三公者，百僚之率，万民之表。”（《史记·平津侯主父列传》）三公，周时以太师、太傅、太保，西汉时以大司马、大司徒、大司空，东汉以太尉、司徒、司空为三公，亦称三司。

题　解

晏殊能诗善词，文章亦写得典丽华美，书法亦有特色。而以词最为突出，有“宰相词人”之誉称。他的词，继承且吸收了以温庭筠、皇甫松、韦庄、薛昭蕴等十八家五代西蜀之“花间词派”和以李璟、李煜、冯延巳南唐君相为代表的“南唐词派”之词风，开创了北宋婉约之词风，被称为“北宋倚声家之初祖”。他的词语言清丽，声调谐美，情调娴雅，怀抱旷达。尤其是写艳情而不纤佻，言富贵而不鄙俗，写景特重其内在之精神，常能赋予笔下之自然事物以生命，亦能将理性之思致，融入叙事、状物和抒情之中。在伤春怨别的情绪之内，常融入理性之反省和操持；在柔情敏感之中，又透露出一种旷达不羁的理性之观照；就是平平常常、司空见惯之花草树木，亦能生发出独特的、引人深思之感慨，故而形成了自己独有之特色。

这首词描写时节之流逝、人生之离合，流露出人生易老、感慨自哀之情绪。尤其是词末以“兔走乌飞不住”之时光流逝，来表露人生易老的感喟，蕴含“时哉不我与，去乎若云浮”（晋·刘琨《重赠卢谌》。大意：时光不再等“我”了，就如那天上的飞云一样流逝而去）之时不我待之哲理，对于今人来说怎样不负时光、有所作为颇有指导意义。

赏　析

词人对于“人生天地间，若白驹之过隙，忽然而已”（《庄子·知北游》。大意：人生存在天地之间，就像白马从孔隙之前掠过一样，转瞬之间罢了）有深切之理解。词一开篇，便以“春花秋草，只是催人老”二句，表达自己之感受：看到眼前的春花谢了、秋草又生之景象，“我”便从心底生发出时光难驻、岁月如流之喟叹——花草树木的荣枯总是时时在催人老去！这里，词人就眼前之“花”“草”，生发出一个珍惜时光者对人生之深切体会。与词人另一首词中所写的“时光只解催人老”（晏殊《采桑子》），有异曲同工之妙。不过，这里以“春花秋草”之可触可观之形象出之，更为具体、直观，增加了“岁月不居，时节如流”（晋·陈寿《三国志·吴书·孙韶传》）的紧迫和无情。正如古人所说的：“盛年不重来，一日难再晨。”（晋·陶渊明《杂诗十二首·其一》）尤其着一“催”字，以拟人的手法，极为逼真地表达出“长绳难系日，自古共悲辛”（唐·李白《拟古十二首·其三》）之真切感悟。

接着，词人再进一层，展现具体的形象来说人生之离愁别绪：“总把千山眉黛扫，未抵别愁多少。”纵然是那有着与千山之颜色和形状一般之眉黛的美女，哪怕有最好的画笔，又能扫去和抵消绾结于眉头的多少别离之悲愁啊！这里，词人以“总把”一句之假设，化无形为有形，即“愁怨”堆积于美女的双眉之中，有再好的梳妆之物，亦难扫除、抵消堆积于眉头之愁。这就如词首之“春花秋草”“催人老”一样，是无可奈何、难以抗拒的。词人着一“扫”字，更见出岁月之无情及离愁别绪之繁多。词人不言别愁之深厚，而偏说其多少，具体而别有深意——化抽象为形象、实在，令读者自有忖度和领悟，显然有一种“以无涯之情爱，悼不驻之光阴”（唐·刘禹锡《伤往赋》）之叹恨蕴含之中。

在词之上阕以花、草之盛衰感慨人生离恨别愁之繁多的基础上，词人在换头之处，转入如何消愁的话题：“劝君绿酒金杯，莫嫌丝管声催。”既然别绪离愁有如此之多，那么“我”劝您沉醉于美酒金杯之中吧，更不要嫌弃丝管之声，因为丝管声声催人，足以娱此浮生，扫除心中之别离愁绪。这两句，实则是正话反说：沉溺于酒色歌舞之中，怎能消除人生之愁呢？！言下之意，对于人生，我们一定要懂得珍惜。

下阕之末二句“兔走乌飞不住，人生几度三台”，卒章显志：日月流逝而光阴难以留滞，人生又能几次居于崇高的官位之上呢？前一句，是词人“人生一世，如白驹之过隙”（《汉书·魏豹传》。大意：人的一生是短促的，就如同白马掠过细小的缝隙一般快速）之深悟，从而引出末句之实感：“三台”之位，谁人又能几度荣登？词人贵为宰相，能写下此语，当是罢相外贬之时为之作也。

此词最为突出的特点，可用一字概括：真。词人将自己遭贬降谪之真切感受，赋之于所见之“春花秋草”和美女含愁之“眉黛”，又以正话反说之法，表达珍惜人生之真意。词末又以心底生发之朴朴实实的深悟之真言，来收束全词，直说“三台”，不嫌其俗。正如前人所评：“真则质，质则不伤于庸，不伤于俗，非矫揉者所可比矣。”（赵尊岳《〈珠玉词〉选评》）

采桑子[①]（时光只解催人老）

时光只解催人老[②]，不信多情[③]，长恨离亭[④]，泪滴春衫酒易醒[⑤]。　梧桐昨夜西风急，淡月胧明[⑥]。好梦频惊[⑦]，何处高楼雁一声[⑧]。

注　释

① 采桑子：词牌名。原为唐教坊曲名。又名“丑奴儿令”“罗敷媚”等。

② 只解：只知道。

③ 不信：不理解。

④ 离亭：指古代建于离城较远的道旁供人歇息也常用来送别的亭子。

⑤ 春衫：春季所穿的衣服。这里指年少时所穿的衣服。唐代诗人张籍《白纻歌》诗：“皎皎白纻白且鲜，将作春衫称少年。”

⑥ 淡月：惨淡清冷之月。胧明：指时而模糊，时而明亮。唐代诗人白居易《人定》诗：“人定月胧明，香销枕簟清。”

⑦ 频：屡次。

⑧ 高楼雁一声：此处化用唐代诗人韩偓《生查子》词：“空楼雁一声，远屏灯半灭。”

题　解

这首表现相思离别之情的词，写得意味深长、脍炙人口。词人晏殊在精短的篇幅中（全词仅四十四字），写出了一种颇为深沉之人生感慨。词人由于“一别怀万恨，起坐为不宁”（汉·秦嘉《留郡赠妇诗·其三》），加之古时通信困难，别离之后音信难得，因而由别离而产生的思念情结愈加强烈。词人由长亭送别之“悲莫悲兮生别离”（战国楚·屈原《九歌·少司命》）之伤心之泪，想到别时之场景，悲从中来，难以抑制。词人虽则“知离梦之踯躅，意别魂之飞扬”（南朝梁·江淹《别赋》。大意：知道行人梦里徘徊不前，料想客子的别魂思念家乡），但无法休止的思念萦绕于心间，别离之思愈加浓重。与此同时，词人又将离别与时光之无情、人生年华之逝去联系起来，便使心中生出双重之无奈与感伤。此时此刻，梦酒而醒，醒而闻那雁鸣之声，离情更觉凄厉，使词人深重之离情达至极致，透心而渗骨。故而，结句“何处高楼雁一声”，“境界既高，情更凄厉”，“事外远致，别具遥思”。（赵尊岳《〈珠玉词〉选评》）

赏 析

词人对相思别离之情深有体味，比如“明月不谙离恨苦，斜光到晓穿朱户”（晏殊《鹊踏枝》），比如“垂杨只解惹春风，何曾系得行人住”（晏殊《踏莎行》），又比如“天涯地角有穷时，只有相思无尽处”（晏殊《玉楼春·春恨》）。故而此词乍一落笔，词人就写出深刻之感受：“时光只解催人老。”时光只知道每时每刻催人变老！摆出了人皆颔首之事实，调动了读者之情感，令人深思。且此话题人人有感，颇能引起人们共鸣。与词人之另一首词之开篇“春花秋草，只是催人老”（《清平乐》）有异曲同工之妙。

然而，词人紧接着却是一大转折：“不信多情，长恨离亭”——时光却并不理解人世间之多情，你看看那长亭送别时难以抑制的离恨吧！这里，词人宕开一笔，时光不仅“催人老”，而且在流逝的时光里，有诸多之离情别恨，令人亦难以忍受。这两句极为巧妙，将读者引入时光中之万千情感纠葛，即人间烟火之中。“多情”是人之特点，“离亭”相别亦是常见之事，故而这两句把读者引入活生生的现实之中，尤其是有情人之长亭相别，那“离恨恰如春草，更行更远还生”（五代南唐·李煜《清平乐》）。

上阕末句“泪滴春衫酒易醒”，又是一大转折：因为感喟时光之易逝，惆怅相亲相爱之人的离分，无法开解，只能以酒解恨。伤心的泪水滴在衣衫之上，连喝醉亦不能使别离之人忘却烦恼，过度的悲恸把人从酒意中震醒。

由此可见，词之上阕以时光易逝之惊心、长亭相别之离恨和泪滴春衫难忘却这三大转折，在读者心中激起强烈的情感震荡。

词之下阕，转入更加具体的形象描写。

“梧桐昨夜西风急，淡月胧明。”本已经历离别之痛而“泪滴春衫酒易醒”，谁知昨天夜里，西风飒飒，梧桐叶落萧萧。抬头看时，那惨淡清冷之月，时而模糊，时而明亮。上句以凉意直透人心之画面，衬托出别离之伤透人心。下句巧妙化用“诗魔”之“人定月胧明，香销枕簟清”（唐·白居易《人定》）诗意，更加衬托别离所带来的伤悲之深重。

词末二句“好梦频惊，何处高楼雁一声”，描写梦被惊醒之情景：“我”的美梦不断地被惊醒，惊醒之时，“我”听见不知何处的高楼之上，传来大雁那凄厉的叫声。这里，“好梦”二字，内涵丰富，令人遐想：是离人之重逢，还是人生中之别欢？是美好之幻景，还是曾经之实情？……这里，给读者留下了无限的想象空间。然而，“频惊”二字，又将词人拉回冷酷之现实。雁声悲哀令词人心惊。这大概也是一只别离亲人之孤雁，那响彻天际、透人心肺之哀鸣，使词人之内心是何等之凄凉、凄冷和凄苦啊！

采桑子（阳和二月芳菲遍）

阳和二月芳菲遍①，暖景溶溶②。戏蝶游蜂，深入千花粉艳中。　何人解系天边日③，占取春风④。免使繁红⑤，一片西飞一片东。

注　释

① 阳和：指春天的暖气，这里指和暖的春天。芳菲：这里指香花芳草。

② 暖景：指春暖时的日光和景色。溶溶：和暖而宽广的样子。宋苏轼《哨遍》词："初雨歇，洗出碧罗天，正溶溶养花天气。"

③ "何人"句：此意为设法挽留住时光。解，懂得。系日，把太阳拴住，让太阳慢行，以延驻春光。

④ 占取：占住，留住。

⑤ 繁红：即繁花。

题　解

"大晏"当过之时，词风仍以晚唐五代花间词派之清丽绮艳为主流。词文主要作用亦仍是娱情遣兴。不仅"大晏"词中有不少绮艳之作，就是之后的柳永、欧阳修等词家的词作之中，亦有不少类似的作品。当然，"大晏"词中的绮艳之作，已与南唐词派和花间词派中的绮艳有所不同：已经基本除掉了其中的"脂腻"之气，且将士人之雅趣与生命之忧思、人生之价值等关切社会、人生之话题相融合，有了词人自己独有的思考在其中。这样，情中有思、思而有致便成为此类词的主要特征。"大晏"的这首《采桑子》就是其中之代表。

这首词就是以绮艳之语来抒写深挚之情的。此种词风，曾影响到后来很多婉约词人，他们皆从晏殊词作中汲取精华，如欧阳修、李清照、周邦彦等，皆或多或少地受到慢词之影响。故而晏殊曾被誉为“北宋倚声家之初祖”。

赏 析

词之入韵一句，便给我们展示了一片热烈异常之花海：“阳和二月芳菲遍”——早春二月，人所触目，遍地皆是香花和芳草。这里，词人写了所见所闻和所感。“阳和二月”点示时间，“芳菲遍”三字，既有繁花似锦、芳草遍地之美景，又有所见所闻之愉悦、欣喜。尤其是着一“遍”字，将花、草繁盛之胜景展现于读者眼前，令人“心旷神怡，宠辱偕忘”，“其喜洋洋者矣”（宋・范仲淹《岳阳楼记》）！

接着，词人又以“暖景溶溶”一句，写出切身之感受：春日之暖景，又是那样的宽广无边。这里，虽则只有寥寥四字，但给人的是“暖日晴云知次第，东风不用更相催”（唐・令狐楚《游春词》）之春意融融、春色宜人之快感。

在这热烈的美景之中，词人又发现了一个特有的热闹场景：“戏蝶游蜂，深入千花粉艳中。”翩翩嬉戏之蝴蝶，游来荡去之蜜蜂，在那千娇百媚的花丛之中，飞起飞落，若隐若现。如果说词之前二句是“面”之摄取的话，那么这后二句则是“点”之抓拍。词人用超前之“点”“面”结合之手法，给我们奉献了一幅万紫千红、蜂蝶“戏”“游”之色彩斑斓、富有生机的令人目眩神迷之画面。

词之上阕如此热烈动人之画面，不免让人生发出时不我与、佳时易逝之恐慌。故而过片处词人生发一问：“何人解系天边日，占取春风。”谁人能系住天上的太阳，让我们永远地留住这春天的美好春光？这里，词人表达了“耻一物之不知，惜寸阴之徒靡”（南朝梁・王僧孺《太常敬子任府君传》）的惜时有为的人生追求，这是难能可贵而极有现实意义的。

词末二句，是词人的担忧和警示：“免使繁红，一片西飞一片东。”避免那繁盛之花，一片飞向西来一片飞向东之暮春惨景。这一句，词人以极富画面感的词句，表达出对生命之颇为深入的思考：为什么春光难以常在？为什么美景乐事难以永恒？这些疑问背后，蕴含着词人一种强烈的生命意识。

这首词表达了词人对生命的深刻体悟和反思，且极有艺术深度。因为词人身处温暖异常、热闹异常的“溶溶”春光之中，却遥想到繁盛之百花“一片西飞一片东”的凋零之景，在巨大的落差之中，体现出词人强烈之生命意识及对人生意义之深度思考。词人机杼独出，突破了诸如“一向年光有限身，等闲离别易销魂。酒筵歌席莫辞频”（晏殊《浣溪沙》）之类颇为灰暗低沉之意象来表达此类主题的写法，到达了一个新的艺术高度。

喜迁莺①（花不尽）

花不尽，柳无穷，应与我情同。觥船一棹百分空②，何处不相逢。　朱弦悄③，知音少，天若有情应老④。劝君看取利名场⑤，今古梦茫茫。

注　释

① 喜迁莺：词牌名。又名“鹤冲天”“春光好”“万年枝”等。

② “觥（gōng）船”句：化用唐代诗人杜牧《题禅院》诗：“觥船一棹百分空，十岁青春不负公。”觥船，一种大酒杯。一棹，本指划桨一次，这里是说将大杯酒一饮而尽。棹，船桨。百分空，意即百事空，这里指醉后凡事皆空。

③ 朱弦：指红色的琴弦。

④ “天若”句：这里化用唐代诗人李贺《金铜仙人辞汉歌》诗：“衰兰送客咸阳道，天若有情天亦老。”

⑤ 利名场：即争名逐利之所。

题　解

晏殊的这首赠别词，借与友人分别之机，在对友人的百般劝慰之中，倾注了发自肺腑之真挚情感，寄托了深沉的人生感慨。词人少有才气，七岁便能属文。宋真宗景德二年（1005），年方十四岁便以神童召试，与进士千余人同场比拼，脱颖而出，深得皇帝嘉赏，赐同进士出身。官场生涯虽有波折（曾三次遭贬谪），但还算顺遂。他长期跻身上层，贵为高官，然而朝廷内之派别争斗，政治上的风雨阴晴，使他对名利场上的尔虞我诈、相互倾轧，深有感受。在看似窥透官场之“今古”一“梦”的豁达洒脱之中，难以掩饰其身处污秽官场之内心的无奈与痛苦，反映了词人如此词圆润、理智之特色一般的人生态度和哲学追求。

赏 析

此词虽为赠别之作，却没有“一别怀万恨，起坐为不宁”（汉·秦嘉《留郡赠妇诗·其三》）、“勿言一樽酒，明日难重持”（南朝梁·沈约《别范安成》。大意：不要说这一杯饯别的酒太微薄了，今后恐怕连这样一杯酒也难以共饮了）之缠绵和痛苦，而呈现出豁达、洒脱、能看得开的人生态度。

词人下笔，便想到了我国第一部诗歌总集《诗经》中有关别离之意象——“桃之夭夭，灼灼其华”（《诗经·周南·桃夭》）、“昔我往矣，杨柳依依”（《诗经·小雅·采薇》），便以“花”“柳”比衬离情：“花不尽，柳无穷，应与我情同。”花落花又开，柳叶绿了又衰了，花开盛衰、柳叶绿枯没有穷尽，这同“我”此时与友人相别之情颇为相近。词人以“花”“柳”之形象开篇，以其生长、繁茂而至衰谢之规律，联想到人生之生死存亡及友人之聚合离分，故而便以《诗经》常用的比兴手法落墨，从而自然而然地引出“应与我情同”之感悟，巧妙地引入本词之本事“离别”，又将离情之“不尽”与“无穷”之意蕴含其中，婉曲地透露出友人离去时词人内心无限之伤痛。

接着，词人由眼前之离别想到别后之重聚：“觥船一棹百分空，何处不相逢。”端起那大杯之离别美酒，让我们一饮而尽，因为醉酒之后，百事皆空。眼下之别离不必过于伤情，因为人生何处不相逢。这里，上句巧妙化用唐代文学家杜牧“觥船一棹百分空，十岁青春不负公”（《题禅院》）之诗意，就眼前之别而故作洒脱、旷达之态，以“一醉消百愁”来劝慰友人。下句以未来重聚可期的温馨之语抚慰友人，反映出词人对友人之义重情深，亦流露出无法挣脱别离之痛的无可奈何。

词之过片三句，词人将词意一转，正面抒写别离情深：“朱弦悄，知音少，天若有情应老。”瑶琴那红色的琴弦不再弹吟，自今之后又少了知音在“我”身边。天若如“我”一般悲凄，它亦会霜染鬓发变得苍老。这里，词人先以“欲取鸣琴弹，恨无知音赏”（唐·孟浩然《夏日南亭怀辛大》）之诗意，写出了挚友离去、词人心头油然而生的怅惘、寂寥和空虚之感。后一句化用“诗鬼”“天若有情天亦老”（唐·李贺《金铜仙人辞汉歌》）之诗意，将词人郁结于心、难以消除之离别哀伤表达出来。

结拍二句“劝君看取利名场，今古梦茫茫”，词人再次劝解友人：劝君此去多多保重，名利场上风疾浪高，宦海茫茫沉沉浮浮，古今看来皆是世事茫茫难以预料，恍如梦境一般。这里的相劝，显然与上阕末之劝慰、抚慰不同：前者以当前别离着眼，重在以重聚可期、以醉消愁之脉脉温情为特征；而此处却融进了词人切身的感受和体验，有着“一向年光有限身，等闲离别易销魂”（晏殊《浣溪沙》）的凄楚和凄伤，重在以自身经验据理言说为特点。

这首词的主要特色是情理兼具，入情入理。词人积跻身官场之真切感受，融汇词中。同时又将深挚的友谊及别离的凄伤融合其中。这样就使此词具有了深情理智之特色。

撼庭秋①（别来音信千里）

别来音信千里，怅此情难寄。碧纱秋月②，梧桐夜雨，几回无寐③。　楼高目断④，天遥云黯⑤，只堪憔悴⑥。念兰堂红烛，心长焰短，向人垂泪⑦。

注　释

① 撼庭秋：词牌名。原为唐教坊曲名。
② 碧纱：即窗上的绿纱。
③ 无寐：即不能入睡。
④ 目断：即望尽，极目力所及。
⑤ 天遥云黯：这里指天空遥远、云彩暗淡。
⑥ 憔悴：指瘦弱萎靡的样子。
⑦ “念兰堂”三句：化用唐杜牧诗：“蜡烛有心还惜别，替人垂泪到天明。”（《赠别二首·其二》）兰堂，指华美芳洁之厅堂。心长焰短，即烛芯虽长，烛焰却短，隐喻心有余而力不足。

题　解

晏殊的这首词抒写了情人相别之后，千里相隔，难以排遣、无所寄托的相思怀远之情。上阕着重写秋天之深夜，在月映窗纱抑或雨打梧桐之时，女主人公便想起那远在千里之外的心上人。一想到音信全无，心中之情难以寄达之情形，即刻怅恨满腹、愁苦顿生，几回夜不能寐。下阕写愁思难以排遣的她，只能登楼而远眺。眺望之时，但见遥遥之天边，阴云暗淡，甚而至于连女主人公心中念想的聊慰离愁的归鸿之类，亦无踪迹，令她愈加愁苦不堪。回到华美洁雅之厅堂，但见“心长焰短”、“向人垂泪”之“红烛”，不禁黯然神伤。

有学者研究认为，此词当是词人第三次被罢相降谪贬于永兴军（在今陕西西安）时所作，大约是宋仁宗皇祐二年（1050）词人六十岁时。词人大概与远在汴京的亲人、朋友分隔之离情别绪无以排遣，故而创作了这首假托“难寄”之词，以抒发郁积于胸之愁怨。正如前人所评：“此词以恨此情难寄为言，凡全词前后均由是阐发，描绘极其难寄之致，诚有绘水绘风之妙。”（赵尊岳《〈珠玉词〉选评》）

赏 析

“大晏”的这首词，在具有淡雅闲适的特点之外，还表现出苍凉深厚、沉郁蕴藉之词风。

词乍一落墨，便直点词旨：“别来音信千里，怅此情难寄。”自与情人别离之后，远隔千里，音信不通。最为令人怅恨的是，心中之深情一片却无法寄出。这正如词人所写的：“鸿雁在云鱼在水，惆怅此情难寄。”（晏殊《清平乐》。大意：天上有鸿雁，水中有游鱼，但“我”却不知道将信寄往哪里，不禁满心惆怅，伤心而又茫然）真的是“思何忧而不入，心何虑而不攒，虽感目之一致，终寄怀而百端”！（唐·李峤《楚望赋》）这就写出了词人笔下之女主人公一腔深情无法向心上人传递、表达的无限惆怅、郁闷、怨恨和愁苦不安。

词人以情语点题开篇之后，紧接着以景写情：“碧纱秋月，梧桐夜雨。”在那碧纱窗下，既看惯了那春花秋月，又听厌了那梧桐夜雨、点点滴滴似敲打着相思人之心的声音。这里，看似寥寥八字，却手法精妙，意蕴极深。词人以“秋月”“梧桐夜雨”代表不同的时间和景物。在此情形之下，女主人公“几回无寐”——有无数回彻夜无眠。那种难以驱遣、难以忍受的痛楚不难想见。确实有“秋风清，秋月明。落叶聚还散，寒鸦栖复惊。相思相见知何日？此时此夜难为情”（唐·李白《三五七言》）的思恨难平之伤悲，更有“梧桐树，三更雨，不道离情正苦。一叶叶，一声声，空阶滴到明”（唐·温庭筠《更漏子》）的思念不堪忍受之凄哀。不要说“撼庭秋”，那“撼”的是千千万万读者同情和伤悲之心啊！

词之过片三句，由上阕之着重写夜间，而转入写白昼：“楼高目断，天遥云黯，只堪憔悴。”她登上高楼极目眺望，只见那天地辽阔，层云暗淡，哪里有离人的半点影踪？！更让她痛苦不堪、憔悴异常。词人用笔精妙：以“楼高目断”四字将词之意脉转入白天，且蕴含夜间相思难忍、白昼思情更加悲凉之意。加之“天遥云黯”，女主人公剩下的唯有“只堪憔悴”！这比“衣带渐宽终不悔，为他（原句是‘伊’）消得人憔悴”（宋·柳永《凤栖梧》）似乎还要伤悲许多。

词之末三句，写女主人公夜暮回到房间的情景：“念兰堂红烛，心长焰短，向人垂泪。”只见厅堂里那燃着的红烛，空自芯长焰短，在替人流着一滴滴相思的悲泪。这三句写得极为精美。词人巧妙化用唐代诗人杜牧之“蜡烛有心还惜别，替人垂泪到天明”（《赠别二首·其二》）诗意，综合运用了移情、拟人和双关等多种手法，表达了女主人公无法忍受的伤悲之情。尤其是“心长焰短”“垂泪”之细节，写出女主人公情意深长、思念深长以及怨恨深长而希望渺茫之难以忍受的凄哀。我们似乎听到了那与“红烛”相对垂泪的女主人公伤悲欲绝的叹息声：她无力扭转人生，亦无力改变别离的命运。这三句且与上阕之“几回无寐”相呼应，使词意缠绵悱恻，悲哀无穷。

少年游①（重阳过后）

重阳过后②，西风渐紧，庭树叶纷纷。朱阑向晓③，芙蓉妖艳④，特地斗芳新⑤。　霜前月下，斜红淡蕊⑥，明媚欲回春。莫将琼萼等闲分⑦，留赠意中人。

注　释

① 少年游：词牌名。又名“玉腊梅枝”“小阑干”“少年游令”等。
② 重阳：即阴历九月九日重阳节。
③ 朱阑：红色的栏杆。向晓：拂晓。
④ 芙蓉：木芙蓉，又名木莲、拒霜花。
⑤ 特地：特意。芳新：指芳香鲜艳。
⑥ 斜红：指倾斜的红色花瓣。
⑦ 琼萼（è）：指玉制的花萼，为妇女的一种首饰。等闲：轻易，随便。

题　解

晏殊可算得上“花痴”，因为在他笔下，有那“斗馨香”之“芙蓉金菊”（《诉衷情》），有“已作东风信”之“寒梅”（《蝶恋花》），亦有“溶溶月”之“院落”“梨花”（《寓意》）、“泣露”之“兰”和“槛”外之“菊”（《鹊踏枝》）……而词人尤爱木芙蓉、金菊、寒梅等花。这首词就是描写严霜中的木芙蓉的，词人将对坚贞爱情的赞许之情寄寓于万木萧条之时而独自盛开的木芙蓉之中。词人一生禀性“刚峻”，“而词语特婉丽”（《四库全书总目》），词人所写之木芙蓉不正象征着人们坚贞高洁之品节吗？！

此词在写法上亦独有其妙：全篇笔墨皆是描写木芙蓉凌霜斗寒、傲然盛开之景象，只以词末“留赠意中人”一句显其主旨，卒章显志的手法运用十分成功。

赏 析

词之开头，十分自然，直接点明时序，并描写所见景物之变化：“重阳过后，西风渐紧，庭树叶纷纷。”刚刚过了重阳，天气渐渐地冷了，在那渐渐加紧的瑟瑟秋风之中，庭院里的树叶纷纷飘落。乍一落墨，词人便以“重阳过后”四字，点明时间。又以“西风渐紧”颇为形象而简括的文字，描写出气候特征，在读者面前勾画出冷风凛冽之恶劣环境。然后，又以一个庭院“落木萧萧下”（唐·杜甫《登高》）的“无可奈何”（晏殊《浣溪沙》）之景，再加渲染环境气氛。这就为下文之描写木芙蓉迎风斗寒而怒放做了很好的铺垫。

紧接着，词人将笔触陡然一转，描写眼前所见木芙蓉之傲然吐艳之景：“朱阑向晓，芙蓉妖艳，特地斗芳新。”在这冷风凛冽的秋日清晨，那朱红栏杆外的木芙蓉竟开得如此美艳，像是在特地竞吐那新的芬芳。这三句，与起首三句之环境描写形成强烈的对比和反衬，突出地表现了木芙蓉不畏严寒、傲然吐艳的倔强抗争精神及强劲的生命力。“朱阑向晓”四字，为木芙蓉吐艳怒放营造出一个清绝而典雅的场景，起到侧面烘托的作用。“妖艳”二字，描写木芙蓉开放之景象，言简意丰，给我们留下了无限的想象空间，似实又虚，用语精妙。“特地”一句，巧用拟人手法，突出了木芙蓉刚劲、坚贞和高洁之品性。形象鲜明，寓意丰厚。同时，“妖艳”和“芳新”二词，与上文之“西风”“叶纷纷”形成极为鲜明的对比，愈加见出在清秋冷风中傲然开放的木芙蓉之可贵、可爱。

过片三句，紧承上阕，着意刻画“霜前月下”之景：“斜红淡蕊，明媚欲回春。”在清霜之中，在明月之下，木芙蓉摇曳生姿，那斜立的红花，像火一般灿烂；那淡黄的小蕊，又是那样的鲜明、美丽！真的要叫春天回转了。这三句，可说情景美甚。“霜前月下”，虽是泛写木芙蓉开放之环境，却巧在补足了上阕的“朱阑向晓”之句意。“斜红”二字，凸现了落花的逸姿和娇美。“淡蕊”二字，又突出了芙蓉花蕊清香缕缕之清淡。“明媚”一句总括上两句，与上阕之“特地斗芳新”相呼应，突出了木芙蓉所引起的强烈之感受：它能让萧瑟之秋节化成美好之春天，它温暖了词人颇有冷意的心，并挑动了他的情怀："莫将琼萼等闲分，留赠意中人。"啊，不要把这玲珑剔透、美玉般的花儿随便地摘下来，还是留着它赠送给意中人吧！这两句乃为点睛之笔：词人因花而及人，因人而惜花，惜花亦是惜人。他不仅期望如木芙蓉一般娇艳美好之事物常在不衰，而且亦期望"意中人"亦如自己一样，爱心常在，享受美好生活给予自己的欢愉、欣喜和快乐。那么"意中人"到底是何许人也？词人未曾明示，词中似亦无迹象可寻，读者当自己意会。不过，词末这一句，蕴含对人之坚贞、高洁之品性之肯定和赞赏，当是无可争辩的。

酒泉子①（三月暖风）

三月暖风，开却好花无限了②。当年丛下落纷纷③，最愁人。　　长安多少利名身④。若有一杯香桂酒⑤，莫辞花下醉芳茵⑥，且留春⑦。

注　释

① 酒泉子：词牌名。原为唐教坊曲名。又名“杏花风”“春雨打窗”。

② “开却”句：这一句是说数不清的姹紫嫣红的美丽花朵一齐开放。开却，即开放。唐陈彦《和徐舍人九月十一月见寄》诗：“菊花开却为闲人。”无限，这里是无数、数量极多之意。宋秦观《如梦令》词：“桃李不禁风，回首落英无限。”了，意为结束、凋零。

③ 当年：这里指开花的全盛时期。

④ 长安：本是唐代京城，这里借指宋代京都汴京。利名身：即追名逐利之人。

⑤ 香桂酒：此指用玉桂皮发酵而酿成的美酒。这里泛指美酒。

⑥ 莫辞：即不要推辞。芳茵：即芳美的草地。

⑦ 且：即姑且、权且。

题　解

晏殊所处的时代，称霸词坛的有三大词人：晏殊、柳永和张先。柳永词以长于反映下层平民的生活为其特征，故而在民间颇为流行，当时人称“凡有井水饮处，即能歌柳词”。他的一些词确能反映出北宋时期社会经济繁荣和市民生活面貌；但另一部分词作，语言低俗，甚至流于淫亵，呈现出淫靡之风格，虽风行一时，但知识水平和思想境界较高之文人，皆耻于学习，故而无人为继。张先词以表现士大夫生活闲趣及男女之情为其特征，韵味隽永，风格含蓄。但因其是一个小官吏（仅做过知县、郎中，且晚年退居乡间），职小位卑，交游不广，故而影响不大。只有晏殊，历任高官，门下文人学士众多，且经常相互唱和，真的如众星捧月，使他自然而然地成为当时的词坛之盟主。比如有年元日宴会之上，晏殊写了以“东风昨夜回梁苑”为起句的《木兰花》词，所在坐客之和词的起句皆为“东风昨夜”四字，其影响之盛由此可见一斑。

晏殊是一位对大自然的春夏秋冬之交替和阴晴雨雪之变化极为敏感的词人，比如“春风不解禁杨花，蒙蒙乱扑行人面”（《踏莎行》），比如“双燕欲归时节，银屏昨夜微寒”（《清平乐》。大意：看到双燕归去，昨夜才从银屏上感到轻微之寒意），比如“腊后花期知渐近，寒梅已作东风信”（《蝶恋花》），其词句之蕴意皆有所重。这首描写惜春留春之情感的词，表露了词人窥透名利、不慕虚荣和适性自得的超脱心境及高洁情怀。

赏析

这首词不仅具有传统词中所描绘的“二月三月春融融，千花万花红灼灼”（宋·文彦博《彦博代简上君贶宣猷》）之春的容颜，“花动一山春色”（宋·秦观《好事近》）、“柳下桃蹊，乱分春色到人家”（宋·秦观《望海潮》）之春的活力及“条风布暖，霏雾弄晴，池台遍满春色”（宋·周邦彦《应天长》）之春的生机，更被晏殊赋予了象征名利浮华之崭新意蕴。这正是本词的一个极为突出的特点：立意新颖。

词之上阕，描写春愁。

词乍一开篇，便描绘了春临花开、花盛到花落之情景：“三月暖风，开却好花无限了。当年丛下落纷纷。”阳春三月，暖风熏人，吹绿了杨柳枝条，也吹开了姹紫嫣红的鲜花。然而，如此美好之春天，亦是无比短暂，人们还在沉浸于大好春色之时，却蓦地发现，枝头上那无数的繁盛花朵，已经随风纷纷飘落、凋零，那全盛的花期已被纷飞飘落之衰败景象所代替。“好花”二字，极言花开之盛、花开之美。又以“无限”再加写出数量之多、花枝之繁。这样，一个繁花似锦的春天便展现在读者面前。然而，好景不长。词人着一“了”字，正如“山抹微云秦学士”所写的那样：“桃李不禁风，回首落英无限”（宋·秦观《如梦令》），一种伤感、悲叹之情饱含之中。

上阕末以“最愁人”三字煞尾，表达了词人“春与繁花俱已（原句是‘欲’）谢，愁如中酒不能醒”（元·倪瓒《三月一日自松陵过华亭》）的无比伤感。词人着一“最”字，可见其“愁”之多之盛且无法驱遣，显然饱含着对人生短暂、韶光易逝之深重的慨叹。

词之下阕，抒发感慨。

换头一句“长安多少利名身”，紧承上阕，将“愁”转入人事：自古到今，人们对名利之追逐从未停止过，如今的京城里，追名逐利之人可谓多矣！这里，词人以创新的思维，妙以“春色”象征荣华富贵和名利，写出自己深刻而独特之感受。一切的名利浮华，亦不正如这“三月”之“好花”，短暂盛放之后便也“纷纷”化为尘泥吗？！这正如写出“所见既可骇，所闻良可悲”（《城南感怀呈永叔》）之名句的北宋文学家苏舜钦所说的那样：“唯仕宦溺人为至深，古之才哲君子，有一失而至于死者多矣，是未知所以自胜之道。”（《沧浪亭记》）词人正是以此词对那些无法“自胜”（克服个人私欲）的才哲君子以表惋惜，同时亦表达了自己淡泊名利、安于闲适和洁身自好之情怀。

词之末尾三句，是词人之遐想：“若有一杯香桂酒，莫辞花下醉芳茵，且留春。”在这匆匆而逝的春色之中，如果有一杯香桂美酒，那就让“我”毫无顾忌地醉卧于繁花枝下的芳草地上，暂且留住这美好的春天吧！这里，词人当然不是用酒让自己过那醉生梦死之生活，而是要用酒排遣现实生活之中的失意。由此可见，我们的词人是一位极有头脑的理性之人，他具有恬淡旷远之人生态度，这些是很值得我们学习和借鉴的。

木兰花[①]（燕鸿过后莺归去）

燕鸿过后莺归去[②]，细算浮生千万绪[③]。长于春梦几多时，散似秋云无觅处[④]。　闻琴解佩神仙侣[⑤]，挽断罗衣留不住[⑥]。劝君莫做独醒人[⑦]，烂醉花间应有数[⑧]。

注　释

① 木兰花：词牌名。原为唐教坊曲名。又名“玉兰花令”。

② “燕鸿”句：这里以飞鸟的来去暗示春去秋来、光阴流逝。燕鸿皆为候鸟，每年春季由南方飞往北方，秋冬之季又由北方飞往南方。

③ 浮生：指漂浮不定的人生。《庄子·刻意》有“其生若浮，其死若休”的句子。

④ “长于”二句：化用唐代诗人白居易《花非花》诗：“来如春梦几多时，去似朝云无觅处。”春梦，春天所做的短暂之美梦。秋云，即秋天的云，飘忽不定。

⑤ 闻琴：暗指卓文君与司马相如情事。据《史记·司马相如列传》记载：司马相如至富人卓王孙家饮酒。卓王孙之女卓文君新寡，她好音乐，窃自户窥相如。相如乃抚琴表意，文君此夜与相如一起私奔。解佩：据汉刘向《列仙传·江妃二女》记载，江妃二女出游于江汉之湄，遇郑交甫。见而悦之，遂解佩以赠郑作为信物。神仙侣：此指极般配的爱侣。

⑥ 罗衣：指轻软丝织品制成的衣服。

⑦ 独醒人：这里指清高正直、不同流合污的人。《楚辞·渔父》：“屈原曰：‘举世皆浊我独清，众人皆醉我独醒，是以见放。’”后指高洁之人。

⑧ 有数：即次数不多。

题 解

晏殊的这首感叹年光易逝、人生有限的词，当作于宋仁宗庆历四年（1044）九月之后。这一年，因任同中书门下平章事（宰相），兼枢密使，握军政大权的词人，被谏官孙甫、蔡襄以“役使官兵修建私第”之罪名而被罢相，以工部尚书知颍州（今安徽阜阳）。这是他第三次遭贬谪。然而，时论认为辅臣役使手下之兵丁在当时亦是容许的，不能以此论罪。晏殊被贬谪的真正原因是遭到反对派的排挤。据《宋史·晏殊传》记载：“及为相，益务进贤材，而仲淹与韩琦、富弼皆进用，至于台阁，多一时之贤。帝亦奋然有意，欲因群材以更治，而小人权幸皆不便。”即其时晏之门生范仲淹为参知政事（副宰相），韩琦、富弼为枢密副使，欧阳修为谏官，故而遭人嫉恨而罢相外放。

此词从青春和爱情之易逝，而感叹美好生活之不常，其写情细腻而含蓄；进而又寄托了对贤才遭受打击、排挤的现实政治之愤愤不平，感情激动而表达仍属婉转。同时，在看似有些消极实则并不消极的情调里，巧以化用和比兴、用典等手法达意抒情，表达出一种颇为朦胧的人生感触，十分生动而传神。

赏 析

词之上阕，表达了词人对自然景物、青春、爱情的感触和思考。

起首二句，由春光而写到人生：“燕鸿过后莺归去，细算浮生千万绪。”春燕鸿鹄已经飞走，黄莺亦随之归去。这些可爱的鸟儿，一个个皆与“我”悄然分离。细细想来，时光流逝，人生漂泊不定，尘世真的是千头万绪。上句以形象出之，写春光之消逝。词人借物起兴而喻人，以比兴手法表达春光易逝、美人散去之美好年华、爱情皆难长保之感慨。以一种可叹的客观现象，来寓含遭贬被谪之遭际，其愤慨之情显然可见。下句即由客观转入主观，表达词人真切之感受。尤其是“浮生”二字，既有“浮生聚散云相似，往事冥微梦一般”（唐·张继《重经巴丘》）之感喟，又紧承上句，自然地引出下面两句：“长于春梦几多时，散似秋云无觅处。”巧妙化用“诗魔”之词句“来如春梦几多时，去似朝云无觅处”（唐·白居易《花非花》）之意，来表达对人生问题的思考：人生的短暂飘忽，就如那春梦、秋云一般，真的是难以寻觅、把握。这里，词人将美好之年华、爱情与春梦之短长相联系相比较，同时又将相爱之人的散易聚难与秋云的留、逝相联系相对照，生发出对整个人生的思考。可以说内涵广阔，感慨深沉，令读者深思。

词之下阕，以典寄志，委婉地表达词人内心之愤懑。

换头两句，以典蕴情："闻琴解佩神仙侣，挽断罗衣留不住。"司马相如和卓文君、郑交甫和江妃，算得上是神仙伴侣，然而一旦分离，谁也挽留不住。这里，无论是"闻琴"之卓文君，还是"解佩"之汉皋神女，皆非爱情之化身，而是有着词人的政治寄托："庆历新政"受挫遭败之后，词人不但被罢相，而且连带词人之得意门生范仲淹、欧阳修、韩琦、富弼等一批知己亦遭贬谪。词人由于失宠，想替贤臣良友说几句公道话，亦变成一种奢望。故而，在自身难保的情况之下，当然是"挽断罗衣留不住"啊！

词之结语，词人正话反说："劝君莫做独醒人，烂醉花间应有数。""我"奉劝诸君不要做那独醒之人，姑且到那花间去尽情狂饮，烂醉如泥几次，让酒来麻醉受伤之心灵。词人以看似自我麻醉、自甘沉沦之心态，充分地表达了自己的愤激之情。

木兰花（池塘水绿风微暖）

池塘水绿风微暖，记得玉真初见面①。重头歌韵响铮琮②，入破舞腰红乱旋③。　玉钩阑下香阶畔④，醉后不知斜日晚。当时共我赏花人⑤，点检如今无一半⑥。

注　释

① 玉真：本是仙女之名，这里代指美女。

② 重（chóng）头：指一首词上下片声韵节拍完全相同。铮琮（zhēng cóng）：本是形容玉器相击或水流之声，这里用来形容歌声。

③ 入破：这是唐宋大曲中一个段落的专有名称。唐宋大曲分为散序、中序、曲破三大部分。进入“破”这一部分曰“入破”。乱旋：这里是说舞蹈节奏加快。

④ 玉钩阑：钩阑之美称。钩阑，即弯曲如钩的栏杆。香阶：指飘有花香之台阶。

⑤ 共我赏花人：指与自己一同观看玉真歌舞的人。

⑥ 点检：检查，验看。

题　解

这首伤春怀人之词，据专家考证，当作于晏殊第三次降谪遭贬期间的宋仁宗皇祐二年（1050）。这一年，晏殊赴永兴军任职，张先随其为通判。故而有学者认为，晏殊笔下所写的这位歌女，当是张先《醉垂鞭》之词中所写的那位“初相见”之“双蝶绣罗裙”“朱粉不深匀，闲花淡淡春”（意为：初次相见时，她穿着绣有一对蝴蝶的罗裙，像一朵闲花，只妆着淡淡的红粉）及“细看诸处好”之“柳腰身”（意为：仔细端详，才发现她处处都是那么惹人爱怜，有着柳枝一般的腰身）的女子。

怀旧是宋词中常见之主题。词人虽生当盛世，但仕途并非一帆风顺，故而在词作之中流露出岁月不居、物是人非、人生如梦之感慨。此词前六句极写美妙之风光，其实皆是对往事之回想。词末二句犹如高崖之崩石，让词人跌落于现实，感叹旧人之零落，过往的一切皆成陈迹。读之，令人惘然若失。

赏 析

这是一个初春的黄昏，词人漫步于小园的芳径之上。涌入他眼帘之中的都是他熟悉的景物：那绿水荡漾、“碧苔三四点”（晏殊《破阵子》）之池塘，那曲弯如钩之栏杆，还有那飘散花香之台阶……令他不由得回忆起曾经的过往——正是“一夜好风吹，新花一万枝”（唐·令狐楚《春游曲三首·其二》）的春天，“池塘水绿风微暖，记得玉真初见面”。园里的池塘里泛着碧波，和煦的春风轻轻吹拂。曾记得在这里“我”与那位如花似玉的美人初次相会。这里，词人以“水绿”“风暖”这两个富有色彩又蕴含温馨之感的细节，暗示出此时正是“池塘生春草，园柳变鸣禽”（南朝宋·谢灵运《登池上楼》）、“东风好作阳和使，逢草逢花报发生”（唐·钱起《春郊》）之春天最美好的时节。暖风拂面，令人舒坦；池水碧绿，叫人眼波传意。此时此刻，词人身处这“阳春白日风花香”（晋·舞曲歌辞《白纻舞歌诗三首·其三》）之百花盛开的美好春天中，心情不言自明。虽则此处未曾明写繁花开放之景，但在下阕之中，巧以“赏花”二字衬出，足可见出词意丰厚而文字精简，前后照应，匠心独具。同时，“池塘”一句，是词人之眼观身受，自然暗示出他已徉徜园中，故而下句的“记得”之回忆就显得自然而然。同时，词人将“风”“水”相连，又隐含一个“风乍起，吹皱一池春水”（五代南唐·冯延巳《谒金门》）之动人画面，且以池水之波动暗示着词人情绪之波动。

接着，上阕的后二句，词人描写回忆中的一个片段：“重头歌韵响铮琮，入破舞腰红乱旋。”宴会之上，她唱着前后完全重叠的歌词，她的歌声如玉石般清脆，在入破的急促曲拍之中，她腰肢舞动，红裙飘飘，竟如风儿一般飞旋。这里，词人以细腻而生动的笔触，对初次相见的美女“玉真”之美妙的歌喉和优美的舞姿加以描绘。以“响铮琮”之听觉和“红乱旋”之视觉的两重感受，表现出她歌声之悦耳动听及舞姿之轻盈迷人。音韵和谐，声形并茂，构成语言上的回环之美。虽则这两句只是描摹歌舞之情态，却有不着一字赞美之语而足见风流之妙。

词之换头二句：“玉钩阑下香阶畔，醉后不知斜日晚”，紧承上阕，回忆歌舞宴罢之情形：酒醉后我们在栏杆台阶边相见，不知不觉中，太阳就西斜了。上句点明当时歌舞宴乐之处所，以“玉钩阑”“香阶”之美来反衬词人内心之愁苦、失落。下句描写宴散之时间，既是实写，又含象征之意，有着“斜阳独倚西楼”“人面不知何处”（晏殊《清平乐》）的深深之思念，亦有着词人遭降贬谪之“满目山河空念远，落花风雨更伤春”（晏殊《浣溪沙》）之内心的无限苦悲。此句关合昔、今，为词末之抒情做了很好的铺垫。

结尾二句，是词人由往事回忆而跌落现实之中的由衷之感慨：“当时共我赏花人，点检如今无一半。”当时与“我”一起观赏美人玉真歌舞的人们，细算起来，如今连一半都不到了。词人由对意中人之怀想，而延展到对旧日老友之思念，一种沉重的悼念和怀想之情油然而生。这样，就使全词在俭省的笔墨之中，明、暗交替互见，今、昔对比分明，从而曲折有致，意味深长。

木兰花（朱帘半下香销印）

朱帘半下香销印[①]，二月东风催柳信[②]。琵琶旁畔且寻思[③]，鹦鹉前头休借问。　惊鸿去后生离恨[④]，红日长时添酒困[⑤]。未知心在阿谁边[⑥]，满眼泪珠言不尽。

注　释

① 香销印：这里是说香上的印记燃烧尽了，可见时间已晚。古人在香条上刻有标记，根据燃烧的长短计算时间。香印，即指香炷上的印记。

② “二月”句：这里是说，二月的东风，带来柳树发芽的讯息。

③ “琵琶”二句：表明词中的女主人公心事重重，却又不可告人。这里化用唐朱庆馀《宫词》之“含情欲说宫中事，鹦鹉前头不敢言”诗意。

④ 惊鸿：即鸿雁。此句化用“翩若惊鸿，婉若游龙”（三国魏·曹植《洛神赋》）句意。

⑤ 酒困：指饮酒过度而神志迷乱。

⑥ 阿谁：意即谁、何人。

题　解

晏殊之词，历来为人们所推崇。有人欣赏其词之温婉秀丽，有人推重其词之清疏俊逸，有人偏爱其词之玉润珠圆，有人看中其词之雍容典雅。然而，对于享有高官厚禄之优越舒适生活条件的词人来说，其词之缺陷亦是显而易见的：其词反映的生活圈子毕竟过于狭窄，词所描写的内容，大多为上层士大夫之优裕之享乐生活，不外乎看花饮酒、听歌观舞、流连光景之消闲，以及因时光飞逝、人生易老、离多聚少、怀远忆旧等所产生的淡淡哀愁。甚而至于有时只是在歌酒盛宴的消遣之余，生发出一些消极颓唐的无病之呻吟。尽管有如此之不足，但他仍不失为北宋初期词坛之一大家。尤其是他特别喜欢南唐词人冯延巳的词，承袭冯词深婉含蓄之风格，并发扬之，且影响到其得意门生欧阳修；加之欧阳修之词与其风格相近，且有出蓝之誉，故而后人将他们二人之词合称为“晏欧体”，成为词坛婉约派之一大宗，对后世产生了极为深远之影响。

这首词深受冯延巳闺怨词之影响，既蕴含“几日行云何处去？忘却归来”（冯延巳《鹊踏枝》）之挂念、悲叹和幽怨，又含有“百草千花寒食路，香草系在谁家树”（同前。百草千花：喻指别的女子）之担心、忧心和伤心，亦有着“泪眼倚楼频独语，双燕飞来，陌上相逢否”（同上。相逢否：问双燕是否见到了荡游不归的丈夫）的真实、真切、真率之痴情。读之，同样是“蔼然动人”（清·陈廷焯《白雨斋词话》卷一）。

赏 析

词之上阕，重在写眼前实景实事。

起首二句：“朱帘半下香销印，二月东风催柳信。”词人以准确、形象而又生动之笔触，给我们描绘出两幅颇有关联之图景：精致的阁楼之中，红色的帘子垂落下来，轻轻飘曳，那刻有标记以估算时间之香印，早已燃尽。此时此刻，楼外那二月的春风，温柔地吹着，似在催促那柳树发芽。这两句，一内一外，颇有意趣。阁楼之内，有那鲜艳耀眼之“朱帘”，又有刻有标记正燃着冒烟之“香”，且以“香销印”三字，点示时间已晚。虽未写人，但由“香销印”三字可知，“香”前定然有人，且就在“香”前，还未入睡。此图景我们可命之曰“朱帘半下香销图”。阁楼之外，词人用拟人的手法，写出一个“遍柳条”之“二月春风”（唐·王涯《汉苑行》）使柳芽萌发的想象画面。这当然是楼中之人所想。这一句，我们可命之曰“二月东风催柳图”。词人妙将这两幅看似无甚关联之画面，展现于我们面前，自然是别有深意。尤其是“柳信”二字，显然蕴含别离、相思之意。因为古之因“柳”与“留”谐音，古人有折柳赠别之习俗。可见，第二幅图景有点示词旨之妙。

上阕后二句："琵琶旁畔且寻思，鹦鹉前头休借问"，点出楼阁之中的人：她独自抱着琵琶，似乎沉浸于心事之中；但那心事只能闷在心里，即便对着善于学舌之鹦鹉，也难以说出口来。这里，由"琵琶"二字，巧妙点示楼阁之中独守之人的身份：原来她是一位歌女。这两句又巧妙化用唐代诗人朱庆馀"含情欲说宫中事，鹦鹉前头不敢言"（《宫词》）之诗意，反其意而用之，表达歌女复杂而又微妙之心理：她不能问鹦鹉，怕它知道自己心中的秘密；她不愿问鹦鹉，怕它会把自己心中的秘密传于别人；她更不敢问鹦鹉，怕它带来思念之人另有所恋之令她心碎的消息。可见，这幅"琵琶旁畔寻思图"，意蕴更为婉曲而深厚。

词之下阕，重在写心理活动。

换头二句："惊鸿去后生离恨，红日长时添酒困。"写歌女之愁苦回忆：自从她的心上人走后，离恨就如那春草一般，在她心中日日滋长；天气逐渐变暖，白日逐渐变长，离恨别愁更加剧了酒后的困苦难安。这两句，直接点出词旨"离恨"，且以"惊鸿去后"写别去，以"添酒困"写无尽之思念，显然有着"衣带渐宽终不悔，为伊消得人憔悴"（宋·柳永《凤栖梧》）之日思夜想的悲愁苦恨。这亦是一幅图景，我们命之曰"惊鸿红日添酒图"。

词末二句："未知心在阿谁边，满眼泪珠言不尽"，描写歌女思念心上人时的心理和情态：她不知道，心上人的心到底在何人的身上。每每想到这些，她眼中的泪珠便不断滴落，难以遏止。上句极真实地写出她日夜忧思之苦情，有着"天涯兮绵绵，问道路兮将几千，朝朝暮暮绮窗前，长怀此恨终永年"（唐·李峤《楚望赋》）之思念无尽的悲伤。下句以"泪眼"含悲、有言难"尽"诉写出歌女心中难以消除之凄楚。这里，还是一幅图景，我们命之为"满眼泪珠念想图"。

这首词最为突出的特点：手法超前、精妙。全词以"蒙太奇"（镜头组接）手法，用五个特写镜头构成全篇，形象鲜明，意蕴丰厚，把一位歌女无所寄托、难以言尽的愁苦之情表现得淋漓尽致。

诉衷情[①]（芙蓉金菊斗馨香）

芙蓉金菊斗馨香[②]，天气欲重阳[③]。远村秋色如画，红树间疏黄[④]。　流水淡[⑤]，碧天长[⑥]，路茫茫。凭高目断[⑦]，鸿雁来时[⑧]，无限思量[⑨]。

注　释

① 诉衷情：词牌名。原为唐教坊曲名。
② 金菊：金黄色的菊花。斗：争，比。
③ 天气：指时令、节气。重阳：即重阳节，我国传统节日，农历九月初九日，民间在这天有登高、赏菊、吃糕等习俗。
④ 红树：这里指秋天叶子变红的树，如枫树、乌桕树等，这类树到了秋季叶色会变红。疏黄：这里指秋天稀疏发黄的树叶。
⑤ 淡：这里指水流平满清澈缓流的样子。
⑥ 碧天：即碧空，蔚蓝色的天空。
⑦ 凭高：即登临高处。目断：即望尽，极目力所及。
⑧ 鸿雁：指大雁。
⑨ 思量：相思。

题　解

这首词当作于宋仁宗宝元元年（1038），当时词人四十八岁。据夏承焘《二晏年谱》所载："仁宗宝元元年戊寅（1038），四十八岁，自陈州召还为御史中丞、三司使。""《宋元宪集》有《和中丞晏尚书木芙蓉金菊追忆谯郡旧花》《和杨学士和答中丞晏尚书西园玩菊》诸诗。《宋景文集》有《和三司晏尚书忆谯涡》诸诗……当皆此时作。《珠玉词》有《诉衷情》

‘芙蓉金菊斗馨香’‘数枝金菊对芙蓉’二首，据二宋诗题，知二词皆此年作。”晏殊于宋仁宗明道二年（1033）四十三岁时遭到了第二次降谪（其原因是他撰写的李宸妃墓志失实），罢参知政事知亳州。此时，词人贬为外官已有六年，正在知陈州（今属河南周口）任内。据北宋文学家宋祁给晏殊的信中所陈说的晏殊在此时之状况：“视政余景，必置酒极欢。图书在前，箫笳参左。”由此可见，晏殊在政治上是不得意的。这首描写秋日景色且在登高之际抒写无限相思之情的词，就是在此背景下写的。

赏　析

晏殊词多以男欢女悦、离情别绪为内容。而这首词则以写景为重。词人所写之景，不是“绿杨芳草”（晏殊《木兰花》）、“芳郊绿遍”（晏殊《踏莎行》）之春景，而是秋景，写的是“一带江山如画，风物向秋潇洒”（宋·张昇《离亭燕》）之景。起笔二句，就极富特色：“芙蓉金菊斗馨香，天气欲重阳。”木芙蓉那红中有白的硕大花朵与金黄的菊花在斗香斗艳，而此时的节令正是将近重阳的时候。词人从“华容碧影”（唐·李贺《开愁歌》）之中，将目光聚焦于“木芙蓉”和“金菊”两种花上，以拟人的手法，用“斗馨香”之化抽象为形象之描写，让我们的眼前出现红白与金黄之花争艳斗香之场景，表现出“江边枫落菊花黄，少长登高一望乡”（唐·崔国辅《九月》）之重阳节到来之前的季节特征。既写花又写时令，用笔简洁而色彩鲜明，且为下文之登高写景做了铺垫。

接着，词人从眼前之景上移开目光，转而举目远眺，只见“远村秋色如画，红树间疏黄”：远处之村庄秋色如画，那红红的树叶间杂着稀疏的黄叶。这里，词人由近景而到远景，由周围而写到望中之乡村，由花而写到树，层次极为分明。且抓住了“黄花红叶共秋风”（宋·邵棠《道经柘溪静林寺》）之“霜叶红于二月花”（唐·杜牧《山行》）的最美之秋景，用“秋色如画”这描写中蕴含喜悦、欣赏之意的四字，总括秋景之美。然后又以浓密之“红树”与显现于红树中间稀疏之“黄”色相间，以浓淡互为衬托之手法，倍增眼前的景色之美。这就把词人“笑从双脸生”（晏殊《破阵子》）的无比喜悦之情蕴含其中。

下阕换头处三句，词人从陆地写到水，从水面写到天空及极目之处：“流水淡，碧天长，路茫茫。”只见流水清浅，碧空万里，道路茫茫不见尽头。词人所在之中原地区，因秋雨较少，秋水平静而无波，显得清亮而澄净，故而词人用一“淡”字状水；此时又秋高气爽、天阔云淡，故而仰观所见，词人又以一“长”字状天。这样，词人就做到了平字见新，尤其是“淡”“长”二字，极有特色，与其门生范仲淹之名句“碧云天，黄叶地，秋色连波，波上寒烟翠”（《苏幕遮》，“寒”字有双关意，既指天气寒冷，也指作者悲凉之心情）有异曲同工之妙。从“路茫茫”三字之中，自然不难窥见词人遭贬远谪，心里十分委屈。据《能改斋漫录》记载，词人从亳州调赴陈州之饯宴之上，当一官妓唱到“千里伤行客”一句时，他当即恼火，怒斥官妓：“我平生调任，未尝远离京都五百里，哪里有一千里呢？！”由此可见词人心中之不坦然：“千里”不过是泛泛而言，如果他对自己之迁谪不介意的话，又何必迁怒于一个官妓，去斤斤计较那“千里”与“五百里”呢？

词末三句：“凭高目断，鸿雁来时，无限思量。”词人见景而生情：“我”登上高处，极目远眺，只见鸿雁飞来，“我”的心中便涌起了无限的相思之情。联系上文可知，词人此时所生发之“无限思量”之情，显然不是词人常写的男女情爱之类，而是对朝廷之思念，期盼早日回朝。词人不愿明说，故而含混言之。

这首词最值得我们注意的特点，应是含蓄。词人在词之上阕极写景色之美，蕴含一种喜悦之情。词人极有可能预感到六年贬谪的时日可能要到头了，故而在下阕结尾处透露出这种心情。事实正是如此，此词写后不久，词人便被召回汴京，就任御史中丞、三司使。

踏莎行[1]（细草愁烟）

细草愁烟，幽花怯露[2]，凭阑总是销魂处[3]。日高深院静无人，时时海燕双飞去。　带缓罗衣，香残蕙炷[4]，天长不禁迢迢路[5]。垂杨只解惹春风[6]，何曾系得行人住[7]。

注　释

① 踏莎行：词牌名。又名“柳长春”“踏雪行”“喜朝天”等。

② “细草”二句：在伤心之人的眼中，花草亦是有愁绪的，故而称之“愁烟”“怯露”。

③ 凭阑：即身倚栏杆。销魂：魂魄离开了躯体，形容极其悲伤愁苦。

④ “带缓”二句：这里应为倒装句，即“罗衣带缓，蕙炷香残”。带缓，即衣带变宽，形容人之消瘦。罗衣，指轻软丝织品制成的衣服。蕙炷，指香。“蕙”是一种以蕙草为香料而制成的熏香，古代女子室内常用。炷，香炷，就是人们常说的“一炷香”之“炷”。“香残蕙炷”，即为室内所点之蕙香，一段段烧成残灰。

⑤ “天长”句：这里是说道路比天更长。不禁，不能阻拦、不能阻止。迢迢（tiáo），这里指漫长。

⑥ 惹：招惹，牵惹。

⑦ 系（xì）：拴住。

题　解

“大晏”之词大多写得凄婉而温润，少有激言厉声之语，却蕴含幽隐深远之情怀。比如，“碧纱秋月，梧桐夜雨，几回无寐”（《撼庭秋》）之难以驱遣、难以忍受之凄楚；又比如，“长恨离亭，泪滴春衫酒易醒”（《采桑子》）之相亲相爱、情投意合之人离分的惆怅、悲恸和苦恼；再比如，“长于春梦几时多，散似秋云无觅处”（《木兰花》）之对爱情、年华以及整个人生之思考……此词正是这样，词人以凄婉温润之笔调，在抒发伤春的情绪之中，将一种对时光年华流逝之深切的慨叹和惋惜之情，深蕴其中。不仅如此，词人还在极幽微之情思的叙写之中，流露出一种颇为深挚、颇为高远之向往追寻之心意。读到此处，读者之心灵便会共鸣、震撼，从而生发深入的联想和思考，使鉴赏能力和思想境界得到提升。这种由言外之引人联想、感发之作用，在词的写作和鉴赏中，显得特别重要。就写作而言，除晏殊之外，还有南唐冯延巳及北宋初年欧阳修等词人，其词作最富于高远深厚之意蕴。

赏析

词之落笔二句“细草愁烟，幽花怯露”，用工整而精美的对仗句，描写所见之景色：纤细的小草，在风中拂动，就好像那缕缕轻烟，惹得人顿然生愁；独自开放的花朵，显出胆怯的样子，生怕那露珠之打扰。这里，词人用拟人的手法，着一“愁”字，生动而形象地描写出“细草”在烟霭之中显现的那种忧愁之神态；着一“怯”字，极逼真地描写出“花”在晨露之中那种战栗之感受。以“花”“草”的人格化，亦物亦人，物人为一，来表明人之心情。这与词人笔下之“槛菊愁烟兰泣露”（《蝶恋花》），有异曲同工之妙，虽则季节不同（本词为春景，《蝶恋花》为秋景），但境界相同，手法相同，皆表现了“大晏”之敏锐、善感及观察纤细、幽微的细腻、深挚之情思。

紧接着的一句“凭阑总是销魂处”，总括前二句，直接抒写深挚之情感：闺中的女子倚在栏杆之上，总会想起一些令她难忘之往事，顿时让她魂飞魄散，悲愁万分。这一句既点明词旨（闺怨），又巧妙点示前二句皆是闺妇凭栏所见之景。“销魂”二字，直接写出闺妇内心之伤悲：既有“莫凭小阑干，清晨花亦寒（原句是‘夜深花正寒’）”（宋·朱秋娘《菩萨蛮》）之见花草而生愁怨之悲苦，又有“莫道不销魂，帘卷西风，人比黄花瘦”（宋·李清照《醉花阴》）之憔悴、消瘦而生悲哀之愁苦。词作之“幽微深婉”之特色由此可见一斑。

上片结拍二句“日高深院静无人，时时海燕双飞去”，紧承上句，描写闺妇所处之环境。太阳高高升起，照在幽深的院子里，那院中却静寂无声，无人居住；只看到时不时地有一些海燕成双成对地飞来飞去。这里，词人用了环境衬托的手法：上句以“深院”之空寂来衬托闺中人内心之空寂，乃为以哀景写哀情之正衬；下句以“双燕”之“时时飞去”来衬托闺中人处境之孤单、孤苦，乃为以乐景写哀情之反衬。前者如“诗圣”之“万里悲秋常作客，百年多病独登台”（唐·杜甫《登高》）一般的悲愁万端，后者如“稼轩”之“生怕见，花开花落，朝来塞雁先还”（宋·辛弃疾《汉宫春》）一样的怨愁难消，闺妇之愁思绵绵无尽。

过片处“带缓罗衣，香残蕙炷，天长不禁迢迢路”，由室外转写室内：衣带变宽、备加消瘦的她，哀怨地看着那蕙香一段段地烧成残灰。她一想到无法阻止的天长路远之思念，就黯然而泪下。这里，既写出了闺妇“相去日已远，衣带日已缓”（汉·无名氏《古诗十九首·行行重行行》）之难以消除的愁苦，又表现出闺妇“天涯兮绵绵，问道路兮将几千，朝朝暮暮倚窗前，长怀此恨终永年”（唐·李峤《楚望赋》）之日思夜想的思念之哀伤。“不禁”二字，倍见悲伤，更增无可奈何之愁苦。

词末二句“垂杨只解惹春风，何曾系得行人住”，写出闺妇见景而悲愁又生：垂下之杨柳柔条随风飘动，婀娜多姿，只能惹得那春风眷顾罢了，但它的哪一根柔条何曾把要走的人留住？！这里，词人以拟人之手法，反问之语气，寄托闺妇心中极为深厚、无法抑制的怀思、怅惘之情，亦蕴含着词人对人生、社会之深刻感悟。正如我国现代词学家赵尊岳所评：“此词由眼前之秋景，追忆残春之欢悰，感慨其深，句意至韵，而用笔质朴。”（《〈珠玉词〉选评》）

踏莎行（祖席离歌）

祖席离歌①，长亭别宴②，香尘已隔犹回面③。居人匹马映林嘶④，行人去棹依波转⑤。　画阁魂消⑥，高楼目断⑦，斜阳只送平波远。无穷无尽是离愁，天涯地角寻思遍⑧。

注　释

① 祖席：指饯行时所设的酒宴。古代出行之时祭祀路神称之为“祖”。

② 长亭：古代于大道边设亭给行人休息，原十里一亭，后复五里置亭，乃称十里之亭为长亭，近城者常为送别之处。

③ 香尘：这里指带有花香的尘土。回面：即回头、回顾。

④ 居人：这里指留在家里的人。

⑤ 行人：即出行的人，相对于上句之“居人”而言。去棹：指离去的船。棹，即船桨，此处指代船。

⑥ 画阁：本是彩饰墙壁、梁柱的房屋，这里借指室内之人。魂消：即销魂，形容极其哀愁。

⑦ 目断：这里指极目远眺，直到尽头。

⑧ 寻思：即考虑、思考。

题　解

晏殊的这首词是抒写别离之情的。词人的词作之中，有不少是抒写相爱男女之离愁别恨的。如“长恨离亭，泪滴春衫酒易醒”（《采桑子》），如“梧桐昨夜西风急，淡月胧明。好梦频惊，何处高楼雁一声”（《采桑子》），又如“无情不似多情苦，一寸还成千万缕”（《玉楼春·春恨》），再如“天涯地角有穷时，只有相思无尽处”（同前）。这首词的特别之处在于，本词既不表达别后的思念之苦，亦不是抒写由离愁引发之人生感慨，而是写出饯别、相送和别后思念之痛苦情感及现实历程。词之上阕，重在写饯行之情景，先写送别场面，再分别从送者和行者之两面抒写离情，既表现送者之依依难舍，又叙写行人亦不忍离去。词之下阕，单就送者来写对行人之思念。与词人之上面所列举之“天涯”二句，有异曲同工之妙。浓浓之情怀，偏配以淡景，意境深远，颇有意趣。正如名家所评赞的那样：“此首为送别之作，足抵一篇《别赋》。”（唐圭璋《唐宋词简释》）

赏 析

此词入韵三句，直接描写饯宴、惜别及分别之情景：“祖席离歌，长亭别宴，香尘已隔犹回面。”饯行的酒席上已唱完离别之悲歌，长亭中已散了离别之饮宴，那带有花香的尘土，已遮住了视线，可离人还频频回首。这里，词人以“离歌”与“别宴”、“别宴”与“祖席”之语意复沓之手法，强调了“祖席长亭上（原句是‘洛桥边’），亲交共黯然”（唐·韩愈《祖席前字》）的不忍别离之场景。又以“香尘”一句写出刚一分手之情景。尤其是“犹回面”的细节描写，一笔两写，既可是送者，又可为行人，把那种“舟凝滞于水滨，车逶迟于山侧，棹容与而讵前，马寒鸣而不息”（南朝梁·江淹《别赋》）的依依不舍的心境及情景极生动地描写出来。那情那景如在眼前。

上阕之后二句紧承上句之意脉，再写送者与行者：“居人匹马映林嘶，行人去棹依波转。”送者骑马在林中流连，那马儿也像明白主人之心意，仰首而长嘶；行人已乘船渐行渐远，终于随着江流之曲折而隐没无影。词人在这里以“马嘶”和“棹转”之侧面衬托之手法，写出了双方别情之深挚。

换头之三句，单写送者：“画阁魂消，高楼目断，斜阳只送平波远。”登上楼阁远望，“我”更加伤心，不见你的身影，望断天涯只见那斜阳送着流水远去。这里看似平平，实则以所望之“斜阳”一句，更使送者徒然再增离情别恨，与词人之“楼高目断，天遥云黯，只堪憔悴”（《撼庭秋》）一样的痛苦不堪、伤悲不已。尤其是“只送”二字，将送者怨极恨极悲极而又无可奈何之深情抒写出来，以平易之语言表达出深曲之意旨，可谓妙极。

收尾二句:“无穷无尽是离愁，天涯地角寻思遍”，直抒送者之胸臆：人世间无穷无尽的是离情，哪怕你到那天涯地角，“我”也会永远把你思念。这两句极写别后之思念，既暗暗扣住上句之“平波远”三字，又以“天涯地角”与之呼应，意脉绵密，将抒情主人公的相思相念之情、无时无处不在之意深蕴之中，收到了文虽尽而意无穷之效果。

踏莎行（小径红稀）

小径红稀[①]，芳郊绿遍[②]，高台树色阴阴见[③]。春风不解禁杨花[④]，蒙蒙乱扑行人面[⑤]。　翠叶藏莺，朱帘隔燕[⑥]，炉香静逐游丝转[⑦]。一场愁梦酒醒时，斜阳却照深深院[⑧]。

注　释

① 小径：小路。红稀：即花儿稀少。

② 芳郊：这里指花草丛生之郊野。绿：绿草。

③ 高台：这里指高楼。阴阴见（xiàn）：即暗暗显露，若隐若现。阴阴，不明，幽暗。见，通“现”。

④ 不解：不懂。禁：止。

⑤ 蒙蒙：这里指纷杂细密的样子。

⑥ 翠叶藏莺，朱帘隔燕：这里是写屋外，是说帘外莺燕纷飞、鸣啭。

⑦ 炉香：室内用炉子烧香，这里指烧香的轻烟。游丝转：指烟雾旋转上升，像游动的青丝一般。这一句化用唐杜甫《宣政殿退朝晚出左掖》诗：“宫草微微承委佩，炉烟细细逐游丝。”

⑧ 却：正。深深院：空寂的深宅大院。

题　解

晏殊的这首词，描绘暮春之景，且几乎通篇皆景。虽则没有南朝梁文学家丘迟笔下之“暮春三月，江南草长，杂花生树，群莺乱飞”（《与陈伯之书》）之色彩斑斓、莺歌燕舞的宏大场景，亦比不上北宋诗人“山谷道人”所写的“春残已是风和雨，更著游人撼落花”（宋·黄庭坚《同元明过洪福寺戏题》。大意：春残已是风雨交加的季节，再加上游人的摧残，花儿零落殆尽了）一般的凄凉，但却写得极有特色：词人以细腻缠绵之语言，通过两幅动静判然的暮春景色之描绘，抒发了对自然万物转瞬即逝、时序流逝之无限感慨，寄寓了词人隐隐的怨怼和淡淡的愁绪。正如前人所评说的那样："此词亦有所兴。"（张惠言《张惠言词选》）

首三句言花稀而叶盛，喻君子少而小人多也。"'高台'指帝阍。'春风'二句，小人如杨花之轻薄，易动摇君心也。'翠叶'二句，喻事多阻隔。'炉香'句，喻己心之郁纡也。'斜阳却照深深院'，言不明之日，难照此渊衷也。"（黄苏《蓼园词选》）这正如古人所说的那样："诗无达诂。"（汉·董仲舒《春秋繁露·精华》）我们说，词亦无达诂。故而，只要言之有理，言之有据，我们皆可接受、认可。

赏 析

词之上阕，写郊外之景。

词人以行人之踪迹为落脚点，由近及远，展现出一幅暮春之立体图画。开篇三句，描写暮春时节郊外之景象："小径红稀，芳郊绿遍，高台树色阴阴见。"小路边的花儿日渐稀少，可那花草丛生的郊野却是绿色一片，绿树成荫的高楼台榭若隐若现。前两句写地面之景：首句突出了一个"稀"字，写出小路两旁之花儿稀疏之特点——只能间或看到那星星点点的几瓣残红；次句则放眼广阔之郊野，突出了一个"遍"字，描绘出绿色遍布大地之景象；第三句则突出了"阴阴"二字，呈现出绿树成荫、一片幽深之颜色。这样，"红稀""绿遍"和"树色阴阴见"之图景，就将春天已快消逝、初夏之气息扑面而来之信息传达出来。这三句采用移步换景的手法，描绘出暮春之静景。

上阕后二句"春风不解禁杨花，蒙蒙乱扑行人面"，则偏重于暮春动景之描绘：春风不懂得去管束杨花柳絮，任它们纷纷扬扬往行人脸上扑去。这里，词人通过"春风"将树上之"杨花"与路上之"行人"联系起来，妙以拟人手法，以责备之口吻来写，透露出一种幽怨之情绪。此外，也暗示了春天将逝，无计可留，只好任飘舞之"杨花"送春归去之伤感，且突出了"杨花"之无拘无束的活跃生命力。忧中有喜，没有衰颓之情调，反而显得很有情趣，别有深意在焉。

词之下阕，写院落之景。

词人的视点由郊外转入庭院，更加细腻地描绘暮春庭院寂寥之幽静状态，更强烈地表达了孤独、怨恨和愁苦。换头处的三句，“翠叶藏莺，朱帘隔燕，炉香静逐游丝转”，承上启下，描写室外和室内之景：翠绿的树叶掩藏着鸣叫的黄莺，红色的窗帘把飞舞的燕子隔在外面，那幽室内香炉里的青烟袅袅升起，如轻柔的游丝一般在四处游荡。前二句，一句承上，一句启下，转接十分自然。上句以“翠叶”之茂密暗写“莺歌”，且暗与上阕之“树色阴阴”相呼应；下句以“朱帘”之“隔”写燕舞，且自然过渡到室内。尤其是“藏”“隔”二字，突出了“藏莺”之声和“隔帘”的“燕”舞之身姿，生动地呈现出春末夏初莺歌燕舞、绿树成荫之景象。后一句，以形象的比喻写出香烟缭绕之动态，实则反衬出整个室内令人压抑的寂然无声之环境。词人用“藏”“隔”和“静逐”三词准确而传神地营造了这个令人窒息的环境氛围。

词末二句“一场愁梦酒醒时，斜阳却照深深院”，转入叙事和写景：午间小饮，酒困入睡，“我”酒醒梦回之时，已是日暮时分，只见那斜阳映照着深深的庭院。这里，词人以“一场愁梦”四字，直接陈述心中之感受，画龙点睛地道出了全词之主旨，将一种春光逝去的惋惜和忧愁之情蕴含其中，比之唐代诗人方棫之“夕阳如有意，长傍小窗明”（《失题》），更富意蕴和神韵。

雨中花[1]（剪翠妆红欲就）

剪翠妆红欲就[2]，折得清香满袖[3]。一对鸳鸯眠未足，叶下长相守。 莫傍细条寻嫩藕，怕绿刺、罥衣伤手[4]。可惜许、月明风露好[5]，恰在人归后。

注 释

① 雨中花：词牌名。

② “剪翠”句：意谓剪出翠绿的荷叶，妆成浅红的莲花。欲就，意即已经长成。

③ 清香：清淡的香味。

④ 罥（juàn）：挂。

⑤ 可惜许：即可惜。许，语气助词，无实义。

题 解

晏殊的这首词是抒写采莲女子内心之情愁的。说起采莲，我国描写采莲的诗词之鼻祖，当属汉乐府古辞《江南》。这首汉代民歌，以清新、活泼的语言，生动地反映了水乡女儿采莲劳动之场景，洋溢着无限欢乐的情韵和对美好生活之追求，亦呈现出大自然活泼、可爱之生机。到了唐宋之后，描写采莲之诗词，可说是十分成熟，异彩纷呈。比如，“七绝圣手”笔下之“荷叶罗裙一色裁，芙蓉向脸两边开”（唐·王昌龄《采莲曲》），给我们描绘出一幅人花相映共美的精妙画面；比如，“诗仙”以“清水出芙蓉，天然去雕饰”（唐·李白《经乱离后天恩流夜郎忆旧游书怀赠江夏韦太守良宰》）之神笔，给我们呈现了一幅“小姑织白纻，未解将人语。大嫂采芙蓉，溪湖千万重”（唐·李白《湖边采莲妇》）之充满生活情趣的画面；又比如，“诗魔”之“菱叶萦波荷飐风，荷花深处小船通”（唐·白居易《采莲曲》）的风景优美、充溢诗情画意的生活图景，读之皆让我们欣喜异常、激动不已。“大晏”给我们所描写的对象，亦是一位“人貌与花相斗艳”（晏殊《渔家傲》）的采莲女，她之巧手与遐想，让我们感受到她那美好与忧愁相伴之情思。

赏 析

这里描写的是一位“人貌与花相斗艳”的美丽的采莲女。这一天她没有“采莲江北岸，轻桡短棹随风便”（晏殊《渔家傲》），而是安静地坐在闺房之中，正在剪纸。她剪得是那样专注、入神，又是那样娴熟自如。只见她“剪翠妆红欲就，折得清香满袖”——她剪出翠绿的荷叶，又在“层层张绿伞”的“莲叶”（同前）上，把那剪好的已经妆成的浅红的莲花，装饰在中间。她在剪折的时候，感觉荷花那清淡的香味，已经充满了她的衣袖。落笔这两句，词人就给我们描绘出一个极为形象的画面，那娴静而美丽的采莲女如在眼前。词人以“剪翠”“妆红”二词，写出她之心灵手巧、聪颖貌美。明写剪花，实则写人。“折得”一词，再写她之巧剪妙思，词少而意丰，给人留下想象之空间。“清香”二字，尤为精妙，既写出她之所剪栩栩如生，又化形象为抽象，写出了“菡萏香连十顷陂”（唐·皇甫松《采莲子》）之感受，一下子便有了生活气息，让我们的女主人公似乎又置身于那“笑隔荷花共人语”（唐·李白《采莲曲》）、人面荷花相映红的荷塘之中，故而她便即刻产生“清香满袖”之感觉。

接着，词人描写主人公边剪边想之情形：“一对鸳鸯眠未足，叶下长相守。”她想：这绿绿大大的荷叶之下，应该再剪上一对恩恩爱爱的鸳鸯，它们还没有睡醒，正在那荷叶庇护下，长相厮守，享受着美好爱情的温馨、幸福。这两句可谓神来之笔，极真实而又传神地写出采莲女的心理活动：她可能想到了“关关雎鸠，在河之洲”（《诗经·周南·关雎》）之情景，顿然有了“剪鸳鸯眠于荷叶下”的奇思妙想，具有浓郁而真实的生活气息。

由以上可见，词之上阕显然重在突出采莲女之“手巧”。那么，词之下阕自然重在突出她的“心灵”了。

过片二句，紧承上阕，描写女主人公之遐想：“莫傍细条寻嫩藕，怕绿刺、罥衣伤手。”她想到了采莲的情景，在心里似在告诫别人又像是对自己说：不要依傍那细细的枝条去寻那嫩嫩的莲藕，那枝条上恐怕会长有绿刺，会挂破你的衣服，会刺伤你采莲的嫩手。这里，从主人公的遐想之中，我们不难想见她那“一把藕丝牵不断，红日晚，回头欲去心撩乱”（晏殊《渔家傲》）之过往，或许还有“空有相怜意，未有相怜计”（宋·柳永《婆罗门令》）的伤心之经历，故而便生发了这样的劝告之语。然而，我们亦不难窥见，在她的心里，更多的是对那“如花似叶长相见”（晏殊《渔家傲》）之美好爱情的憧憬和追求。

词末二句，是女主人公油然而生出的伤感和忧愁：“可惜许、月明风露好，恰在人归后。”多么可惜啊，那月儿明明、风儿轻轻、夜露点点的大好时节，恰恰是在美人儿回去之后才有的。这里，词人借女主人公之口，表达了一种对人生、对美好爱情的感悟：人生、爱情千万莫要错过，一旦错过，那将悔之晚矣！这大概是词人宦海人生的真切体验，在当今亦有现实意义。但愿我们的每一个读者，都有一个美好的人生，莫要错过那美好的时光！

蝶恋花[1]（南雁依稀回侧阵）

南雁依稀回侧阵[2]，雪霁墙阴[3]，偏觉兰芽嫩[4]。中夜梦余消酒困，炉香卷穗灯生晕[5]。　急景流年都一瞬[6]，往事前欢，未免萦方寸[7]。腊后花期知渐近[8]，寒梅已作东风信。

注　释

① 蝶恋花：词牌名，因梁简文帝诗有“翻阶蛱蝶恋花情”而得名。初名“鹊踏枝”，又名“凤栖梧”“一箩金”“黄金缕”“卷珠帘”等。

② 南雁：南飞之雁。依稀：仿佛，隐约。侧阵：指雁群排列成阵而飞，故而称雁阵。鸿雁若斜飞，则称侧阵。

③ 雪霁：雪后放晴。

④ 偏觉：最觉。

⑤ 穗：灯花。这里化用唐韩愈《宿龙宫滩》诗：“梦觉灯生晕，宵残雨送凉。”

⑥ 急景：即急驰的日光，亦指急促的时光。一瞬：转眼之间，形容极短的时间。

⑦ 萦：缠绕，牵挂。方寸：心，心头。

⑧ 腊后：腊日之后。古时以夏历十二月八日为岁终祭祀百神的日子，称之为腊日。

题　解

晏殊的这首词抒写冬春交际、雪霁梅开之时所生发的心理感触及绵远之情思。面对日落月出、“寒往则暑来，暑往则寒来”（南朝宋・范晔《后汉书・郎顗传》）之景象，自然而然地会生发叹时、伤世之感叹。比如，“四时更变化，岁暮一何速”（汉・无名氏《古诗·东城高且长》)；比如，“四时兮代谢，万物兮迁化”(唐·卢照邻《释疾文·悲夫》)；再比如，“人生处一世，去若朝露晞”(三国魏·曹植《赠白马王彪》)……被称为神童的词人，十四岁便步入了仕途，然而，仕途并不顺遂，遭贬被谪的经历，令他深感人生不易、人世艰难，亦曾写下“时光只解催人老”(《采桑子》)、“人面不知何处，绿波依旧东流”(《清平乐》)和“一向年光有限身”(《浣溪沙》)等慨叹。这首词正是这样，词人由季节递换之微妙感触生发开去，抒发了对光景之急转、人生之短促及人情之绵长的深沉感慨。“它所给予读者的，除去情感上的感动外，另外还有着一种足以触发人思致的启迪。”(叶嘉莹《大晏词的欣赏》)

赏 析

这首词乍一落笔，便给我们呈现了一组在词人看来颇为无聊、伤感之景：“南雁依稀回侧阵，雪霁墙阴，偏觉兰芽嫩。”南飞的大雁隐约可见，斜斜地往回飞着；墙角那残雪正在慢慢地消融，最让人容易感觉到的，是地上那兰花的嫩芽正悄无声息地钻出来。这里，词人以“依稀”写“侧阵”之“南雁”，以“偏觉”写“兰芽”，皆抓住了事物之特征，描写得准确而生动。“偏觉”二字，更见出词人感知之敏锐，观察之细致，与其笔下之“池上碧苔三四点，叶底黄鹂一两声，日长飞絮轻”(《破阵子》)有异曲同工之妙，皆显示出词人非同一般的感知、观察之功底。接着，时移景转，词人写到了夜半梦醒之时：“中夜梦余消酒困，炉香卷穗灯生晕。”夜半时分，因做梦而惊醒，却感觉竟消除了因醉酒而生的困意；看着那烧过的如谷穗一般的灯花的炉香，此时的灯光显得十分昏暗。上句寥寥七字，词意颇丰：既补充交代了因无聊、烦闷、伤感而饮酒成醉之事，又说明了因梦而醒之缘由。虽则未写是何梦境，但从一个“消”字中，便知绝非险恶、可怕之梦。下句化用唐代诗人韩愈之“梦觉灯生晕，宵残雨送凉”(《宿龙宫滩》)的诗意，以景写情，衬托词人心中之无聊、伤感和郁闷。

词之换头处，紧承上阕之郁闷、感伤，直接抒发对人生之喟叹：“急景流年都一瞬，往事前欢，未免萦方寸。”人生是如此之苦短，一年又一年就这么过去了，似乎只有一眨眼的工夫；昔日那寻欢作乐的心情还萦绕在心头。这里，词人以“一瞬”来喻指过往，且以“往事前欢”加以形象之概括，可见出词人对过往之极度的不满，表现出词人对自己的曾经之深刻反思。一个封建时代的高官，竟有如此之觉悟，可说确实难能可贵。这对于当今的我们，亦不无启迪之意义：如何度过这看似颇长实则“一瞬”之人生，是很值得我们每一个人认真思考的。

词末的两句，是词人从感伤、郁闷之中反思后的醒悟：“腊后花期知渐近，寒梅已作东风信。”腊日之后，又一个百花盛开的春天就要到来了。你看那寒风中的蜡梅，开得多么鲜艳，它似乎在告诉人们：春天就要来了！这里，词人一扫心头之阴霾，以欢欣之心情，去迎接新的春天。虽然没有我们开国领袖毛主席笔下之“俏也不争春，只把春来报。待到山花烂漫时，她在从中笑”（《卜算子·咏梅》）无比阔大之胸襟，但对于一个封建官僚文人来说，能有如此参透物理之后的旷达乐观之怀，还是值得肯定的。

蝶恋花（帘幕风轻双语燕）

帘幕风轻双语燕，午醉醒来，柳絮飞撩乱[①]。心事一春犹未见[②]，余花落尽青苔院。 百尺朱楼闲倚遍[③]，薄雨浓云，抵死遮人面[④]。消息未知归早晚，斜阳只送平波远[⑤]。

注 释

① 撩乱：即纷乱。同“缭乱”。唐皎然《杂曲歌辞·古别离》云：“使我归梦兮缭乱。”

② 心事：指心中所思虑或期待之事。南朝齐诗人谢朓《新亭渚别范零陵云》：“心事俱已矣，江上徒离忧。”犹：还，仍。

③ 百尺朱楼：指高大富丽而华美的楼阁。倚（yǐ）：靠。

④ 抵死：总是，老是。

⑤ 平波：这里指平缓而广漠的水流。

题 解

晏殊的这首词，通过对暮春景致之描写，抒发了伤春怀远之情。在那“小径红稀，芳郊绿遍，高台树色阴阴见”（晏殊《踏莎行》）之暮春时节，伤春之情自会油然而生：有“惜”——“惜春长怕花开早，何况落红无数”（宋·辛弃疾《摸鱼儿》）；有“怨”——“怨春不语，算只有殷勤，画檐蛛网，尽日惹飞絮”（宋·辛弃疾《摸鱼儿》）；亦有“恨”——“惜余春之将阑，每为恨兮不浅”（唐·李白《惜余春赋》）；更有“愁”“悲”和“伤心”——“春去也，飞红万点愁如海”（宋·秦观《千秋岁》）、“江南春草，自古伤心”（唐·刘长卿

《祭萧相公文》)！而我们的词人，面对“画阁魂消，高楼目断，斜阳只送平波远”（晏殊《踏莎行》）之晚春景象，惜暮春而思远人，于是写下了这首词。

赏　析

这首词是按照时间顺序来写的。

乍一落笔，词人便给我们呈现了这样一个画面：“帘幕风轻双语燕，午醉醒来，柳絮飞撩乱。”晚春的风轻轻地吹着，那闺房的帘幕在款款摆动。中午醉酒醒来的她，看到燕子双双在檐下啾啾呢喃，像是在说着情话。她又看见那柳絮纷飞，凌凌乱乱。这三句交代了主人公——闺妇所处之季节——晚春（“柳絮飞”)、所在之时间——午后（“午醉”)、地点——闺房（“帘幕”）及所见之景物（“燕”“柳”)。这样就描绘出一幅暮春时节的风物图景。尤其值得我们注意的是：词人采用倒装句之形式（本是主人公“午醉醒来”所见)，故而我们先说描写主人公的“醉”字。一般说来，饮酒是为了消愁，而她饮之而“醉”，可见出她内心忧愁之深。她在“醉醒”之后，首先看到的是帘外之檐下“双语燕”，这就既点示出词旨——闺怨（燕子双双，而她孤独一人)，又以“双语燕”之亲昵的乐景，来反衬她孑然独处、凄楚无比之哀情。而“柳絮飞撩乱”之景，更加衬托出女主人公“欲共柳花低诉，怕柳花轻薄，不解伤春”（宋·黄孝迈《湘春夜月》）之内心的伤悲。

接着，词人直接点明闺妇此时此刻之心态：“心事一春犹未见。”整整一个春天，她日夜思念的心上人至今仍未见到。“犹未见”三字，直说“心事”，满含悲愁。着一“犹”字，使悲愁更为深重；亦再加补充“一春”的时日之长，可以想见，闺妇在“一春”是怎样苦挨日子的。

上阕末句“余花落尽青苔院”，再写悲愁之中的闺妇的眼见之景：那长满青苔的庭院，连晚开的花儿都凋落尽了！这里，词人采用了与“柳絮飞撩乱”之相同的以哀景衬哀情之正衬手法，再加突出她“燕语”人不归、“花落”人未在之悲伤：自己的青春容颜，亦在这“絮飞”“花落”中消逝了！

词之过片三句“百尺朱楼闲倚遍，薄雨浓云，抵死遮人面”，描写思妇为相思所折磨之凄楚。在那百尺高楼之上，她将所有的栏杆倚遍，目断天涯，不见心上人的影子，只有那如烟的细雨和那布满浓云的灰暗天空，总是将她的视线严严实实地遮拦。“百尺”句写出思妇之痴情：她不惧“朱楼”“百尺”之高，亦不管阴晴雨雪，“倚遍”了栏杆的所有位置，然而要么是视线被阻，要么是“望望不见君，连山起烟雾”（唐·李白《金乡送韦八之西京》)。“抵死”二字，把思妇望断天涯、盼而不见的无尽之悲苦蕴含其中。着一“闲”字，实则不闲，更见其悲。

词末二句“消息未知归早晚，斜阳只送平波远”，描写思妇的心理及她眼前之景：她的心上人盼归无望，音信断绝，不知什么时候才能回来，她亦无法知道。她只能呆呆地望着那斜阳映照下平缓而广漠的水流，源源不断地流向远方。上句既写出她“欲寄彩笺兼尺素，山长水阔知何处”（晏殊《鹊踏枝》）之凄伤，又写出她“愁无际，暮云过了，秋光老尽，思人（原句是‘故人’）千里，竟日空凝睇”（宋·柳永《诉衷情近》）之凄哀。末句更写出她望归路（水路）而不见，每每失望和盼归之久，且以“平波远”又写出她盼归之离愁如悠悠江水一般没有穷尽，把思妇之愁苦推向极致。

这首词手法精妙，语浅情深。全词运用以景融情、心理描写及正衬、反衬等多种手法，表达了思妇对心上人的殷殷思念之情及盼归无望的惆怅、幽怨之心绪，语淡而情意极深。

菩萨蛮[①]（高梧叶下秋光晚）

高梧叶下秋光晚[②]，珍丛化出黄金盏[③]。还似去年时，傍阑三两枝[④]。　人情须耐久[⑤]，花面长依旧[⑥]。莫学蜜蜂儿，等闲悠扬飞[⑦]。

注　释

① 菩萨蛮：词牌名。原为唐教坊曲名。亦作“菩萨鬘”，又名“重叠金”“子夜歌”等。

② 高梧：高大的梧桐树。唐许浑《再游姑苏玉芝观》诗：“高梧一叶下秋初。”秋光：指秋日的风光景色。唐陈子昂《秋日遇荆州府崔兵曹使宴》诗：“秋光稍欲暮，岁物已将阑。”

③ 珍丛：美丽的花丛。黄金盏：指黄葵花，亦称金盏花。明李时珍《本草纲目》卷十六《草·黄蜀葵集解》：“（黄葵）六月开花，大如碗。鹅黄色，紫心六瓣而侧。旦开，午收，暮落。人亦呼为‘侧金盏花’。”晏殊《菩萨蛮》词：“晚来清露滴，一一金杯侧。”也用来指酒杯。

④ 傍阑：傍栏。

⑤ 人情：人与人之间的情分。须：应当，必得。耐久：能够经久。

⑥ 花面：花朵。用来指女子如花之面容。如五代西蜀韦庄《女冠子》：“语多时，依旧桃花面，频低柳叶眉。”

⑦ 等闲：轻易，随便。悠扬：这里指缓缓翩飞的样子。

题　解

晏殊七岁能属文，宋真宗景德二年（1005），以“神童”召试，赐同进士出身。十四岁便步入仕途，可说平步青云，直至后来官至宰相。虽则遭受三次降谪外调，但皆是在富饶的大州做知州。尽管官阶降了一级，但仍不失为掌握一州军政大权之封疆大吏，故而还能保持达观之态度，随遇而安，常能通过外在的自然景象而拓展自己的生活视野，善于从外在之感性事物中发现、获取理性之认识，从而得到精神境界之提升。加之他“地位崇高，性格严峻，更易蕴成寂寞心境，故发为辞章，充实真挚”（郑骞《成府谈词》）。尤其在其词中，能从平平常常的景象及看似平淡的小事中，体悟到人生之本真。这首词正是这样，词人从秋日盛开的黄葵花之景象的描写中，引申出人情以至爱情之持久，应如花朵年年顺时而开一般，永远保持忠贞不贰，始终如一。而不能如蜜蜂一般，朝三暮四，喜新厌旧。

赏 析

古今中外，论述、吟咏友情、爱情的名言警句、诗词歌赋可谓多矣：我国伟大的思想家、教育家、儒家学派的创始人至圣先师孔子说：“益者三友，损者三友。友直、友谅、友多闻，益矣；友便辟、友善柔、友便佞，损矣。”（《论语·季氏》）北宋词人、“山抹微云秦学士”这样写道：“柔情似水，佳期如梦，忍顾鹊桥归路。两情若是久长时，又岂在、朝朝暮暮。”（宋·秦观《鹊桥仙》）。而晏殊的这首词，却以寥寥四十四字，以形象比衬的手法，道出了他对友情、爱情的看法。

词之开篇二句，描写黄葵花开放之景象：“高梧叶下秋光晚，珍丛化出黄金盏。”高大的梧桐树上，有叶子徐徐飘落而下，秋天的风光已然呈现在眼前，只是还没有那衰飒之气象。你看，虽已是晚上，黄葵花却盎然开放，它那金黄的花朵如同花叶擎起一个个金黄的酒盏，显得分外妖娆。这里，词人运用映衬的手法，以“叶下”之秋景衬黄葵花，以花之耀眼、鲜活而引人注目。

于是，词人自然地转入忆想：“还似去年时，傍阑三两枝。”今年还像去年一样，仍旧是依傍着栏杆而开放的两三盏黄葵花。这里，“还似”二字，透露出词人似乎无聊、无奈之心情，恰似“人貌老于前岁，风月宛然无异”（晏殊《谒金门》）之意，但又蕴含着一种哲理：在时间的流逝中，总有一些不变的东西存在。

词之下阕，过片二句以比衬的手法引出本词的主旨句：“人情须耐久，花面长依旧。”一个人的情感一定要经得起时间的考验，就像这年年依旧开放的黄葵花一样。上句为主旨，其中的“人情”当主要指友情和爱情。下句是说，用情要专一，持久不变，不会因时光的流逝而减弱、失去，耐久方显真诚。

词之末二句在紧承上文的正面比衬的基础上，又从反面提出劝诫：“莫学蜜蜂儿，等闲悠扬飞。”人与人之间的友情、爱情要真诚持久，就不要像那采花的蜜蜂一般，在每朵花上停留片刻便悠扬飞去。不要像不珍惜情缘的人一样轻慢而随便。这正如有人所说的那样：友情、爱情可以排除万难，但排除之后，又有万难。

相思儿令[①]（昨日探春消息）

昨日探春消息[②]，湖上绿波平。无奈绕堤芳草，还向旧痕生[③]。　有酒且醉瑶觥[④]，更何妨、檀板新声[⑤]。谁教杨柳千丝，就中牵系人情[⑥]。

注　释

① 相思儿令：词牌名，即“长相思”。原为唐教坊曲名。

② 探春：即早春郊游，此为唐、宋时风俗。唐孟郊《长安早春》诗：“公子醉未起，美人争探春。”宋周密《武林旧事·西湖游幸》：“都城自过收灯，贵游巨室，皆争先出郊，谓之‘探春’。”

③ 旧痕：去年草长的痕迹。

④ 瑶觥（gōng）：玉制的酒杯。

⑤ 檀板：檀木的拍板，演奏音乐时用于打节拍。新声：新作的乐曲。

⑥ “谁教”二句：化用唐孙魴诗句：“春物牵情不奈何，就中杨柳态难过。”（《柳·其四》）就中：其中。人情：人的感情。

题　解

晏殊的这首词，由春日之出游写到酒席歌筵，流露出感旧伤怀之愁情。此词与词人所喜欢的五代南唐词人冯延巳的《鹊踏枝》极为相似：一是写景颇似，“大晏”巧将冯词中之“河畔青芜堤上柳”化解为“绕堤芳草”和“杨柳千丝”；二是行事相似，“大晏”又将冯词中的“日日花前常病酒，不辞镜里朱颜瘦”（同前）之词意巧以“有酒且醉瑶觥，更何妨、檀板新声”出之；三是情感相似，“大晏”再将冯词中的“为问新愁，何事年年有”（同前）巧以“谁教杨柳千丝，就中牵系人情”化出。但亦有所不同：“大晏”将冯词中颇为沉痛之愁情，融入他的一贯之和婉风格中，表达了一种更为达观的感悟：生命不息，愁亦不止，愁在消耗我们生命能量的同时，亦体现了生命之价值，生命就是在不断的新陈代谢之中流逝的。

赏析

词之上阕，以“探春”二字为重点来写景。

“昨日探春消息，湖上绿波平。”开篇两句，是词人之追想：昨日在游春踏青之中，但见那碧绿的湖水，平展如镜，湖光天色，相互辉映，呈现出一派融融春色。上句直叙其事，用语简明扼要。“湖上”一句暗暗化用与词人同列词坛“三大霸主”之一的“张三影”之词句“镜面绿波平，照几度、人来去”（宋·张先《山亭宴》）之意，将游湖之热闹情景隐含其中。

上阕末二句，词意一转：“无奈绕堤芳草，还向旧痕生。”只可惜那绕堤而生之芳草，刚刚从枯根的底部冒出芽来，还没有完全露出那崭新的姿色。“无奈”“还向”二词，似乎蕴含着一种“似曾相识燕归来”之时间对人所造成的悄无声息的心理压力。“还向”二字，更含有词人一种深沉之感慨：人之一生，总会伴愁而行。

词之下阕，以“且醉”二字为重点来抒情。

过片二句：“有酒且醉瑶觥，更何妨、檀板新声”，写词人从上阕之追想中回到眼前之盛宴：有酒在手，请让“我”暂且端起这斟满酒的玉杯，一醉方休，更何况还有这檀板新曲相伴！词人在这“一曲新词酒一杯”的时刻，忽然感到在流年新旧暗换之中，虽则词曲长新而那愁思如故，且暗暗滋长。尽管没有“酒未到”“愁肠已断无由醉”（宋·范仲淹《御街行》）之程度，但从“且醉”二字中，显然含有借酒浇愁之苦闷。

词末二句“谁教杨柳千丝，就中牵系人情”，是词人联想“昨日”堤上之景，而生发的感喟：谁让那湖岸之上，杨柳依依，千丝飘拂，其中牵连“我”多少情意愁肠。这里，词人巧妙化用唐代诗人孙鲂之“春物牵情不奈何，就中杨柳态难过”（《柳·其四》）诗意，以“千丝”谐音“千思”，将心中之千思万绪蕴含其中，当然亦有无法消解之愁思。不过，在词人看来，唯一的消愁之法就是“且醉瑶觥”，听唱“新声”，在酒歌宴舞之中，来慰藉这不断滋生的新愁。也就是说，愁将伴随人之终生，它虽则消耗了我们生命之能量，但也体现出生命之价值，生命就是在不断消愁中延续以至消逝的。春去春回，春来依旧生芳草！愁又“何妨”呢？这正是词人笔下之“垂杨只解惹春风，何曾系得行人住”（晏殊《踏莎行》）一般之达观、开通。用今天的话来说，这是一种难能可贵的开放意识。

山亭柳·赠歌者[①]（家住西秦）

家住西秦[②]，赌博艺随身[③]。花柳上、斗尖新[④]。偶学念奴声调[⑤]，有时高遏行云[⑥]。蜀锦缠头无数[⑦]，不负辛勤[⑧]。　数年来往咸京道[⑨]，残杯冷炙谩销魂[⑩]。衷肠事、托何人[⑪]。若有知音见采[⑫]，不辞遍唱阳春[⑬]。一曲当筵落泪，重掩罗巾[⑭]。

注　释

① 山亭柳：词牌名。此调平韵词始自晏殊。

② 西秦：这里指关中陕西一带秦之旧地。

③ 赌：此指依仗某种技艺取胜之意。博艺：此指歌舞才能全面。

④ 花柳：这里指繁华的游乐之地。斗：即比赛，竞赛，争胜。尖新：即独出心裁，新颖别致。

⑤ 念奴：指唐玄宗天宝年间的著名歌女。

⑥ 高遏行云：此处形容歌声高亢嘹亮，使天上的流云停止不前。遏，阻止。《列子·汤问》：古歌者秦青，“饯于郊衢，抚节悲歌，响遏行云”。

⑦ 蜀锦：即蜀地出产的名贵丝织品。缠头：指古代歌舞艺人表演完毕，客人赠送的罗锦。唐白居易诗：“五陵少年争缠头，一曲红绡不知数。”（《琵琶行》）

⑧ 负：辜负。

⑨ 咸京：这里指秦都咸阳，在今西安西北。

⑩ 残杯冷炙：泛指吃剩下的饭菜。北齐颜之推《颜氏家训·杂艺》：“唯不可令有称誉，见役勋贵，处之下坐，以取残杯冷炙之辱。”唐杜甫诗：“残杯与冷炙，到处潜悲辛。”（《奉赠韦左丞丈二十二韵》）谩（màn）：枉然，徒然。销魂：失魂落魄的样子，形容极其哀伤、悲愁。

⑪ 衷肠事：此指心事。

⑫ 见采：即被采纳，被欣赏。见，被。

⑬ 阳春：战国时楚国高雅的歌曲名。

⑭ 罗巾：丝制的手巾。

题 解

这首词的标题是“赠歌者”，由此可知是晏殊在听歌女演唱后写的。此词当作于词人第三次遭贬降谪期间。词中写明歌女卖艺是在咸京道上。晏殊于宋仁宗皇祐三年（1051）秋以观文殿学士知永兴军，在长安约有三年之久，此词应为这段时间所作。词人是于宋仁宗庆历四年（1044）九月被罢相的，先后知颍州、陈州、许州，再迁知永兴军时，谪居已达六年有余，加之年岁已大，故而对歌女之“数年来往咸京道”，于是便产生了天涯沦落之感，才以此词出之。

这首词在词人之《珠玉词》中是颇为特殊的。它在内容、风格上与其他词作不同：其他词作中，词人所写饮酒听歌，仅是消遣、享受、及时行乐，或者是排遣积于心中之对时光易逝、生命短促而生发的淡淡哀愁，风格是和婉、舒坦、旷达、清朗的，而此词却充溢着悲凉、激越之情调，是很有见地的。

赏 析

“大晏”是一位颇为理性的词人（这当然与他之秉性、涵养、学识及处于高位是分不开的），有了痛苦亦不肯将血淋之伤口展示于别人，而深藏心中，只是借某一契机而曲折表达。此词采用悲凉、激切之变词风格，且加了“赠歌者”之标题，迂回、曲折地表达了自己激愤难平之心情。这是因为，词人连遭三次降谪：第一次是三十七岁时，因上书论刘太后的宠信张耆不宜为枢密使而触犯刘太后，刘太后以他击落从仆牙齿为由将他降谪宋州（今河南商丘）知州两年；第二次是四十三岁时在仁宗朝为李宸妃撰写墓志，未曾言及宸妃生仁宗之事（即后世民间故事《狸猫换太子》之底本），被降谪以礼部尚书知亳州（今属安徽）、陈州

（今属河南周口），共达五载；第三次即写此词时正处谪贬之中，原因是谏官孙甫、蔡襄参奏他役使官兵修建自己的私第。故而此词将激愤之情加于“歌者”之身，与白居易之“同是天涯沦落人，相逢何必曾相识”“座中泣下谁最多，江州司马青衫湿”（唐·白居易《琵琶行》）有异曲同工之妙。

词之开篇二句，是歌女之自述：“家住西秦，赌博艺随身。”“我”家住在西秦，只是靠能歌善舞维持生活。这里，歌女自述身世，其口气中有敢与人竞争比赛之自负、自信。

紧接着的三句：“花柳上、斗尖新。偶学念奴声调，有时高遏行云。”是歌女对得意情事之回忆：在歌舞吟唱等多种艺术才能上别出心裁，花样翻新，敢与别人比拼。“我”偶然学得了念奴之唱腔，达到高潮时真是响遏行云。这里，歌女先以“斗”“尖”二字突出自己的高人之处。着一“新”字，更突出了其能打破陈规旧套，令人耳目一新。“偶学”二句，是其对自己高超才能之具体而形象之夸饰。偶尔随意地一唱当年著名歌女念奴唱过的歌，就一唱而红。词人以“念奴”之比衬及“高遏行云”之典故的形容夸张，突出歌女唱腔之优美、动听。

以上是歌女失意潦倒之时，对自己当年红极一时之回忆，但在其极度自负、极度上扬的激情背后，其实蕴含着一种无法言说的失意、悲慨和无奈。

上阕之后二句，紧承上句，回想当年得意之时的收获：“蜀锦缠头无数，不负辛勤。”“我”的歌声一发，众人皆倾倒，博得赏赐不计其数，没有辜负自己多年之辛劳。词人以“蜀锦”之高端、大气、上档次来映衬歌女歌声之超佳。与“诗魔”笔下之“五陵年少争缠头，一曲红绡不知数”（唐·白居易《琵琶行》）还强很多。这就把她之超佳写到了极致。这与她下阕之人老色衰形成了极为鲜明的对比。

下阕换头二句，描写歌女色衰失意之后的凄冷境遇：“数年来往咸京道，残杯冷炙谩销魂。”“我”数年来往来于咸京道上，所挣得的亦不过是一些剩菜冷饭，只能徒然地失魂落魄、悲伤哀愁。这里，词人明写歌女，实则巧以上阕之“西秦”、本句之“咸京道”来抒写自己谪降知永兴军之遭际和境遇，即“借他人杯酒浇自己块垒”。这正如“诗圣”笔下之“骑驴十三载，旅食京华春。……残杯与冷炙，到处潜悲辛”（唐·杜甫《奉赠韦左丞丈二十二韵》）一般的凄冷和可悲，令人“销魂”。

接着，歌女抒发自己心中之无限悲苦：“衷肠事、托何人。”“我”满腹之心事，该向何人去诉说呢？这是一个处在封建社会底层的毫无独立地位、无人可以终生依托的歌女之无助的呐喊。她之终生又可以相托于谁人呢？词人此处亦是明、暗两写，有一种“良禽择木而栖，良臣择主而事”之意味。

下面二句，是歌女内心之苦衷：“若有知音见采，不辞遍唱阳春。”若得知音之赏识，“我”绝不会拒绝为他唱那最难最高雅的《阳春白雪》的曲子。词人借歌女之口吻，说出中国古代知识分子、如词人一般的封建士大夫之心声！此亦是他们的传统美德。正如我国东汉时期的文学名著《古诗十九首》中所写的那样：“不惜歌声苦，但伤知音稀。”词人此处之“若有”二字，实则是“没有”之意，亦即悲叹知音难觅。即便你有奉献之情感，即便“不辞”，即便“遍唱”，又有哪个人能接受你呢？故而，词人在词末写下这样两句——

“一曲当筵落泪，重掩罗巾。”歌女唱完一曲后，“我”在酒宴上当众落下泪来，再次拿起罗帕掩面而泣。从这里可以想见，歌女忆想当年满堂喝彩而眼下冷落之凄冷场景，两相对照，定然是悲由中来而潸然泪下。词人想到三次谪降，亦定然是屡次掩泪、泪痕难干，有一种屡次悲哀而又屡次怕人看到之强颜欢笑，这与“诗魔”笔下之“座中泣下谁最多，江州司马青衫湿”（唐·白居易《琵琶行》）一样郁闷、悲哀和愤愤不平。

由以上分析，我们不难断定：这首词当是词人词作中，亦是宋代词坛中独出心裁、独树一帜之异曲绝唱。

破阵子·春景①（燕子来时新社）

燕子来时新社②，梨花落后清明。池上碧苔三四点③，叶底黄鹂一两声④。日长飞絮轻⑤。

巧笑东邻女伴⑥，采桑径里逢迎⑦。疑怪昨宵春梦好⑧，元是今朝斗草赢⑨。笑从双脸生⑩。

注　释

① 破阵子：词牌名。原为唐教坊曲名。又名“十拍子”。

② 新社：社日是祭社神即土地神的日子，有春秋两社。新社即春社，时间在春分前后的戊日，祭土地神以祈丰收。

③ 碧苔：绿色的苔藓。

④ 黄鹂：黄莺。

⑤ 飞絮：随风飘荡着的柳絮。

⑥ 巧笑：此指笑容娇美。语出《诗经·国风·硕人》：“巧笑倩兮，美目盼兮。”东邻女伴：语出宋玉《登徒子好色赋》：“臣里之美者，莫若臣东家之子。”后司马相如《美人赋》中有句：“臣之东邻，有一女子，玄发丰艳，蛾眉皓齿。”因之诗词中多用“东邻”指代美女。

⑦ 逢迎：指对面相逢。

⑧ 疑怪：惊疑，奇怪。

⑨ 元是：原来是。斗草：指古代妇女常用百草来做比赛的游戏。南朝梁代宗懔《荆楚岁时记》：“五月五日，四民并踏百草，又有斗百草之戏。”

⑩ 双脸：双颊。

题 解

晏殊所作的这首反映农村生活之词，纯用白描之手法，刻画了一群农村少女在春天社日，采桑、斗草等活动中之欢乐情态，淋漓尽致地展现了她们天真活泼之性格和纯洁美好之心灵。

词人虽则十四岁便被以神童召试，赐同进士出身，步入仕途达五十多年。但他对“横飞彩舰波光外，倒写朱桥水影中”（晏殊《上巳琼林苑宴二府同游池上即事口占》）之农村风景及人事情有独钟，故而一旦涉足，便笔下生辉，不同凡响，成为表现农村生活题材之代表作。

赏 析

词之上阕，以写景为重。

起首二句，从一年春光中最值得留恋之时节落笔：“燕子来时新社，梨花落后清明。”词人一笔两写，看似写景，又巧妙地点明了季节：燕子翩翩飞回来的时候，正赶上春季祭祀的社日；梨花落去之后，人们又迎来了清明。用语清新而流丽，蕴含喜悦之情，为全词奠定了一个明丽、优美、和谐的感情基调。

上阕之后三句：“池上碧苔三四点，叶底黄鹂一两声。日长飞絮轻”，描写出一个春意盎然的园林景象：园子中有一个碧水荡漾的池塘，那池塘之上三四片碧绿的青苔点缀着池中清水，栖息在密林深处的黄莺的一两声鸣啼，又是那样婉转。空中还有柳絮在轻轻地飞舞着。“日长”二字，显示了已至暮春，白昼愈来愈长，夜晚愈来愈短，夏季即将来临，故而含有惜春之意味。尤其是“碧苔”“黄鹂”“飞絮”这些看似极为常见的自然景物，似乎已透露出初夏之气息，融入了词人的喜悦之情，有一种“莺声圆滑堪清耳”（宋·丁谓《公舍春日》）之愉悦。

词之下阕，以写人为重。

换头二句，描写少女们与女伴欣然相逢之情景：“巧笑东邻女伴，采桑径里逢迎。”在这暮春初夏之季节，少女们停了针线，踏春迎夏去采桑，在路上邂逅了东邻女伴，她们笑逐颜开，容颜如花儿一般灿烂。这两句，词人以白描之手法，通过相逢的细节，刻画出采桑女之群像。尤其是“东邻女伴”这一形象，格外突出。“巧笑”二字，化用《诗经》诗句，描写出她美丽可人之情态，亦显示出她纯洁、真率之内心世界。“采桑”二字，表现出少女们热爱劳动、天真纯朴的美好心灵。

词末二句，描写少女们采桑之余嬉戏斗草之情景：“疑怪昨宵春梦好，元是今朝斗草赢。笑从双脸生。”惊疑奇怪东邻女昨晚做了什么样的春宵美梦，原来是今天斗草获得了胜利啊！想到这里，她的双颊浮现出灿烂的笑容。这两句，词人虽则没有正面描写斗草的整个过程，而仅抓住“东邻女”“斗草”取胜的一个特写镜头，以点带面地显示了“斗草”游戏之热闹和少女们的兴奋之场面。尤其是对“东邻女”之描写，形神兼备，既刻画出她取胜的神态，又以轻快之笔调写出了她纯真无邪、活泼天真之性格特征。尤其是“笑从双脸生”一句，用笔生动、传神，以极为真实、真切之细节，把一个涉世不深、全无心机之纯情少女的形象刻画了出来。

这首词机杼独出，别具一格。词人全篇采用白描手法，上阕写景，描绘出一幅秀美之春景图，有声有色，“燕子”“黄鹂”共声相谐，“梨花”“碧苔”白绿相衬，加之“新社”“清明”的传统佳节，为下阕之美少女之亮相登台埋下伏笔。下阕写人，勾勒出一幅美少女踏芳采桑、嬉戏斗草之画面，不仅有“逢迎”之群像描绘，而且有“东邻女”“斗草”之独特心理和“笑从双脸生”之传神的细节刻画，形象栩栩如生，如在眼前，令人顿生喜悦之感。

玉楼春·春恨[①]（绿杨芳草长亭路）

绿杨芳草长亭路[②]，年少抛人容易去[③]。楼头残梦五更钟，花底离情三月雨[④]。　无情不似多情苦，一寸还成千万缕[⑤]。天涯地角有穷时，只有相思无尽处[⑥]。

注　释

① 玉楼春：词牌名。又名“木兰花”“惜春容”“西湖曲”等。
② 长亭：即古时建于路边的供行人休息、避风雨烈日的亭子，常为送别之处。
③ 年少抛人：人被年少所抛弃，意即人由年少而变为年老。抛，离去、舍弃。
④ 残梦：即未做完的梦。五更钟、三月雨：皆指怀人之时。
⑤ “一寸”句：化用唐李商隐诗：“春心莫共花争发，一寸相思一寸灰。”（《无题》）五代韦庄诗：“别来半岁音书绝，一寸离肠千万结。”（《应天长》）一寸，这里指愁肠。还，已经。千万缕，千丝万缕，这里喻指离恨无穷。
⑥ “天涯”两句：应是唐白居易《长恨歌》诗句“天长地久有时尽，此恨绵绵无绝期”之化用。

题　解

晏殊的这首词是抒写闺怨的。全词通过描写送别时依依难舍之心情及别离后无穷无尽之离愁，抒写了相爱男女的相思之苦，寄托了词人由此而生发的人生短促、聚散无常之深沉感慨。此词虽创作时间难以确定，但宋代赵与时《宾退录》中的一段记载，对我们理解本词颇有帮助：晏殊的儿子晏几道对蒲传正说:“我父亲所作小词虽多,但未曾写过妇人之语。”传正就举出此词中之“绿杨芳草长亭路,年少抛人容易去”予以反驳。晏几道便以“诗魔”之“欲留所欢待富贵,富贵不来年少去”(唐·白居易《浩歌行》)予以反驳,蒲“笑而悟”。但赵与时认为:晏几道之辩解缺乏说服力,有些强词夺理。客观而言,本词写思妇之闺怨,的确是“妇人语”。

不过,本词抒写闺情极有特色:全词综合运用了比喻、夸张和反语等多种手法,皆以白描的表达方式反映思妇的心理活动亦即难以言说的相思之苦,情真意挚,缠绵悱恻,极有意趣。

赏 析

上阕乍一落笔,便从离别之景写起:“绿杨芳草长亭路,年少抛人容易去。”在那绿杨垂柳、芳草萋萋的长亭古道之上,年少的他,就这么轻易地抛下“我”登程远去。上句写景,由“绿杨”“芳草”和“长亭”构成了典型的恋人别离之场景,点明了送别的时间是绿柳依依、芳草鲜美之春天,地点是在那“长恨”之“泪滴春衫酒易醒”(晏殊《采桑子》)之“长亭”。下句抒情,词人站在闺中女子的角度,发出“山将别恨和心断”(唐·罗隐《绵谷回寄蔡氏昆仲》)的深重幽怨。“抛人”是怨,怨情人之无情。“容易”更是怨,怨“郎心如纸鸢,断线随风去”(宋·许棐《乐府二首·其二》)之无情无义。在此情绪、基调之铺垫下,自然地引出上阕后二句——“楼头残梦五更钟,花底离情三月雨。”极为生动而真切地描绘出思妇难以遏止的无尽的思念之情:在那白昼逝去、黑夜降临之时,她辗转反侧,难以入睡,刚一合眼,便被那五更的钟声惊破了残梦,使她又一次陷入无尽的失望之中。此时此刻,她心头的离愁别恨,就像那飘洒于窗外的三月春雨,点点滴滴落在她的心头。这两句融情于景,以景抒情,对仗工整,意蕴深厚。无情之“五更钟”敲醒她的“残梦”,使她在“楼头”无奈地叹息;“三月雨”浇凉那“花底离愁”,让她的心愈加凄迷:“年少”轻情随易抛她离去,给她带来的是难挨的相思苦守和没有穷尽的孤独凄楚。尤其是“残梦”和“落花”之虚幻与现实相交织之描写,更为婉曲地表达了思妇心中之无尽的痛苦。难怪后人如此评价:“婉转缠绵,情深一往,丽而有则,耐人玩味。”(清·陈廷焯《白雨斋词话》)

下阕则先以强烈之反差、鲜明之对比来表现思念的缠绵幽远：“无情不似多情苦，一寸还成千万缕。”无情之人哪里懂得多情之人的苦恼，因为多情者的那一寸芳心，会化成千丝万缕，蕴含着千愁万恨。这里，词人巧妙化用唐代诗人李商隐“春心莫共花争发，一寸相思一寸灰”(《无题》)之诗意，采用欲扬先抑之法，在“多情”与“无情”的对比中，突出了“一片芳心千万绪，人间没个安排处”(五代南唐·李煜《蝶恋花》)、“心若垂杨千万缕，水阔花飞，梦断巫山路”(五代南唐·冯延巳《鹊踏枝》)的“多情”之苦，在强烈的对比、反问中，直白地表达了思妇无比深重的怨恨之意。尤其是“无情”一句，既与上阕之意蕴一脉相承，又巧妙点示“多情自古伤离别”之词旨。“一寸”句既是苦之具体化，亦是“多情”的形象、直观之写照。更为重要的是，全词自然地过渡到结尾两句的忠贞痴心之表白——“天涯地角有穷时，只有相思无尽处”。“天涯地角”再遥再远，也有穷尽终老的那一天；只有那离别之后的相思之情，无限绵长、没有穷尽。词人在巧妙的对比、夸张之中，突出了思妇备受“多情”之“相思”而遭受的无法穷尽的精神折磨和痛苦，情感真切而含蓄，颇有那种“地老天荒”“海枯石烂”其痴心不变之感人的艺术力量。

临江仙[①]（资善堂中三十载）

资善堂中三十载[②]，旧人多是凋零[③]。与君相见最伤情。一尊如旧，聊且话平生。　　此别要知须强饮，雪残风细长亭。待君归觐九重城[④]。帝宸思旧[⑤]，朝夕奉皇明。

注　释

① 临江仙：词牌名。原为唐教坊曲名。又名“谢新恩”“庭院深深”等。

② 资善堂：即宋仁宗赵祯为皇太子时读书讲学及习政事之所。

③ 凋零：这里指过世。

④ 归觐（jìn）：这里指回去觐见拜谒君王父母。九重城：这里指京城。

⑤ 帝宸（chén）：即帝王所住的宫殿。这里代指皇帝。

题　解

这是一首送别词，是送别当年在资善堂一起侍读的友人返京，抒写出与故友乍一重逢、旋即又将别离的无奈与伤感之情绪。由词首之“资善堂中三十载”一句，可以推知写作的确切时间：词人于宋真宗天禧二年（1018），以户部员外郎充太子舍人，知制诰，判集贤院。此时可算入资善堂，再下推三十年，当为宋仁宗庆历八年（1048）。这时正是词人第三次降谪（原因是四年前九月词人因谏官孙甫、蔡襄参奏词人役使官兵修建私第而被罢相）期间。他由知颍州（今安徽阜阳）徙知陈州（今属河南周口）。这年正月，由他荐拔出他门下的范仲淹自邓州（今属河南）移杭州，路过陈州，便去拜谒恩师。二人欢饮数日，离别之时，晏殊写了这首词。

此词言浅意深，情真意切，不事雕饰，而情意深厚，尤其是将阔别数十载、一旦相见之艰难隐含其中。且以景融情，有景语情语之妙用。词人在对旧友仕途坎坷之遭际深表同情之中，亦流露出对朝廷之不满。这在“大晏”的词作中是颇为少见的。

赏 析

纵观“大晏”之词，起首要么写景，如“小阁重帘有燕过，晚花红片落庭莎。曲阑干影入凉波”(《浣溪沙》)，要么抒情，如“一向年光有限身，等闲离别易销魂”(《浣溪沙》)。但他的这首词却避开熟道，以叙事落墨：“资善堂中三十载，旧人多是凋零。”“我”在资善堂中一直待了三十年，老朋友大都过世了。词乍一开篇，就着上“资善堂”三字，点明地点，可见此地对词人来说是何等重要：宋真宗天禧二年（1018）二月，二十八岁的词人被任命为升王府记室参军，再迁左正言，擢史馆；八月，便以户部员外郎充太子舍人，知制诰，判集贤院，正式进入为皇家培养接班人的资善堂。那时他的得意门生亦是好友，且长他两岁的范仲淹亦入资善堂。然而，转眼之间，“三十载”倏忽而过。想当初，那时的词人是多么春风得意，曾与亦生亦友、写下“先天下之忧而忧，后天下之乐而乐”(《岳阳楼记》)之千古名句的范仲淹吟诗酬唱，畅谈国事。而今，“三十载”便使多少“旧人”永远离开了！“凋零”二字，正是这种沉痛、沉闷之心情的形象表述，切人肺腑，蕴意丰厚。尤其是着一“多”字，更是伤感无比。出自词人门下之“醉翁”曾写过这样的诗句：“洛阳旧友一时散，十年会合无二三。”（宋·欧阳修《圣俞会饮》）“十年”尚且如此，“三十年”更是难以想象，故而词人便写下这么一句——“与君相见最伤情”。跟您相见最让“我”伤感。词人着一“最”字，足见情义深重，不同寻常，别于他者：在众多伤心之事中，“与君相见”可说为“最”！这就表明了词人与范仲淹非同一般的情感之深、相见之难了，这就为下面相别做了很好的铺垫。

上阕末二句，叙写相会宴饮相谈之情形：“一尊如旧，聊且话平生。”一杯酒还没喝一点，我们只顾在谈论平生之经见。“一尊如旧”暗承上文之“旧人多是凋零”一句，在沉痛、沉闷和沉重的心情之下，他们哪里还有心情饮酒！故而酒便“如旧”。虽则“话平生”，但词人以“聊且”二字冠之，可见数十载未见，一旦相逢，该有多少说不完叙不尽的心里话和心酸事啊！然而，“聊且”之下，只能话未出口便戛然而止，因为仕途之不顺、苦难之繁多、人事之艰难怎能几句言尽？！故而虽则相见所谈不多，但相互之心事及那些难以言说之隐曲尽皆含于这无言之中。

词之过片二句，描写别时之情景：“此别要知须强饮，雪残风细长亭。”这一次，我们在微风残雪的长亭上相别，一定要尽力地饮酒。词人着一“别”字，既紧承上阕之相见，又领起下阕之别离，乃是本词之主眼。它将上下阕融为一体，点明词人与旧友之相会，亦是相见，亦是相别，故而便有了“相见时难别亦难”（唐·李商隐《无题》）的千般留恋、万般不舍。人常说“三十年河东，三十年河西”（清·吴敬梓《儒林外史》），世事之难料，哪里还能有下一个“三十载”呢？！故而词人便着上“须强饮”三字。因为前途难卜，谁又知“此别”不是“永诀”呢？！“雪残风细长亭”这一景语，更加烘托出旧友重逢又别的凄楚、凄伤和凄哀之心理。同时，别离之时间、地点、人物和景物之巧妙结合，更增添了别离的凄凉气氛。

词末三句，是词人对老友的宽慰之语：“待君归觐九重城。帝宸思旧，朝夕奉皇明。”待您回去觐见侍奉皇帝之时，再怀想这旧时的美好时光。晏殊虽则被人称为“太平宰相”“富贵词人”，却亦是“命途多舛”（唐·王勃《滕王阁序》），仅大的降谪就有三次。写此词时，正贬谪于陈州（今属河南周口）。故而在“朝夕奉皇明”五字之中，既有对旧友仕途坎坷的深切同情，又有对他“朝夕奉皇明”之担忧，显然有对朝廷之不满情绪在。

晏几道

晏几道（1038—1110），字叔原，号小山。临川（今江西南昌）人。北宋词人。晏殊第八子。晏殊共生九子，由于第三子全节从小就过继给叔叔晏颖为子，故而亦可以把晏几道算作第七子（如欧阳修所撰之《晏公神道碑》中，就未列全节之名，而写成“子八人”）。曾任颍昌府许田镇监。晚年家道中落，仕途塞滞，生活贫困。秉性耿介，孤高自傲，不肯趋炎附势，曾因郑侠株连下狱。与其父齐名词坛，并称“二晏”。其词以言情著称，或描写男女悲欢离合之情，或抒发昔日豪华生活之感，风格婉约，情调感伤。有《小山词》留世。

临江仙①（梦后楼台高锁）

梦后楼台高锁，酒醒帘幕低垂②。去年春恨却来时③。落花人独立，微雨燕双飞④。　记得小蘋初见，两重心字罗衣⑤。琵琶弦上说相思。当时明月在，曾照彩云归⑥。

注　释

① 临江仙：词牌名。原为唐教坊曲名。又名“谢新恩”“庭院深深”等。

② “梦后”二句：“梦后”和“酒醒”互文。梦回酒醒之时，眼前所见之景。

③ 春恨：即春天里引发的离情别恨。却来：再来，又来。

④ 小蘋：作者友人沈廉叔、陈君龙家的歌女。

⑤ 心字罗衣：这里指带有心字图案的罗衣。两重心字：此处寓心

心相印之意。

⑥ 彩云：这里比喻美人。化用唐李白《宫中行乐词·其一》诗："只愁歌舞散，化作彩云飞。"

题 解

这首词是"小晏"词的代表作。晏几道是宋代词人中屈指可数的写情之高手。据说他身边有四个年轻美貌的歌女。此词就是追忆其中的蘋、云二人的。但"小晏"之词，有一个极为显著的特色：色而不淫。正如宋杨万里《诚斋诗话》所言："近世词人，闲情之靡，如伯有所赋，赵武所不得闻者，有过之无不及焉。是得为好色而不淫乎？惟晏叔原云：'落花人独立，微雨燕双飞'，可谓好色而不淫矣。"这两句亦被清代学者谭献誉为"名句千古不能有二"（《复堂词话》）。

这首词着重抒写了别后之凄凉及词人对蘋、云二人的怀念之情。本词语言清新自然，结构严谨，手法精巧。尤其是在精心选取典型形象及情景之中，融入了缠绵伤感之情思。

赏 析

词之上阕，以景中融情为重。

开篇二句，词人别出心裁，巧用"蒙太奇"手法（镜头组接），展现出不同场合的两幅画面："梦后楼台高锁，酒醒帘幕低垂。""我"从梦中醒来，人去楼空，只见那高高的楼台阁门紧锁；酒醒之时，锦帐中冷冷清清，只有那帘幕低垂。上句写甜蜜梦境之后的怅恨，意味深长；下句写酣醉于灯红酒绿酒醒之后的寂寥、失落，蕴意颇为深厚。这两句看似写了两个场景，实则一虚一实，是对过去之情景的追忆。虽则未写梦境和酒会之情形，但亦不难推想当是最值得追忆之人。既有"梦魂惯得无拘检，又踏杨花过谢桥"（晏几道《鹧鸪天》）之好梦成空之怅惘、憾恨，又有"欲将沉醉换悲凉，清歌莫断肠"（晏几道《阮郎归》）之借酒消愁愁更愁之凄凉。

上阕末三句，是对昔日之回忆："去年春恨却来时，落花人独立，微雨燕双飞。"又如去年一样，春恨不禁涌上心头。那时候，落花纷纷，"我"一个人独自久久伫立于庭院之中；细雨微微，一对燕子在雨中低飞。"去年"二字，承前而启后，既说明了词人与心上人相恋已久，一旦别离，刻骨铭心；又说明此次别离记忆犹新，难以忘怀。词人着一"却"字，与李商隐之"何当共剪西窗烛，却话巴山夜雨时"（《夜雨寄北》）有异曲同工之妙。尤其是"落花人独立，微雨燕双飞"二句，虽则直接挪用唐·翁宏《春残》之成句，但用得极为恰切巧妙：运用对比和反衬之手法，极为真实、真切地描写出恋人去后观见"双燕"而生发的茕茕孑立、形影相吊之孤寂、凄楚之情景，意蕴深厚，极有魅力。

词之下阕，以追忆抒情为重。

换头处的三句，追忆与恋人相识之情景："记得小蘋初见，两重心字罗衣。琵琶弦上说相思。"至今"我"依然清晰地记得，初次见到小蘋的时候，她身上穿着薄罗衫，那上面绣着双重的"心"字。她尽情地演奏着琵琶，似乎借那琵琶之声诉说她的芳情怨思。这里，词人采用"蒙太奇"手法，以"琵琶弦上说相思"之特写镜头，形象地表达了词人与"低眉信手续续弹，说尽心中无限事"（唐·白居易《琵琶行》）的恋人倾心相爱之深情。

词末二句，是词人情真意切之回想："当时明月在，曾照彩云归。"当时的月光皎洁美好，曾照着她离去的倩影，仿佛是一片彩云翩翩而归。这又是一个富有动感的特写镜头。词人巧妙化用"诗仙"之"只愁歌舞散，化作彩云飞"（唐·李白《宫中行乐词·其一》）之诗意，摄取了一个"明月曾照彩云归"的镜头，把无比的爱恋、怀念之情蕴含其中。

这首词手法精妙，情意深挚。全词以"去年春恨却来时"一句点示词旨，其余皆以"蒙太奇"手法摄取了"梦后""酒醒""别后""相识"和"相别"等几个特写镜头，抒写出真挚伤感之情思。尤其是上、下阕之结句，意蕴深刻："落花人独立，微雨燕双飞"，意在抒写词人之孤寂、凄苦，却从暮春之"落花""微雨"之典型景象落笔，以"人独立"与"燕双飞"对举，词人之孤独、凄楚之感就在不言之中；"当时明月在，曾照彩云归"，不直说词人思念"小蘋"，只说"明月在"而"彩云"已不可见，其依依不尽之情尽皆融汇其中。

临江仙（淡水三年欢意）

淡水三年欢意①，危弦几夜离情②。晓霜红叶舞归程。客情今古道，秋梦短长亭③。　　渌酒尊前清泪④，阳关叠里离声⑤。少陵诗思旧才名⑥。云鸿相约处⑦，烟雾九重城⑧。

注　释

① 淡水：此为“淡水之交”的省称，指不以势利为基础之友情。

② 危弦：即急弦。凡乐器之弦紧者，则其音高亢。

③ 短长亭：古时设于大道旁边的驿亭，供行人休息。因十里一长亭、五里一短亭，故称为“短长亭”。北周文学家庾信的代表作《哀江南赋》：“十里五里，长亭短亭。”

④ 渌（lù）酒：美酒。渌，同“醁”。尊：同“樽”，酒杯。

⑤ 阳关叠：即“阳关三叠”，出自于“劝君更尽一杯酒，西出阳关无故人”。后编入乐府，为送别之曲，反复诵唱，谓之“阳关三叠”。唐李商隐诗：“唱尽阳关无限叠，半杯松叶冻颇黎。”后亦用“阳关三叠”泛指离别时唱的歌曲。

⑥ 少陵：唐代诗人杜甫。他常以“杜陵”示其祖籍郡望，自号“少陵野老”，世称“杜少陵”。这里是词人之自喻。

⑦ 云鸿：这里指作者友人沈廉叔、陈君龙家歌女小云、小鸿。

⑧ 九重：这里指天子所居之地。因王城之门有九道，故称。

题　解

这首主要表现情人别散后的相思之苦的词，当作于词人从颍昌许田镇回汴京之时，时间大约在宋神宗元丰八年（1085）的秋天。元丰二年（1079），词人从江南回到汴京，却并未能在此长留，元丰五年（1082）便又被任命为颍昌许田镇监。他春季赴任，去时与汴京好友相约再会。三年之后的秋季，他又被调回汴京。此词便是他在回汴京途中所作。

词人虽生于富贵之家，但他十八岁时父亲去世，家道便开始衰落。三十年后的如今，词人虽才高八斗，但一直沉居下僚。加之他生性高傲，虽饱受挫折，却不肯甘居人下。即使心中充满愤懑不平，亦不肯以愤激失态之语出之。故而坎坷之遭际、高傲之性格、文雅内敛之贵族修养，加之他天生之痴情深情，便催生出他独特的深挚温婉之词风。此词正是这种深挚词风之代表作。

赏 析

晏几道是一位多情的词人，对相逢、别离，感受颇深。比如“真个别离难，不似相逢好”（《生查子》），“有情不管别离久，情在相逢终有”（《秋蕊香》），“若问相思甚了期，除非相见时”（《长相思》）。此词正是这样，起首二句便将我们拉入告别的场景之中：“淡水三年欢意，危弦几夜离情。”淡如水般的君子之交已有三年，备感欢乐而自在；短短的几夜，眼看着就要分离，正如这急弦弹奏出的高亢之音一般，使离别之情倍加伤感。上句以“淡水”开篇，并非喻比情谊、情分的平淡如水，而是暗用古人名言“君子之交淡若水，小人之交甘若醴”（《庄子·山木》），意在强调情感与交往之纯正。这里的“淡水”之情，不仅有纯真之友情，更有缠绵悱恻之爱情，这就使“三年欢意”和“几夜离情”皆落到了实处。由此可见，“淡水”二字意味深矣！下句以“危弦”相承，暗引“抚促柱则酸鼻，挥危弦则涕流”（《文选·张协〈七命〉》）之意，渲染出离别场景的“马上离魂衣上泪”（宋·程垓《酷相思》）般的伤怀之气氛，更加体现出情感之绵绵不断，具有“余音绕梁欐，三日不绝”（《列子·汤问》）之艺术效果。同时，亦为下文之写景做了很好的铺垫。

“晓霜红叶舞归程”一句直写眼前之景：就在词人将行未行之时，只见破晓的霜风渐起，红叶漫天飞舞，归程已展目前。这里，词人巧妙化用南朝宋诗人谢灵运的“晓霜枫叶丹，夕曛岚气阴”（《晚出西射堂》）之诗意，更加渲染出离别之伤感及前程之迷茫，将离别的现在与不可预知的未来连通起来，给人一种“青山高而望远，白云深而路遥”（唐·王勃《送白七序》）的迷惘、迷离之感。

上阕末二句，是词人之感叹："客情今古道，秋梦短长亭。"一条古道，不知承载了多少古往今来之伤别；在这秋意渐浓之际，当"我"步入这短亭、长亭之上，"我"将会日夜思念，在梦中再现曾经的场景。上句将个人之别离归入"今古道"中，这就使眼前之离别超越了时空，赋予一种普遍的含义，与词人笔下之"衣化客尘今古道，柳含春意短长亭"（晏几道《浣溪沙》）有异曲同工之妙。

词之过片，紧承上阕将别而未别之描写，再作回荡，继续描写离别之场面："渌酒尊前清泪，阳关叠里离声。"端起这面前清澈的美酒，默默地流着不舍的泪水，琴弦亦奏出充满离情别恨之幽怨的"阳关三叠"，仿佛也是那样的依依不舍。这里，词人妙用"阳关三叠"之典，以"清泪"和"离声"更加烘托出离别之伤情。

此时此刻，词人想到自己"山远水重重，一笑难逢"（晏几道《浪淘沙》）及"时运不齐，命途多舛"（唐·王勃《滕王阁序》）之坎坷遭际，便想到了"诗圣"杜甫"少陵诗思旧才名"。杜甫曾借诗词寄托思念友人之情怀，颇有才名，"我"亦愿效仿之。这里，词人以杜甫自况，既是对眼前人之诉说，亦是抒发他郁结于心中的感慨和牢骚，同样有着"飘飘何所似，天地一沙鸥"（唐·杜甫《旅夜抒怀》）之深沉喟叹。

词末，我们备加伤感、十分无奈的词人，终于将沉重的笔触宕向远方，展望未来，抒写心中之深情："云鸿相约处，烟雾九重城。"小云，小鸿，我们相约再次相见的地方，就在那烟雾缭绕的京城。词中的"云鸿"是词人挚爱的两个歌女的名字。他的词作中常常出现"莲、鸿、蘋、云"之名，词人在仕途屡遭挫折之后，她们已成为他之精神安慰和寄托。"烟雾九重城"一句，亦透露出词人对前景之担忧。

蝶恋花[1]（初捻霜纨生怅望）

初捻霜纨生怅望[2]，隔叶莺声[3]，似学秦娥唱[4]。午睡醒来慵一饷[5]，双纹翠簟铺寒浪[6]。　雨罢蘋风吹碧涨[7]，脉脉荷花[8]，泪脸红相向。斜贴绿云新月上[9]，弯环正是愁眉样[10]。

注　释

① 蝶恋花：词牌名，因梁简文帝诗有“翻阶蛱蝶恋花情”而得名。又名“鹊踏枝”“凤栖梧”“一箩金”“黄金缕”“卷珠帘”等。

② 捻（niǎn）：即用手指轻轻拿起。霜纨（wán）：这里代指团扇。因用白色细绢制成，洁白如霜，故有此称。怅望：惆怅、怨恨。

③ 隔叶莺声：化用唐杜甫诗：“映阶碧草自春色，隔叶黄鹂空好音。”（《蜀相》）

④ 秦娥：秦地美丽之女子。古代秦女善歌，这里指善歌之歌女。

⑤ 慵：困倦，懒得动。一饷：一晌，指短暂的时间。五代南唐李煜词：“梦里不知身是客，一晌贪欢。”（《浪淘沙》）

⑥ 双纹翠簟（diàn）：指织有成双花纹的翠簟。翠簟，碧绿色的竹制凉席。唐王缙诗：“玉枕双纹簟，金盘五色瓜。”（《送孙秀才》）寒浪：这里指簟纹。因竹席清凉，花纹起伏如浪，故称之“寒浪”。

⑦ 蘋（pín）风：即掠过蘋草之微风。蘋，一种浮生于水面的植物。战国楚宋玉《风赋》：“风生于地，起于青蘋之末。”碧涨：指碧浪上涨。

⑧ 脉脉（mò）：指含情的样子。

⑨ 绿云：这里喻指女子的头发黑如翠黛，浓似乌云。唐杜牧《阿房宫赋》：“绿云扰扰，梳晓鬟也。”新月：农历每月初弯形的月亮，这里喻指女子的弯眉。唐李贺：“金风刺衣着体寒，长眉对月斗弯环。”（《河南府试十二月乐词·十月》）

⑩ 弯环：弯曲如环，这里喻指女子的眉毛。愁眉样：愁眉的式样。愁眉，一种细而曲折的眉妆。

题 解

晏几道的这首词描绘了一个年轻女子的形象。通过抒写她午睡醒后之闲愁，展现了她的脉脉忧思。词人虽则取材于传统之闺阁生活，但由于手法多样而运用精巧，设喻新颖巧妙而传神，情景相生而又融合无间，确能体现“小晏”词“词情婉丽”“曲折深婉”之特点。尤其是词人做到了以景衬情、情景交融，创造出了一个独具特色的艺术境界。

词之上阕，词人以独有的细节和衬景，给我们勾画出一幅独特而和谐的闺中休眠图。词人以艺术之巧手，将独守空闺之女子的千般忧思、万种怀想皆织入图中。再加之那“似学秦娥唱”之“隔叶莺声”的实处着笔之反衬，更增添她难以驱遣的闺中之索寞，她之心中犹如那竹席生凉之“寒浪”，起起伏伏，无以遏止。词之下阕，巧以花、月状写女子，兼用比兴、双关之手法，使室外之景巧与上阕之室内之景相生相衬，女子容貌亦与自然景致相映相照，其内心之闲愁、忧思跃然于纸上。

赏 析

词之首句“初捻霜纨生怅望”，便给我们塑造出一位幽怨缠绵之闺中女子形象：她手执那洁白的纨扇，凝神而望，眼中满是惆怅和怨恨。这一句，暗用“诗仙”的“相思无因见，怅望凉风前”（唐·李白《折荷有赠》）之诗意，表现出她之无比伤感：也许她在叹惋妙龄年华之逝去，也许她在怀想远离自己的心上人。总之，她之心中，极不快活。词人着一“捻”字，以她之用手指轻轻搓转之动作，极传神地描写出她执扇时怅然无绪之情态。再以前后关联之“初”“生”二字，暗示因时序之替换而令女主人公生出惆怅、怨恨之情，似有一种“团扇风轻，一径杨花不避人”（宋·朱藻《采桑子》）之愁怨。

接着，词人描写女主人公之所闻："隔叶莺声，似学秦娥唱。"本已寂寞难耐的她，偏又听到叶底那黄莺的啼叫声，那叫声像是善歌之秦娥在吟唱着相思。这两句，词人巧妙化用"诗圣"之"映阶碧草自春色，隔叶黄鹂空好音"（唐·杜甫《蜀相》）之诗意，以实写莺声之欢快，来反衬女主人公内心之怅恨，颇有一种"听着鸣蛩，一声声是怨"（宋·王月山《齐天乐》）之悲凉。

上阕末二句，词人更加状写闺中女子百无聊赖的孤寂情形："午睡醒来慵一饷，双纹翠簟铺寒浪。"她午觉醒来，慵慵懒懒了好半天，只见那铺在床上的双纹翠席，犹如平展着的清凉的细浪。"慵一饷"三字，用女主人公午睡醒后娇困无力的细节描写，暗写她"梦魂纵有也成虚，那堪和梦无"（晏几道《阮郎归》）之空守闺阁的孤寂和忧愁。下句由"翠簟"而联想到"寒浪"，既写出她内心之凄冷，又自然而然地引出她出户而看花。

换头处由上阕之闺房绣阁那狭隘之小天地，转入户外优美之自然场景："雨罢蘋风吹碧涨，脉脉荷花，泪脸红相向。"此时，夏雨初霁，那徐徐之和风吹拂着刚刚涨起的碧水，只见那水中的荷花，那晶莹的雨珠犹如泪珠在脸，含情脉脉，朵朵红荷似含泪向人脉脉欲语。这里，词人由上阕虚喻之"寒浪"，引出"碧涨"之实景，且以出神入化之"脉脉"二句，借景抒写女主人公内心孤寂凄苦、黯然神伤之凄楚，花人交融，浑然一体。与那"诗魔"笔下之"玉容寂寞泪阑干，梨花一枝春带雨"（唐·白居易《长恨歌》）有异曲同工之妙。

结拍二句，紧承上句，将时间又由午后过渡到夜晚，展现在女主人公眼前的是新月初上之景象："斜贴绿云新月上，弯环正是愁眉样。"那新月紧贴着夜空绿色之浮云冉冉而上升，那弯弯之新月，多像闺中女子那愁眉之模样啊！这里，词人巧以委婉而深蕴情感之双关手法，借月夜之景，抒怀人之情。尤其是以"新月"之形状闺中女子脉脉之忧思，巧以暗示和象征，抒写出其"金凤刺衣著体寒，长眉对月斗弯环"（唐·李贺《河南府试十二月乐词·十月》）之内心的无限愁苦。

蝶恋花（醉别西楼醒不记）

醉别西楼醒不记①，春梦秋云，聚散真容易②。斜月半窗还少睡，画屏闲展吴山翠③。　衣上酒痕诗里字，点点行行，总是凄凉意。红烛自怜无好计，夜寒空替人垂泪④。

注　释

① 西楼：泛指歌舞娱乐之场所。

② “春梦秋云”二句：与晏殊之“长于春梦几多时，散似秋云无觅处”（《木兰花》）、白居易之“来如春梦几多时，去似朝云无觅处”（《花非花》）句意相近。宋玉《高唐赋》《神女赋》中记载：楚怀王游于高唐，梦与神女相会，神女临去说：“妾在巫山之阳，高丘之阻。旦为行云，暮为行雨，朝朝暮暮，阳台之下。”这两句用此事而写相会短暂恍惚，别后无法寻觅的情景，系人生聚散无常之叹。

③ 画屏：指有画饰的屏风。闲展：悠闲地展示。吴山：画屏上的江南山水。

④ “红烛”二句：化用唐杜牧诗：“蜡烛有心还惜别，替人垂泪到天明。”（《赠别二首·其二》）将蜡烛拟人化，以写惜别之情。

题　解

“小晏”的这首词情意凄凉，着重抒写了人生聚散无常、孤寂失意之感慨。据“山谷道人”黄庭坚为《小山词》作序所说，晏几道有“四痴”：一不依傍权贵；二是作文“不肯一作新进士语”；三是“费资千百万，家人寒饥”，不会理财；四是“人百负之而不恨，己信人终不疑其欺己”。词人虽一辈子“陆沉于下位”，然而在他的青年时代，家境却十分富裕。他之俸禄虽则微薄，可有其父

“大晏”遗下的在汴京之赐第，还有“食邑万二千户，实封三千七百户”之田租收入。故而他经常出入歌楼酒肆，过着“侧帽风前花满路，冶叶倡条情绪”(《清平乐》)之生活。后来，家道衰落，就连正常之衣食起居皆成问题。这就使得他从自身之切身感受中，深谙人生之无常。这首词正是抒写人生聚散之痛苦的。虽则没有具体的事件之描述，但意象清幽而凄婉，在伤感之氛围和迷茫之意态中，使全词别有情趣。

赏 析

词之上阕慨叹聚散无常之人生境况。

入韵一句，词人直写醉别之痛苦：“醉别西楼醒不记。”醉别西楼之情景，酒醒之时，竟然全都忘记。这一句似乎是对昔日某次醉别之追忆，又像是对所有前欢旧梦之泛写。“醒不记”三字，足见出“醉”的程度之深。由此可见，因痛苦而深醉，且已到“醒不记”之超常状态，显然有一种“欲将沉醉换悲凉，清歌莫断肠”(晏几道《阮郎归》)的无尽伤感和痛苦。

接着，词人化用“诗魔”之“来如春梦几多时，去似朝云无觅处”(唐·白居易《花非花》)及其父之“长于春梦几多时，散似秋云无觅处”(晏殊《木兰花》)之意，以“春梦”“秋云”作比，抒发聚散离合不常之感：“春梦秋云，聚散真容易。”就像春天的梦、秋天的云，人生的聚散实在太容易，真的是不可捉摸。这里，词人以虽则温馨却虚幻短暂之“春梦”和虽则明净却缥缈易逝之“秋云”作比，恰切而形象，引人遐想，自然而真切。尤其是以“聚散”之偏义(偏在“散”)与首句之“醉别”相呼应，再以“真容易”直接抒情，使好景真情易失易散之感慨异常强烈。“聚散”二字为全篇之词眼，全词情景则从“春梦秋云”之意象铺排而成，既可指爱情方面，又可将与此相关之生活情事，以至整个往昔之繁华生活，皆可包举于此意象之中。

上阕末二句回到现实，描写眼前之实境：“斜月半窗还少睡，画屏闲展吴山翠。”斜月挂在半窗，“我”一点也没有睡意；床边的画屏，向“我”展示着江南山水的翠色。词人回到现实，追今抚昔，心绪烦乱，自然心情难以平静，辗转难寐，夜不能眠。“画屏闲展”更惹人难受。“闲”字不闲，那画屏上的景色显得似乎特别平静悠闲，其实情景相生，忧愁益深。这“闲”字正从反面透露了词人内心的郁闷和伤感。词人以怨物之无情的反衬，含而不露地表达了关于醉与醒、聚与散之慨叹，既是具体可感的，更是普遍而抽象的。人生如梦，确实难以把握。

词之下阕进一步抒写别后夜里之凄苦。

过片紧承上阕之“醉别”二字，再写词人内心之感伤：“衣上酒痕诗里字，点点行行，总是凄凉意。”衣服上留着那西楼欢宴的酒迹，纸上还留着当时题写的诗句。这一点点、一行行，传达的都是心中无限之凄凉。“衣上酒痕”四字，不仅照应上阕词首之“醉别”，而且状写出抒情主人公——词人自己心灰意懒时之落魄和苦痛。“酒痕”与“诗里字”，除了“凄凉意”，别无他味。这自然而然地触发了词人对旧日欢乐生活之回忆。由此可知，词人聚散离合之感以及中夜辗转不寐之情即由此而生发。词人如此写来，既诠释了上阕所抒感慨之原因，又为下文之描写张本，且使全词结构起伏变化，颇有张力。

结尾二句，词人化用杜牧“蜡烛有心还惜别，替人垂泪到天明”（《赠别二者·其二》）之诗意，再加渲染心中之“凄凉意”：“红烛自怜无好计，夜寒空替人垂泪。”你看那红色的蜡烛，大概亦在自怜自己想不出宽解人的好办法，只得在寒夜里替“我”掉泪。这里，词人以“红烛”“自怜”而“垂泪”之拟人化的手法，使表述更加具有生命之感和深挚情意，感人至深。正如前人所评述的那样：“一字一泪，一字一珠。”（清·陈廷焯《词则·大雅集》）

鹧鸪天[①]（彩袖殷勤捧玉钟）

彩袖殷勤捧玉钟[②]，当年拚却醉颜红[③]。舞低杨柳楼心月[④]，歌尽桃花扇底风[⑤]。　从别后，忆相逢，几回魂梦与君同[⑥]。今宵剩把银釭照，犹恐相逢是梦中[⑦]。

注　释

① 鹧鸪天：词牌名。又名“思越人”“思佳客”等。

② 彩袖：此处代指穿彩衣的歌女。玉钟：即玉制的酒杯，是对酒杯之美称。

③ 拚（pān）却：甘愿，不顾惜。

④ 低：这里是使动用法，意即“使……低”。

⑤ 桃花扇：这里指画有桃花的扇子，是歌舞时的道具。

⑥ 同：这里指欢聚在一起。

⑦ “今宵”二句：化用唐杜甫《羌村三首》之“夜阑更秉烛，相对如梦寐”之诗意。剩把：尽把。银釭（gāng）：即银白色的灯盏、烛台。

题　解

晏几道的这首词大约写于宋神宗熙宁五年（1072）之后。此时词人在政治上失去依靠（亲朋好友相继去世），加之他本人秉性耿介，不愿阿附新贵，故而仕途坎坷，生活景况不佳。这就与词人先前之华贵无忧的生活形成鲜明对比。于是，词人便忆昔思今，写下了多首词。此词便是尤为后世追逐工词丽语之文人所称道的上乘佳作。

这首词词情婉丽，可说是艳词的典范之作，着重抒写了词人与舞女之间的一番情感。从当初酒筵歌席之相逢，到别后之相思相梦，又到重逢时之惊喜，娓娓道来，确有一波三折之致，表达曲折而深婉，古人有“自有艳词，让其独步”（清·陈廷焯《白雨斋词话》）之极高评价。

赏析

词之上阕，重在回忆当年之欢聚。

词之开篇，开门见山，直入正题，忆想那与红粉佳人相逢之情景：“彩袖殷勤捧玉钟，当年拚却醉颜红。”当年初次相逢，你双手殷勤地捧着酒杯，含情脉脉地给“我”劝酒，是那样的温柔、美丽和多情；“我”开怀畅饮，喝得酒醉脸面红。“彩袖”二字，居之词首，以示突出代指词人心仪之歌女，可见印象之深。“殷勤捧玉钟”，是具体之细节描写。“殷勤”二字，更见出其心之诚、其情之挚。着一“捧”字，愈显出其仪态大方、彬彬有礼，暗含一见钟情之意。故而，词人不惜“拚却”——全然无所顾惜，没有忌讳，哪怕“醉颜红”亦在所不顾。这两句，用笔精妙，皆为一笔两写：上句明写歌女之敬酒，暗写词人之痛饮；下句明写词人之醉酒，暗写歌女“殷勤”敬酒之多。这就把你敬我饮之浓情蜜意蕴含其中，故而词人时至今日，难以忘怀，其情其景，记忆犹新。

上阕之后二句，紧承上句，忆想心仪歌女轻歌曼舞之情形：“舞低杨柳楼心月，歌尽桃花扇底风。”你舒展婀娜之舞姿，那高楼之上的月亮仿佛为你徘徊；你放开优美之歌喉，那桃花扇下之清风仿佛为你静止。这里，词人极尽笔墨，巧用拟人、夸张和烘托的手法，写出了歌女之能歌善舞。以“杨柳楼心月”和“桃花扇底风”来加以烘托和暗示：用月亮之升落写出了欢娱的时间之长——一直舞到月亮由楼心落到杨柳树的背后（当然词人是浑然不觉的）；用“桃花扇底风”写出歌舞之美，有一种如梦似幻的美妙之感；用“歌尽”二字，与“低月”相呼应，亦写出歌舞历时之长——一直唱到歌声在桃花扇下消失。用语生动而形象，尤其是对仗精致巧妙，似实却虚，似虚却实，虚实相衬，美妙绝伦。

词之下阕，重在抒写重逢之喜悦。

过片处二句，直写别后之魂梦相思：“从别后，忆相逢，几回魂梦与君同。”

自从那次别离之后，“我”总是怀念那美好的相逢。“我”常常思念着你，多少回在梦中与你相会。这里，词人着一“忆”字，饱含了“忆君心似西江水，日夜东流无歇时”（唐·鱼玄机《江陵愁望寄子安》）的无限思念之情怀。“几回”一句，更是梦中相聚之情形，可见词人是魂牵梦萦，日思夜想。白描之手法运用极为成功。

词末二句，描写重逢之惊喜：“今宵剩把银釭照，犹恐相逢是梦中。”今天晚上我们果真相逢了，“我”尽情地端着那银灯，端详着你的面容，还怕这次相逢也是在梦境之中。这里，词人巧妙化用“诗圣”之“夜阑更秉烛，相对如梦寐”（唐·杜甫《羌村三首·其一》）的诗意，写出惊喜之情状。这是因为，有多少回之相逢皆在梦幻之中，一旦真的相逢，反倒疑惑不信，犹恐仍在梦中一般。由此可见情意之深切、深厚。

这首词结构简明，词情深婉。词之上阕写初逢之欢聚，巧用拟人、夸张和烘托及细节描写等手法，虚实相衬，写出了难以忘怀之浓情蜜意。词之下阕，写重逢之惊喜，妙以化用之手法，疑真为梦，情意婉曲深挚，韵厚味长。此词确是“独步艳词”之千古名篇。

鹧鸪天（守得莲开结伴游）

守得莲开结伴游①，约开萍叶上兰舟②。来时浦口云随棹③，采罢江边月满楼。　花不语，水空流，年年拚得为花愁④。明朝万一西风动，争向朱颜不耐秋⑤。

注　释

① 守得：守候，等待。结伴：此处指相约、邀约。

② 约开：拨开。兰舟：木兰舟，小舟之美称。

③ 浦口：小河入江之处。棹（zhào）：船桨。

④ 拚得：舍得，心甘情愿的意思。

⑤ 争向：意即怎奈。朱颜：明指荷花，暗喻青春容颜。不耐：不能忍受。

题　解

“小晏”这首描写水乡少女采莲之情景的词，当作于“大晏”去世不久、词人家境尚可之时。因为词中之“莲”“萍”“云”等字有人认为是词人所爱慕的歌女之名（吟风弄月是需要良好之家境来支撑的）。词人通过描写采莲的环境之美和采莲人的心灵之美，来表露自己对心仪之歌女及美好生活之怀念，同时亦把词人对于年华流逝之凄凉感受寄寓其中。

此词不像描写采莲的诗词鼻祖、汉乐府古辞《江南》之“江南可采莲，莲叶何田田。鱼戏莲叶间。鱼戏莲叶东，鱼戏莲叶西，鱼戏莲叶南，鱼戏莲叶北”那样的以渲染手法呈现水乡女子采莲劳动的欢快场景，亦不似《子夜四时歌·夏歌》之“乘月采芙蓉，夜夜得莲子”那般以谐音双关（即“莲”与“怜”谐音）之手法用采莲事表达爱情，还不同于“诗仙”笔下之“荷花娇欲语，愁杀荡舟人”（唐·李白《渌水曲》）那样以拟人之手法反衬采莲女见荷花之美而自伤，更不是“七绝圣手”所描绘的“荷叶罗裙一色裁，芙蓉向脸两边开”（唐·王昌龄《采莲曲》）那种人花相映共美之精妙画面，而是别具风貌：以民歌之清新明净与文人词之隽雅含蓄兼而有之的特色，具有颇为动人的艺术力量。

赏 析

此词开篇十分自然，没有任何雕饰，直接叙述“采莲”之事：“守得莲开结伴游，约开萍叶上兰舟。”像花儿一样的采莲女，她们为了采莲，长时间地等候那莲花盛开。等到莲花开了，她们便相约去采。那湖塘里长满了浮萍，她们轻轻地将浮萍拨开，登上那美丽的采莲船，荡入湖塘之中。词人着一“守”字，当然不是“守着窗儿，独自怎生得黑”（宋·李清照《声声慢》）之“守”，而是对“浦口花迎入”（唐·王昌龄《采莲曲》）之守候，由此可见出美女们的耐心及爱美之心。

上阕后二句，描写采莲的过程及其环境：“来时浦口云随棹，采罢江边月满楼。”采莲的这群女子来到浦口之时，旭日初升，那尚未消散的如烟之云气，笼罩在她们的船棹四周；她们采莲收工回到江边之时，夜月已高挂空中，只见那人家的楼台上已洒满月光。作者略去了那“菱叶萦波荷飐风，荷花深处小船通”（唐·白居易《采莲曲》）的最最热烈、紧张的采莲过程，而只摄取了美女们入浦口出船采莲和采莲收工回到江边只见夜月高照楼台这两个镜头，以景色幽美的环境之渲染，给读者留下了无限的想象空间：烟云笼罩之中她们该是怎样的激情四溢，该是怎样神采飞扬地投入到采莲的劳作之中……这样就把采莲的辛苦劳动和采莲的美女们烘托得更为动人，确实做到了“说出的少，而给人的多”。

词之换头处写采莲女的心理活动：“花不语，水空流，年年拚得为花愁。”那“出淤泥而不染，濯清涟而不妖”（宋·周敦颐《爱莲说》）之莲花，自是无语；那潺潺之流水总是无情，姑娘们的深情总是无法倾诉。在好景不断流逝之中，姑娘们年年都为花落春去而伤愁不已。美好的事物无法保护，给她们的心灵蒙上了阴影，带来了忧愁和伤悲。词人用“花不语”“水空流”之无语、无情，写出了姑娘们心中的愁苦。

那么，她们的愁苦到底是什么呢？词末二句，给出了回答：“明朝万一西风动，争向朱颜不耐秋。”明天万一西风骤然劲吹，那艳丽的莲花怎能抵挡得住如此之秋寒，它定然就会很快飘零、憔悴。这里，词人运用拟人之手法，以花之“朱颜”来写采莲的美女，以她们对花的贴心之爱，着墨不多却细腻地描写出她们的美好心灵——为“红颜”的即将凋落而愁苦、伤心！词人将人、花之命运融合在一起，既写自己，又写自己心仪之人，甚或自己所失去的美好生活、大好的流逝之年华，等等，皆寄寓于这“红颜”的意象之中。确有“不着一字，尽得风流”之妙。

鹧鸪天（醉拍春衫惜旧香）

醉拍春衫惜旧香①，天将离恨恼疏狂②。年年陌上生秋草③，日日楼中到夕阳。　云渺渺，水茫茫，征人归路许多长④。相思本是无凭语⑤，莫向花笺费泪行⑥。

注　释

① 春衫：春季穿的衣服。惜：怜惜。旧香：这里指昔日欢乐生活遗留在衣衫上的余香，暗示对于旧情之怀念。

② 恼疏狂：烦恼我这疏狂之人。疏狂，狂放不受约束，这里是词人自指。

③ 陌：田间小路。

④ 征人：远行的人。

⑤ 无凭语：没有根据的话。

⑥ 花笺：彩笺，供题咏或书信之用的小幅彩色纸张，这里代指书信。

题　解

这首词抒写男女之离情，但不是与妻室之别离，而是与歌舞酒场之中相悦女子的别离之情。既有欢聚之疏狂，亦有别后之孤寂，流露出词人对别离之无限伤感。正如晏几道在他自编的《小山词》的小序中所说：“始时，沈十二廉叔、陈十君龙家有莲、鸿、蘋、云，品清讴娱客，每得一解，即以草授诸儿，吾三人持酒听之，为一笑乐。”由此可知，他与沈、陈是好友，故而常与两家之歌女莲、鸿、蘋、云四位一起聚会宴乐，于是他与歌女之悲欢离合，常成为他词中所写之内容，如歌女之“彩袖殷勤捧玉钟”，词人自己则“拚却醉颜红”（晏几道《鹧鸪天》）。况且，男女歌酒宴乐之事，在宋代词人生活中已习以为常。加之，“小晏”的父亲乃是一代高官显宦，位居高位之范仲淹、欧阳修、王安石等皆出其父之门下，但他生性耿介，不愿“傍贵人之门”，“遂陆沉于下位”（宋·黄庭坚《小山词序》）。故而，他常常纵情于歌酒，以排遣其抑郁不平之怀。这首词就是在这种情形之下写的。

赏 析

词之上阕，重在写离恨。

入韵二句是总述：“醉拍春衫惜旧香，天将离恨恼疏狂。”酒醉之时，“我”轻轻地拍打着这件十分珍贵之春衫，因为那上边留有昔日欢乐生活之余香；苍天啊，你总是那么无情，让“我”这个狂放不羁之人，备受离情别恨之困扰而恼怒。“醉拍春衫”是难以忘怀的“离恨”情绪发泄的形象表述。词人以“醉”字领起全词，可见其郁结于心的“离恨”之深，似有“醉后不知天在水”（唐·唐温如《题龙阳县青草湖》）之迷离、恍惚。亦可想见词人恣意纵情而饮而“醉”之苦痛。“惜旧香”乃是“离恨”之根由，其中蕴含着一幕幕昔日之欢乐情事。“旧香”更是词人与心上人昔日欢娱而留存于“春衫”之上的，故而才有词首之“醉拍春衫”的情思活动之产生，自然勾起词人对昔日那欢乐、甜蜜情景之回忆。着一“惜”字，饱含了词人对往事旧情之深切怀念。下句便是由“惜旧香”而激起的难以抑制的无可奈何之情。“疏狂”二字是词人对自己狂放不羁性格的真实描述。而以此等性格亦被“离恨”所“恼”，可见出“离恨”之深，非一般人所能忍受，颇似南唐后主笔下所写：“离恨恰如春草，更行更远还生。”（五代南唐·李煜《清平乐》）下句句首着一“天”字，更加见出词人无法排遣、无由开解的“离情别恨”之深厚，是词人处于绝境之时把根源归之于天的无奈之举，正如古诗所言：“天实为之，谓之何哉！”（《诗经·邶风·北门》）

上阕之后二句紧承上句，又从时、空两个方面抒写词人长久遭受离恨折磨之情状：“年年陌上生秋草，日日楼中到夕阳。”年复一年，田间小路之上，秋草年年自生自长；日复一日，那楼上之夕阳，东升西落。这里，词人以工整的对仗，以纯客观之景象，用赋的手法，因情而设景，选取最具普遍性之“秋草”和“夕阳”两个意象，表现“离恨”之深重、无限。而在这样的意象之中，似有倚楼怅望、年年日日于迷惘之中度过的词人之身影在。无可奈何、没有办法的词人，只能将绵密之情感、无尽之思念交托于时空，这与词人之“相寻梦里路，飞雨落花中”(《临江仙》) 有异曲同工之妙。

词之下阕，重在抒写离恨之无法排解。

换头三句，即景生情：“云渺渺，水茫茫，征人归路许多长。”行云渺渺，烟水茫茫，远行的人啊，哪会不想早点儿回去呢，无奈回家的路是那样的遥远，归程亦是十分的迷茫。“云”“水”二句紧承上阕之“夕阳”而来，词人将视野扩展开来，从云水渺茫、行人归路难寻之中，突出了相见之无期。这与“诗魔”之“上穷碧落下黄泉，两处茫茫皆不见”(唐·白居易《长恨歌》) 有异曲同工之妙，以景喻情，道出了词人于楼上怅望时之情思。

词末二句是词人自我劝慰的至情之言：“相思本是无凭语，莫向花笺费泪行。”似这般刻骨铭心之相思，岂能用语言来表达？！还是不要依靠信笺来书写自己的离愁别恨了，因为信未成行，而人早已泪水涟涟。这两句由没有穷尽之“离恨”逼出：年年日日之相思离恨之情不可胜道，非言辞所能申写，若再要“向花笺费泪行”，那便是虚枉了。这正如词人在另一首词中所写：“长情短恨难凭寄，枉费红笺。”(《采桑子》)

本词以“离恨”为词眼，在痛楚之追忆中流露出词人亲历之慨叹，意境深阔，感人至深，具有颇强之艺术魅力。

鹧鸪天（小令尊前见玉箫）

小令尊前见玉箫①，银灯一曲太妖娆②。歌中醉倒谁能恨，唱罢归来酒未消。　　春悄悄，夜迢迢③，碧云天共楚宫遥④。梦魂惯得无拘检⑤，又踏杨花过谢桥⑥。

注　释

① 小令：词体名。唐时文人于酒宴之上即席填词，当作酒令，后遂称词之较短小者为小令。尊前：酒樽之前，此指酒筵上。玉箫：本是唐人小说中侍女的名字，此代指词人所钟情的一位歌女。

② 银灯：银白色的灯盏。妖娆：美丽而可爱。

③ 夜迢迢：这里形容夜之漫长。

④ 碧云天：微云飘浮的青色天空。楚宫：古代楚国之宫殿。

⑤ 梦魂：古人以为人之灵魂在睡梦中会离开肉体，故而称为“梦魂”。惯得：随意，纵容。拘检：拘束，检束。

⑥ 谢桥：唐朝宰相李德裕的侍妾谢秋娘是当时著名的歌伎，李曾作《谢秋娘》悼念她。后古人常称所恋女子为谢娘，称其所居之处为谢桥、谢家。

题　解

这首抒写对一位歌女的思慕之情的词，当是“小晏”为那位名叫“玉箫”的歌女而作。词人在一次宴会之上，偶遇这位美艳的女子，曾在璀璨的“银灯”之下，与其歌酒共欢，且在不知不觉中沉醉了。这女子使潦倒疏狂的词人一见而倾心。然而，好事难成，聚也匆匆，散也匆匆。词人夜阑回到家中，仍然挂念于心、念念不忘。大概这位歌女的身份与一般歌女有所不同，词人难以在歌宴之后与之相约欢会，这就使他异常痛苦，只能把这种单相思寄托于梦中，以缥缈迷离之梦境来抒写他之相思无望、唯以寤寐求之的思念、爱慕之情。这正如有人所评：“叔原在友人家中听一名歌姬唱歌，一见倾心，却难以相接。长夜迢迢，因思念而不能入寐。唯有梦魂不受约束，一次次飞到她的身边。”

赏析

这首词当是词人日间遇到那位名叫“玉箫”的心仪歌女，当夜归来之时难以入睡，便写下这首被与小晏同时的学者程颐誉为“鬼语”（宋·邵博《邵氏闻见后录》）的佳作。

词一开篇，便从两人初逢之情境写起：“小令尊前见玉箫，银灯一曲太妖娆。”在酒筵上，“我”见到了唱小令的女子玉箫。在那银灯的映照之下，她的一曲轻歌，便显出十分的妩媚和娇娆。“尊前”二字，点示初遇之地。“银灯”二字，点明这是一个灯火辉煌的夜晚。“玉箫”，则是筵席之上倾情而歌以侑酒兴之女子。这里显然用了玉箫与韦皋两世姻缘之典故（见唐·范摅《云溪友议》所载：韦皋与姜辅家的婢女玉箫有情。韦别其七年归时，她已绝食而死，后再世为韦之侍妾）。以“玉箫”之名代之，既见歌女才貌之出众（由“一曲太妖娆”可以见出），又意味着词人与之在筵前一见钟情之目成心许。尤其是“太妖娆”三字，足见词人无比的倾慕之情，且以下几层意思皆由此而生发。

上阕的后二句，即由“一曲”二字而生出：“歌中醉倒谁能恨，唱罢归来酒未消。”在她那优美的歌声中，“我”痛饮美酒而醉倒，谁又能感到遗恨啊！在她唱完之后，余音犹在耳边，筵散归来，酒意依然未消。“歌中醉倒”四字，实写听歌之情形，酩酊大醉之呼号喝彩的醉酒之状亦如在目前。这四字有统摄全词之作用：暗示词人已被“玉箫”那美妙之歌声所陶醉，为她那美艳之姿色所倾倒。在这美酒、清歌和丽人之氛围中，舌品之而知味，耳闻之而知音，目遇之而知色，味、音、色集于词人一身，他怎能不“醉倒”于筵前？！词人着一“醉”字，当然是“醉翁之意不在酒，在乎筵前玉箫女”！这“醉”，是词人心甘情愿之“醉”，是真情真性流露之“醉”，故而词人着上毫无悔恨之意的“谁能恨”三字加以反问，颇有“柳三变”之“衣带渐宽终不悔”（宋·柳永《凤栖梧》）之意味。词人

“醉”得极深极沉，以致筵罢归来“酒未消”。“未消”二字，颇有意趣：未消的哪里是“酒”啊，那是词人刻骨铭心的对歌女“玉箫”之浓情蜜意啊！这两句，实实虚虚，词意极为深婉。

词之过片处，抒写归来情事：“春悄悄，夜迢迢，碧云天共楚宫遥。”春天如此的静悄悄，春夜如此的漫长。词人热切地想念着心仪的“玉箫”，可他仰望碧空之游云，一时之间，觉得“玉箫”距他与那楚国宫殿一样天远路遥。这两句，与词人笔下思念小莲的“归来独卧逍遥夜，梦里相逢酩酊天”（《鹧鸪天》）有异曲同工之妙。“悄悄”二字，以春夜之寂静，暗示词人独处之心境——夜不能寐，倍觉春夜之“迢迢”。这“迢迢”二字，又恰与上阕之短暂的欢娱形成极强烈的对比。“碧云”句又以天设喻，着一“遥”字，表达词人对“玉箫”的无尽之思念，有一种“要问相思，天涯犹自短”（晏几道《清商怨》）之痴情和挚意。

词末二句，是全词最为精妙、精彩之笔：“梦魂惯得无拘检，又踏杨花过谢桥。”让“我”做个梦吧，只有在梦境之中，才能打破那束缚人的条条框框，让“我”的梦魂，在迷蒙的夜色之中，踏着那满地的杨花，悄悄地走过那谢桥，去重会意中人“玉箫”吧！这里，词人巧妙化用唐代诗人张泌之“别梦依依到谢家，小廊回合曲阑斜。多情只有春庭月，犹为离人照落花”（《寄人》）的诗意，宕开一笔，深入一层：相思无望，唯有梦中相见。词人以“梦魂”之无拘无束来反衬现实中的重重阻隔，词意深婉，意味隽永。着一“又”字，由现实而进入虚幻，用意深极，情韵佳绝。这两句曾被时人誉为“鬼才”写出之“鬼语”。正如清人厉鹗所赞：“鬼语分明爱赏多，小山小令擅清歌。世间不少分襟处，月细风尖唤奈何。”（《论词绝句》）

生查子[①]（金鞭美少年）

金鞭美少年[②]，去跃青骢马[③]。牵系玉楼人[④]，绣被春寒夜。　消息未归来[⑤]，寒食梨花谢[⑥]。无处说相思，背面秋千下[⑦]。

注　释

① 生查（zhā）子：词牌名。原为唐教坊曲名。又名“陌上郎”“绿罗裙”等。
② 金鞭：用黄金做的马鞭。这里暗示骑者之富贵。
③ 青骢（cōng）马：毛色青白相杂的骏马。
④ 牵系：牵挂、挂念。玉楼人：这里指闺中的女子。
⑤ 消息：这里指离人的音信。
⑥ 寒食：节日名，在清明前一天或两天。古人从这一天起，三天不生火做饭。
⑦ 背面秋千下：这里化用唐李商隐诗：“十五泣春风，背面秋千下。”（《无题二首·其一》）

题　解

“小晏”的这首思妇词着重抒写了闺中女子对爱人的深切之思念及其孤单落寞之处境。此词虽则写的是别离相思，但实则十分典型地表现了晏几道对自己早年生活及无与伦比的显赫地位的良好感觉。

想当年，出生于一个钟鸣鼎食的荣华之家的词人，父亲晏殊为北宋“太平宰相”，他的青少年时代，家境十分富裕，生活极为优越。词中之“金鞭美少年，去跃青骢马”，正是他早年生活的真实写照。即就他的父亲去世之时，十八岁的词人与其弟传正都已是太常寺太祝（正九品）之官职，且有“食邑万二千户，实封三千七百户”的田租收入，故而他经常出入歌楼酒肆，过着“侧帽风前花满路，冶叶倡条情绪”（晏几道《清平乐》）、“《水调》声长歌未了，掌中杯尽东池晓”（晏几道《蝶恋花》）的生活。这样，便使他自然而然地具有了一种优越感，常以“锦衣才子”“少陵诗思”“郎君”“王孙”等自称，依然保持着那种宰相公子意气扬扬之姿态。这首词，词人便是从闺中女子的角度来抒写相思之情的。

赏析

这首词在构思和写法上是独具特色的：一是全词虽则写的是女主人公的相思之情，然而通篇却无一句直接描写她之外貌甚或心理活动，皆是通过环境、景物等来烘托其情感的；二是全词采用极其超前的“蒙太奇”（镜头组接）手法，通过摄取的几幅画面来表现词旨。

词之上阕，词人摄取了两幅画面——

“金鞭美少年，去跃青骢马”是第一幅画面：威武俊美的少年，跨上那金饰的马鞍，骑在高大的青骢马上，扬鞭跃马奔驰而去，从此就牵走她之心神。这是闺中女子脑海中铭刻最深的一幅图景，亦是她的心上人临走之时留给她的最后印象。我们可以命名为“金鞭跃马图”。“金鞭”二字，突出了“美少年”不同寻常的家庭、出身和地位。着一“跃”字，更烘托出他俊美潇洒、威武狂放之英姿。词人笔下之“美少年”这一形象，既有南朝梁诗人何逊笔下之“长安美少年，羽骑暮连翩”之“烽火望祁连”（《长安少年行》）的从军之迹象，又有唐代“诗仙”李白诗中“五陵少年金市东，银鞍白马度春风”之“笑入胡姬酒肆中”（《少年行》）的冶游之影子。总的来说，这少年是威武潇洒、非同一般的。这就更加重了女主人公的思念情愫。

“牵系玉楼人，绣被春寒夜。”上阕后二句，是第二幅画面，镜头又转到了女主人公的身上：闺楼之上，年轻靓丽的她时时刻刻挂念着他；每当春寒之夜，她孤灯独眠，倍觉绣被凄冷，春夜更寒，这又是多么难熬之寂寞啊！分离留给女主人公的是不堪忍受的离愁别恨。这个画面我们可以命名为“春夜被寒图”。词人由“玉楼人”之“牵系”，写到了她之难挨的日日夜夜。这里选取了“绣被春寒夜”之图景，来渲染女主人公独守空闺、辗转难眠之孤寂、凄寒之境况。尤其是着一“寒”字，不仅点示了季候、气氛之特征，而且映照和凸现了女主人公孤单、冷寂之心境。

词之下阕，亦是两幅画面——

“消息未归来，寒食梨花谢。”过片的这两句，是全词的第三幅画面：她日日盼、月月等心上人的消息。然而，寒食节过去了，梨花开了又谢了，始终未能等到丈夫的音讯，等来的只是一次又一次的失望。这一画面我们可以命名为“寒食花谢图”。这里，词人通过节令及景物来暗示时间之流逝，既抒写出女主人公“思君如日月，回环昼夜生”（南朝齐·刘裕《自君之出矣》）之无法驱遣的思念之凄楚，又表达了“思君如陇水，长闻呜咽声”（唐·雍裕之《自君之出矣》）之日思夜想的凄苦，她之无尽的悲凄、怅惘尽皆蕴含其中。

“无处说相思，背面秋千下。”这是本词的第四幅画面：秋千架下，她背过脸儿，痴痴地站着。她在默默地承受着相思之苦，无处诉说，亦不想对谁诉说。这幅画面我们命之曰“秋千之下相思图”。这幅画极为精彩：词人巧妙化用李商隐“十五泣春风，背面秋千下”（《无题》）之少女伤春的诗意，刻画出女主人公痴立相思之形象，含蓄而富有韵致，给人留下无尽之联想：也许，那秋千架下是她与心上人相识、相恋、相知之地，曾留下她甜蜜美好之回忆，故而他离去之后，她常来此思念昔日，排遣忧闷。然而，睹物思人，触物生情，倍增她之凄凉与忧伤……

总之，全词由四个“特写镜头”组合而成，表达了女主人公不堪言说的相思之情，手法高妙超前，意蕴含蓄而丰厚，读之耐人寻味，意味无穷。

生查子（关山魂梦长）

关山魂梦长[①]，鱼雁音尘少[②]。两鬓可怜青[③]，只为相思老。　　归梦碧纱窗[④]，说与人人道[⑤]。真个别离难[⑥]，不似相逢好。

注　释

① 关山：这里泛指关隘、山川。
② 鱼雁：此指书信。古代有鱼和雁传书的传说，《古诗十九首》："呼儿烹鲤鱼，中有尺素书。"《汉书·苏武传》："教使者谓单于，言天子射上林中，得雁，足有系帛书。"音尘：音信、消息。
③ 可怜：可惜，怜惜。青：乌黑。
④ 归梦：归乡之梦。碧纱窗：装有绿色薄纱之窗。
⑤ 人人：这里是对亲近的所爱之人的昵称。
⑥ 真个：真的，确实。

题　解

这首词是羁旅怀远、倾诉离别之苦的词，当是词人四十一岁（宋神宗元丰元年［1078］）以后所作。因为在此之前，发生了郑侠上书事件：宋神宗熙宁七年（1074）四月，由于久旱不雨，河北、陕西饥民皆流入京城，而京城之外饥民更多。郑侠便画了一幅《流民图》，并上书指陈当时所推行之青苗法、免役法等的弊端。由于郑侠是王安石的学生，王安石先自请避位后被罢相，新法亦被废除十分之八。郑侠又画了一幅《正直君子邪曲小人事业图迹》，指斥吕惠卿。吕奏称郑侠讪谤，郑被下台狱。此案株连很多人，晏几道因与郑有交往，亦被捕入狱。后神宗看了词人赠郑之诗，认为写得还不错，便下令将他释放。尽管如此，因为当时社会犯人多受到狱吏、差役之敲诈勒索，故而，词人家道中落，且日趋贫困。到了元丰元年（1078）之后，词人去江南投靠五兄知止（时任吴郡太守）。这首词正是词人在漂泊江南思念家人、渴望回归团聚的情境下创作的。

赏 析

词之上阕，直接倾诉游子背井离乡的相思之苦。

起首二句，抒写相思之缠绵："关山魂梦长，鱼雁音尘少。"凄凉荒漠的关隘山岭，常常令"我"魂牵梦萦，那远在千里的亲人难以寄家信回来。词人不辞辛劳、长途跋涉到了江南，倍感寂寞，对家中之亲人无比想念，甚至到了魂牵梦绕之地步，无奈路途遥远，想回又有种种困难和顾虑。此时此刻，词人不禁埋怨起"关山"之太长，且以此暗喻自己对亲人的思念之深。接着，词人又以音信稀少，便深深埋怨送信之"鸿雁"使者太少，没能及时地把亲人的书信捎给他，让他得到些许安慰。透过这似乎不怎么有理的埋怨，把词人那种"相思相见知何日，此时此夜难为情"（唐 · 李白《三五七言》）之真实内心蕴含其中。

上阕之后二句，进一步抒写相思之苦："两鬓可怜青，只为相思老。"闲来照镜，可惜"我"两鬓那乌黑的头发，只因为日日盼归、夜夜相思而渐渐变白成霜。这里，词人用夸张之手法，以容颜之衰老、青春之耗损来表达内心之痛苦，与其笔下之"相寻梦里路，飞雨落花中"（晏几道《临江仙》）有异曲同工之妙。

词之下阕，抒发词人渴望归家之痴情。

换头二句，抒写词人无法排遣的思乡思亲之愁情："归梦碧纱窗，说与人人道。"等到"我"回到家中的时候，定然要依傍那碧绿的纱窗，诉告衷肠给"我"那最亲近最心爱的人。这里，词人冠以"梦"字，显然是梦中之情景。日有所思，夜有所梦，可见词人之情真情痴，确如词人所写的"梦魂纵有也成虚，那堪和梦无"（《阮郎归》）。有梦尚可慰相思，故而词人在现实中无法与亲人团聚，只能付之于梦。真的是"梦魂知忆处，无夜不亲人（原句是'京华'）"（唐 · 岑参《郡斋望江山》）！

词末二句，是词人在梦境中对最亲最爱的人所诉告的肺腑之言："真个别离难，不似相逢好。”那别离的凄苦真的是难以忍受，哪有与相亲相爱的人共度时光、欢聚在一起好啊！词人以直白而浅近的语言，吐露衷肠，看似平淡，实则情深义重，道出“莫如云易散，须似月频圆”（晏几道《临江仙》）之心声，比之那大发慨叹更为真挚、真切而动人。

这首词最为突出的特点是白描手法的运用。全词用语直白浅近，精练而有味，不事雕饰，不加渲染、铺陈，而是用传神之笔抒写词人背井离乡的相思之苦，叙事明白如话，词人音容跃然纸上，有如“芙蓉出水”般朴实自然，情意真切，别有风致。

南乡子①（新月又如眉）

新月又如眉②，长笛谁教月下吹③？楼倚暮云初见雁，南飞，漫道行人雁后归④。　意欲梦佳期⑤，梦里关山路不知⑥。却待短书来破恨⑦，应迟⑧，还是凉生玉枕时⑨。

注　释

① 南乡子：词牌名。原为唐教坊曲名。

② 新月：农历每月初的弯形的月亮。

③ “长笛”句：这里化用唐杜牧《题元处士高亭》诗：“何人教我吹长笛，与倚春风弄月明。”谁教：意即谁令、谁使。

④ “漫道”句：这里化用隋薛道衡《人日思归》诗：“人归落雁后，思发在花前。”漫道，莫说，不讲。

⑤ 佳期：这里指男女重新会面的日期。

⑥ “梦里”句：这里化用南朝梁沈约《别范安成》诗：“梦中不识路，何以慰相思。”关山，关隘山岭。

⑦ 却：还。短书：短信。破恨：解除愁恨，排解幽怨。

⑧ 应迟：这里是揣度设想之辞，意思是书信大概会迟来。

⑨ 玉枕：指玉制或玉饰的枕头。亦可用作瓷枕、石枕的美称。

题　解

这首词抒写了一位闺妇排遣不去之离愁别恨。词人十八岁那年（宋仁宗至和二年［1055］）的正月，其父去世。这对春风得意的词人打击甚大，他即刻感受到现实社会如霜刀雪剑般之严酷。尽管其父留有汴京之赐第和颇为丰厚之田租收入，但词人尚且年幼，后由二兄长之妻张氏“养毓调护”，之后嫁娶成家。这首词当是词人成家之后外出怀念家中爱人而作。

这首怀人小词，虽短却极有韵致：词人以想象之手法，从爱人的角度抒写无以排遣之离愁。词人不说自己如何想念爱人，而写爱人如何的愁上眉头，如何的吹笛见雁，又如何的在梦中相寻亦是枉然。万般无奈之下，她只能在孤枕难眠之中盼等丈夫之书信。辞章虽短，但意象丰富，既有形象直观具体之月光、雁阵和梦境，又有耳闻意想之笛曲、人意和“短书”，时间与空间相融相合，环境之冷清与相思之灼热相反相成，构成了一个多姿多彩的艺术境界。难怪前人赞之曰：“小词之妙，如汉、魏五言诗。其风骨兴象，迥乎不同。苟徒求之色泽字句间，斯末矣。”（清·先著、程洪《词洁》）

赏析

词之上阕抒写思妇月下闻笛、暮天见雁而勾起对丈夫的思念。

词乍一开篇，便直写思妇倚楼所见所感：“新月又如眉，长笛谁教月下吹？”黄昏之后，夜幕降临，又见一弯如眉之新月。谁教她又在那月下吹响思念之笛音？词人着一“又”字，可见出思妇盼望丈夫归家已不止一个月（每月只有一次“新月”），而是时日已长，显然蕴含了思妇“思君如日月，回环昼夜生”（南朝齐·刘裕《自君之出矣》）之苦思愁想，万千慨叹尽在“又”字之中。“月下”“吹笛”则是一个特写镜头，思妇在“相去千余里，西园明月同”（唐·王维《送熊九赴任安阳》）的苦思苦念中，只能吹笛以抒心中之幽怨。不难想象，她笛中所吹，定然是那伤心伤情之离别曲。同时，这两句又巧妙化用了“黄昏一岸阴风起，新月如眉生阔水”（唐·齐己《湘妃庙》）及“何人教我吹长笛，与倚春风弄月明”（唐·杜牧《题元处士高亭》）、“残星几点雁横塞，长笛一声人倚楼”（唐·赵嘏《长安晚秋》）之诗意，以“新月”和“月下吹笛”之意象，以环境之凄清和笛声之哀怨表现思妇心头难以驱遣之离愁别恨。

上阕的后三句，以景点题：“楼倚暮云初见雁，南飞，漫道行人雁后归。”她独倚高楼，在那暮云之中第一次看见大雁南飞。大雁不住地往南飞去，她喃喃道：可不要说远行的丈夫要比雁还迟归啊！这里，词人又暗用“人归落雁后，思发在花前”（隋·薛道衡《人日思归》）之诗意，以“倚楼观雁”之意象，点明时令之转换，秋雁之南飞，更增思妇对丈夫之思念，点示了词旨。着一“初”字和“漫”字，更见其怨恨和失望。

词之下阕诉告好梦难成、佳音不来之幽怨，表达思妇难以穷尽的思念之情。

换头二句，以梦抒写思妇之相思：“意欲梦佳期，梦里关山路不知。”只想在梦中相见，可是在梦中重重关隘山岭阻隔，她迷茫万分，不知路在何方。这里，词人又巧妙化用南朝梁诗人沈约“梦中不识路，何以慰相思”（《别范安成》）之诗意，以主观愿望和客观条件之限制，紧承上阕之词意，进一步表达出思妇“日日思君不见君”（宋·李之仪《卜算子》）的思念之深愁厚怨，比词人笔下之“梦入江南烟水路，行尽江南，不与离人遇”（《蝶恋花》）还要悲苦十分。

词末二句，是思妇盼归无望之时，又期盼人不归而“书”（书信）至：“却待短书来破恨，应迟，还是凉生玉枕时。”再想等他的短信寄来，稍解心中之离恨，恐怕已经太迟了——此刻，又到了枕畔生凉的清秋时节。思妇万般无奈之下，将“人归”之希望又降至“书至”，但依然杳无音信，与自己相伴的只有那孤寂而冰凉之“玉枕”了。“玉枕”再美，也难以温暖她盼“短书”不至的冰凉的心。词人妙用反衬和双关的手法，表现思妇“衾凤冷，枕鸳孤”（《阮郎归》）、“只消鸳枕夜来闲”（《西江月》）之难以忍受的孤寂和凄冷，把她之愁思推向了极端。

这首词巧妙化用，意象纷呈。那月光、笛曲，那雁阵、梦境，那渴盼、等待之“短书”与眼前的“凉生”之“玉枕”，无不染上了凄凉、凄冷和凄苦之色彩。此外，在结构上亦别有特色，正如陈永正所说的那样：“本词在结构上回环曲折，层层深入。由月下吹笛而见南飞雁，由雁而思及行人。思极而成梦，梦不识路而待来书，书终不至，孤枕凉生，怅惘之情便溢于言表了。”

南乡子（眼约也应虚）

眼约也应虚①，昨夜归来凤枕孤②。且据如今情分里，相于③，只恐多时不似初。　深意托双鱼④，小剪蛮笺细字书⑤。更把此情重问得⑥，何如，共结因缘久远无⑦？

注　释

① 眼约：亦即目成，通过眉目传情而有了情爱。《楚辞·九歌·少司命》诗："满堂兮美人，忽独与余兮目成。"宋朱熹批注："言美人并会，盈满于堂，而司命独与我睨而相视，以成亲好。"唐皇甫冉亦有诗："传杯见目成，结带明心许。"（《见诸姬学玉台体》）

② "昨夜"句：意思是说相约而未晤，独自怅然而归。凤枕：绣枕，指绣有凤凰图案的枕头。五代韦庄《江城子》："缓揭绣衾抽皓腕。移凤枕，枕潘郎。"

③ 相于：相厚、相亲近的意思。三国魏繁钦《定情诗》："何以结相于，金薄画搔头。"

④ 双鱼：这里指书信。

⑤ 蛮笺：这里指蜀笺，即蜀地所产的笺纸。古代把边远的南方称为蛮荒之地，蜀在南方，故而称其所造之笺为蛮笺。五代南唐冯延巳《更漏子》词："金剪刀，青丝发，香墨蛮笺亲劄。"

⑥ 得：语助词，用于动词之后，相当于"着"。

⑦ 无：用在句末表示疑问，相当于"吗"。

题　解

这首词当是晏几道青年时期创作的，描写一个恋爱中的女子的心理活动。她虽则对爱情有些许犹疑，但却有执着追求之心。她通过静心思考、反复诘问，希冀能得到一个颇为确定的答案。词人善于从女性颇为复杂的心理世界出发，呈现其憧憬爱情时的忧虑和不安。这可说是晏几道爱情词的一个特色。这与词人青少年时期的经历不无关系：词人六七岁时，在汴京西池遇到一个歌女家庭出身的女孩，青梅竹马，一起玩耍。不久他便随父亲离乡去了颍州。直到宋仁宗至和元年（1054），其父晏殊因病返京，他亦跟从父亲回到汴京。相隔十年之久，十七岁的词人已找不到曾经的女孩。于是，他只能寄情于词。这首词大概就是在这种情况下创作的。与此词同时所作的还有《南乡子（小蕊受春风）》及《减字木兰花（长杨辇路）》，其中就有“恰向柳绵撩乱处，相逢，笑靥旁边心字浓”（“笑靥”句：意谓脸上带着笑容，内心感到喜悦）及“长杨辇路，绿满当年携手处”（长杨：长杨宫的省称。长杨宫本是秦、汉时的宫名。辇路：天子车驾经过的道路。由此可知“长杨辇路”是指北宋京城汴京）的词句。

赏 析

词之开篇，从女子的幽怨写起：“眼约也应虚，昨夜归来凤枕孤。”她与他一见钟情，两情相悦。谁知原先的约会之期，也成不了现实，变为了泡影。昨夜，他爽约了，回来之后，她孤单地枕着那凤枕，辗转难眠。词人着一“也”字，是女子对“眼约”之怀疑，原本“月上柳梢头，人约黄昏后”（宋·欧阳修《生查子·元夕》），谁知她左等右等，仍不见那人的影儿，她那火热的心顿时冰凉。一时之间，她“泪湿阑干花著露，愁到眉峰碧聚”（宋·毛滂《惜分飞》。大意：她的泪眼好像露水滴在花上，愁眉犹如碧峰聚簇）。她千思万想，满腹狐疑，真的是“忧人不能寐，耿耿夜何长”（汉·无名氏《伤歌行》）啊！

上阕后三句，词人集中笔墨，描写幽怨难眠的女子之心理活动：“且据如今情分里，相于，只恐多时不似初。”她想：就现在看来，“我”和他的情分还是会趋于亲近的，只是怕再过一些时候，可就不如当初那么心心相印、印印相契了。这里，女子的心理活动写得极有层次：前两句据“情”分析，可以看出她与心上人还是有感情基础的——“相于”二字，说明彼此情义深厚，虽则没有“山无陵，江水为竭，冬雷震震，夏雨雪，天地合，乃敢与君绝”（汉·无名氏《上邪》）那般的信誓旦旦，但亦不至于一时半会儿就会离分。后一句表现出女子之担忧：“只恐”和“多时”四字，显然含有万般忧虑，“不似初”正是这种担忧之结果。她之孤枕难眠，亦是这“未见君子，忧心忡忡”（《诗经·召南·草虫》）所造成。由此看来，她之担忧是很有道理的：如今两人已有些许的不快，只怕长期交往，不快、生分俱增，难免感情淡薄，难以如当初那样情意绵绵。然而，我们的女主人公似乎并不愿意轻易地放弃这份感情，极殷切地希望得到他一个确切之音信。于是，便由此过渡到下阕。

过片二句，便是她的行动：“深意托双鱼，小剪蛮笺细字书。”她赶紧把自己的一片深情厚谊托付给书信。她用小剪极用心地剪裁好信笺，又用细密的字写好那含情脉脉的信。这里，词人兼用心理和细节描写的手法，写出了女主人公之情真、情痴。

词末三句，是女主人公之再次追问：“更把此情重问得，何如，共结因缘久远无？”“我”要再把彼此的情分重新问清楚，怎么样？“我”和你共结姻缘会很久远吗？词人以通俗如话的语言，通过女子的反复思量、反复追问，表现出她对爱情的忠贞不渝，亦反衬出她所钟情男子的“二三其德”（《诗经·卫风·氓》）。

本词虽小，容量却大。看似塑造了一位忠于爱情、矢志不渝的女主人公之丰满形象，实则是词人对人生、社会的真实、真切感知的婉曲而含蓄之反映。在“只恐多时不似初”之疑虑与“共结因缘久远无”之追问中，包含着词人怕被蒙骗、怕被侮辱等种种担忧。这大概与其父病逝后词人之境遇不无关系。

清平乐[①]（春云绿处）

春云绿处，又见归鸿去[②]。侧帽风前花满路[③]，冶叶倡条情绪[④]。　红楼桂酒新开[⑤]，曾携翠袖同来[⑥]。醉弄影娥池水[⑦]，短箫吹落残梅[⑧]。

注　释

① 清平乐（yuè）：词牌名。原为唐教坊曲名。

② 归鸿：归雁。

③ 侧帽：斜戴帽子。语出《周书·独孤信传》："信在秦州，尝因猎，日暮驰马入城，其帽微侧。诘旦，而吏民有戴帽者，咸慕信而侧帽焉。"后以指洒脱不羁的装束或风度。

④ 冶叶倡条：这里以杨柳枝叶的婀娜多姿来喻指歌伎舞女。唐李商隐《燕台四首·春》诗："蜜房羽客类芳心，冶叶倡条遍相识。"冶，妖冶。倡，同"娼"。

⑤ 红楼：与"青楼"意同，指妓女所居之处。桂酒：用桂花浸润的酒，这里泛指美酒。

⑥ 翠袖：青绿色的衣袖。这里借指女子。

⑦ 影娥池：汉代未央宫中的池名。

⑧ 吹落残梅：古代笛曲有《梅花落》。唐李白诗："羌笛横吹阿亸回，向月楼中吹落梅。"

题　解

晏几道的这首词是描写冶游的，当是词人青年时期所作。因为在其父晏殊去世之后，词人曾结识过多名歌女，写下不少缠绵悱恻的词。比如，"西楼月下当时见，泪粉偷匀"（《采桑子》)，“别来楼外垂杨缕，几换青春”(同前)，又比如，“南苑吹花，西楼题叶，故园欢事重重”(《满庭芳》)，“几处歌云梦雨，可怜便、流水西东”(同前)，再比如，“西楼别后，风高露冷，无奈月分明”(《少年游》)，“故人少，相思不比相逢好。此别朱颜应老”(《秋蕊香》)。这首词同样是一首艳词，但同样是从词人坎坷人生中脱化而出，意有所欲，情有所感，以“深情苦语”而令人“掩卷怃然”(《小山词·自序》)，故而“千载弥新”。

赏 析

这首词当是词人旧地重游之时，想起昔日艳遇之事而作。

词首二句，以景而起：“春云绿处，又见归鸿去。”春来之时，只见那烟柳如云；仰头而望，又见那归雁飞来。首句点明时令，描写出“杨柳依依”(《诗经·小雅·采薇》)、“杨柳春风绿万条”(宋·陆游《柳》)之景色特点。次句着一“又”字，以“雁归知向暖”(北周·庾信《上益州上柱国赵王诗二首·其二》)之意，隐含着昔日艳遇之往事。

上阕末二句，紧承上句，在写景中叙事：“侧帽风前花满路，冶叶倡条情绪。”词人依然如昔日一般，在落花缤纷、随风飘满路的景致中，斜戴着帽子，亦是以前那种洒脱不羁之风度；当看见那妖冶袅娜的枝叶时，便产生出一种想要寻访曾经的歌女的想法和情绪。上句以“侧帽”之典故，写出词人放荡不羁之生性，显然有一种“若问相思甚了期，除非相见时”(晏几道《长相思》)之急切。下句化用李商隐“蜜房羽客类芳心，冶叶倡条遍相识”(《燕台四首·春》)之意，直接抒写寻访旧好之情事。“情绪”二字，又蕴含一种“真个别离难，不似相逢好”(晏几道《生查子》)之喜悦。

过片二句，描写词人在寻求昔日相好的所见及所忆：“红楼桂酒新开，曾携翠袖同来。”红楼里新开了桂花酒，饮酒之中，便想起曾与旧好同来之欢欣情景。上句着上“新开”二字，写眼前所见之情景。尤其是“新”字，颇有意味：添了新酒，却不见曾经的那人，故而，词人只能以酒解愁——

“醉弄影娥池水，短箫吹落残梅。”词人醉意醺醺，在情绪失控之中，泛舟弄月。只见那池水之中，月影摇摇晃晃。此时耳中传来《梅花落》的短箫之声，在那箫声之中，词人的眼前似乎出现了残留的梅花飘落之景象。“醉弄”二字，以情绪之异常反衬词人“醉后不知月（原句是‘天’）在水”（唐·唐温如《题龙阳县青草湖》）之恍惚迷离的思念之苦。“吹落”二字，以醉闻《梅花落》之箫声而引起的臆想，把词人的相思之愁苦推向极端。

这首词最为突出的特点和风格，可用九字概括：“如幻如电，如昨梦前尘。”词人旧地重游，“春云绿处”和“归鸿”虽是真境，却有曾经之幻境在；“侧帽”和“情绪”亦是以真写幻；“桂酒新开”是真境，然而“曾携翠袖”却又是幻境；词末之“醉弄”和“吹落”则是真境与幻境之糅合。全词尤富于浪漫之色彩。这样的小令，在唐宋词中，亦是颇为难得的优秀之作。

清平乐（波纹碧皱）

波纹碧皱[①]，曲水清明后[②]。折得疏梅香满袖[③]，暗喜春红依旧[④]。　归来紫陌东头[⑤]，金钗换酒消愁[⑥]。柳影深深细路[⑦]，花梢小小层楼[⑧]。

注　释

① 波纹碧皱：这里形容碧绿微波的水面。

② 曲水：古代的一种风俗，于农历三月的上巳日（上旬的巳日，魏晋以后始固定为三月三日）在水滨宴饮，认为可祓除不祥，后人因而引水环曲成渠，流觞取饮，相与为乐，称为曲水。晋王羲之《兰亭集序》云：“又有清流激湍，映带左右，引以为流觞曲水，列坐其次。”清明：这里指流水清澈而明亮。

③ 疏梅：疏朗的梅枝。

④ 春红：春天的花朵。

⑤ 紫陌：这里指京师郊野的道路。东头：东边。

⑥ “金钗”句：此处化用唐元稹《遣悲怀》诗：“顾我无衣搜荩箧，泥他沽酒拔金钗。”及宋柳永《望远行》词：“消遣离愁无计，但暗掷、金钗买醉。”

⑦ 细路：狭小的路径。

⑧ 花梢：花木的枝梢。层楼：高楼。

题　解

晏几道的这首词描写了“梅香满袖”“春红依旧”之流光溢彩之春景，其中蕴含了词人对一位歌女之思念。词中之“疏梅”为双关语，看似写眼前疏朗之梅枝，实则暗指歌女疏梅。疏梅原为南湖歌女，曾流落于河南商丘。大约是宋神宗熙宁四年（1071）左右，词人三十四岁左右时，曾与一位名叫文君（亦可能此名为代称）的歌女有过一段感情纠葛。他在听歌女疏梅唱歌时曾责备过文君之薄情——“疏梅月下歌金缕。忆共文君语。更谁情浅似春风”。并且，曾问文君“采莲时节定来无”（《虞美人》）？结果，“与谁同醉采香归？去年花下客，今似蝶分飞”（《临江仙》）。文君还是没有来。于是，往来断绝。大约在“郑侠事件”词人出狱后的熙宁八年（1075）春天，在汴京又与疏梅意外相逢（亦可能是疏梅迁到了汴京），他便写下“飞镜欢疏”“月下疏梅似伊好”“连环情未已，物是人非”之嵌有“疏梅”名字且表达自己被捕但情缘未断的一首词——《洞仙歌（春残雨过）》。此首“折得疏梅香满袖”之词，当写于相逢之后的交往中。他与依旧美丽姣好的疏梅小径散步，折花饮酒，心情愉悦，身心亦融入如诗如画的春色之中。

赏析

词一开篇，便直写眼前之春景：“波纹碧皱，曲水清明后。”那碧绿的水波被风儿吹皱，那流水清澈而明亮，蜿蜒曲折而远去。上句着一“碧”字，可见出词人心情之大好。与心仪之美人同游，焉能不好？！显然有一种“碧水青山曲径遐”（清·敦敏《赠曹雪芹》）之美好。下句巧妙化用东晋书法家、文学家王羲之的名作《兰亭集序》中之“又有清流激湍，映带左右，引以为流觞曲水，列坐其次”之意，描写一派微风习习、碧波潺潺之具有诗情画意的春景，将一种愉悦、欢欣之情融入其中，“亦足以畅叙幽情”（同前）！

上阕末二句，词人抒写与心上人同游之乐：“折得疏梅香满袖，暗喜春红依旧。”“我”折了那有暗香盈袖之梅枝，不禁心中暗喜：春日里依然还有这样艳美香浓之花！这里，词人妙用双关和嵌字之手法，将心上人“疏梅”名字藏于词句之中，有一种“梅花香自苦寒来”的意味：能在遭受牢狱之灾后与心上人重逢，确是千载难逢之机缘。“香满袖”三字，就将这种喜悦寓含其中。“暗喜”一句，是词人内心激情之表露，“春红依旧”借景写情，一笔两写，借眼前之美景抒写重逢情浓依然的“有情不管别离久，情在相逢终有”（晏几道《秋蕊香》）之欣喜。

过片二句，描写词人偕同美人赏春归来饮酒之情形：“归来紫陌东头，金钗换酒消愁。”踏春归来，来到京师郊野道路的东边，在那家酒肆中，“我”用金钗换了美酒来消心中之愁。这两句着一“愁”字，别有意味：相逢又得分别，愁情自然生起。再加之词人出狱之后，朝廷既不问罪，亦未另行安排职务，他不能再游荡于汴京，欲去江南投靠时任吴郡太守的五兄知止，故而生出满腹离愁。即使如此，词人亦有着“金钗换酒”之风雅、豪气，情调迥然不俗。

词末二句，看似写景，实则蕴情：“柳影深深细路，花梢小小层楼。”她踏上阡陌小路而离去，在柳影中可以看到她深深浅浅的影子；直到看不到她的身影，“我”抬头透过那花枝和树梢，看见了一层层之小楼。这里，词人用工整的对偶句，写出了佳人别去之情景。“深深细路”是她离去之方位，“小小层楼”大概就是她之居处。这两句之中，显然融入了一种“生人作死别，恨恨那可论”（汉·无名氏《古诗为焦仲卿妻作》）的无限伤悲。

这首词构思独特，手法精妙。词人采用欲抑先扬之手法，先极力地抒写与心上人相逢之美好，且妙以化用、双关和嵌字等手法，以景融情。后以“归来”“金钗换酒消愁”点示离分，又以望其身影不见，只见“层楼”，把“愁”情推向高潮、“抑”之极点，不忍割舍、难以离分之悲情亦达极端。

清平乐（笙歌宛转）

笙歌宛转①，台上吴王宴②。宫女如花倚春殿③，舞绽缕金衣线④。酒阑画烛低迷⑤，彩鸳惊起双栖⑥。月底三千绣户⑦，云间十二琼梯⑧。

注 释

① 笙歌：这里泛指奏乐唱歌。

② “台上”句：台，指姑苏台，故址在今江苏苏州西南姑苏山上。吴王，指夫差。唐李白《乌栖曲》诗：“姑苏台上乌栖时，吴王宫里醉西施。”这一句化用李白诗意。

③ “宫女”句：化用唐李白《越中览古》：“宫女如花满春殿，只今唯有鹧鸪飞。”

④ “舞绽”句：意即舞女们起舞狂欢，甚至把她们身上名贵的金缕衣都弄得绽裂了。这里化用唐李白《乌栖曲》：“吴歌楚舞欢未毕，青山欲衔半边日。”缕金衣，指金缕衣，即用金缕为饰之舞衣。

⑤ 酒阑：酒宴即将结束之时。低迷：迷离，模糊。这里形容辉煌的灯火也即将熄灭。

⑥ “彩鸳”句：这里是说似乎惊起了那彩饰的一对对栖息的鸳鸯。乐府《相逢狭路间》：“鸳鸯七十二，罗列自成行。”《玉台新咏笺注》引谢氏《诗源》：“霍光园中凿大池，植五色睡莲，养鸳鸯三十六对，望之烂若披锦。”

⑦ 绣户：华丽之居室。这里指妇女居住之所。

⑧ 十二琼梯：其意与“十二玉梯”“十二玉楼”相同，指天上。

题解

“小晏”的这首词，是旨意独特之作，通过描绘春秋时期吴王夫差穷奢极欲的荒淫生活，透露出对历史兴亡之感慨。古往今来，对吴王夫差荒淫亡国之事吟咏的诗词歌赋可谓多矣，尤其唐、宋时期更甚。比如，“诗仙”有诗：“一破夫差国，千秋竟不还。”（唐·李白《西施》）在颂赞西施中，显然蕴含对夫差荒淫误国之批判。唐代文学家陆龟蒙这样写：“吴王事事须亡国，未必西施胜六宫。”（《吴宫怀古》）他独抒己见，揭示出夫差亡国之本质。再比如，唐代诗人陈羽经夫差庙时写下这么一首诗：“姑苏城畔千年木，刻作夫差庙里神。冠盖寂寥尘满室，不知箫鼓乐何人”（《经夫差庙》），表达了对后人立庙纪念夫差的极大不满和义愤，有一种耿耿之正气。宋代诗人张咏也到过夫差庙，他写下这样的诗句：“由来邪正足安危，不信忠良任伯嚭”（《夫差庙》），则从奸邪害国的角度痛斥夫差。还有，宋代的诗人陈普和“石湖居士”范成大，皆从国家兴亡的根本来表达其看法：“中心一不正，祸乱起不测”（《夫差伍员》）、“千龄只有忠臣恨，化作涛江雪浪堆”（《题夫差庙》）。晏几道以区区四十来字，亦表达出独特之见解，令读者耳目一新。

赏析

词人乍一落墨，便直写歌舞升平、醉生梦死之场景：“笙歌宛转，台上吴王宴。”朝台之上，乐歌同起，声音委婉而动听。这是吴王夫差正在举行盛大的欢庆宴会。这两句，词人以极为简练的语言，概括了吴王与西施欢宴之场景。相传吴王夫差曾耗费大量的人力物力，筑成那横亘五里的姑苏台（旧址在今苏州西南姑苏山上），上建春宵宫，与宠妃西施在宫中长夜饮宴。“笙歌宛转”四字，巧妙化用“诗仙”之“姑苏台上乌栖时，吴王宫里醉西施”（《乌栖曲》）的诗意，渲染出一个异常热烈之场景，言少而意丰，给我们留下了无限的想象空间。

接着，词人再加渲染吴宫之中纵情享乐之情景：“宫女如花倚春殿，舞绽缕金衣线。”那如花的宫女靠在那殿柱之上，整个大殿温暖如春；乐声起时，舞女们起舞狂欢，翩翩而舞之中，她们身上那名贵的金缕衣亦被弄得绽裂了。这里，词人又巧妙化用“诗仙”之“吴歌楚舞欢未毕，青山欲衔半边日”（唐·李白《乌栖曲》）之诗意，以夸饰之手法，描写出宫殿歌舞享乐正处于高潮之情形。尤其是着一“绽”字，虽则抒写至极之狂欢，但又隐约透出时代没落之面影，有一种为乐难久之不祥暗示。

过片二句，抒写酒宴将要结束时的场景：“酒阑画烛低迷，彩鸳惊起双栖。”在那酒宴歌舞即将结束的时候，画烛之辉煌灯火亦即将熄灭；在恍恍惚惚的灯影中，似乎惊起了那一对对栖息的彩饰之鸳鸯。上句直写吴宫欢宴即将结束之景况。“低迷”二字，明写欢宴即将结束之场面，实则暗示吴王夫差之穷途末路。下句看似亦写的是吴宫欢宴将要落幕之景象，实则又将一种“惊起鸳鸯岂无恨，一双飞去却回头”（唐·杜牧《入茶山下题水口草市绝句》）之沉重的怨愤蕴含其中，揭示出荒淫亡国之词意。这对一个以写“艳词”为主的词人来说，确是难能可贵的。

词末二句，是词人的想象：“月底三千绣户，云间十二琼梯。”那明亮的月中有三千华丽的居室，其中有嫦娥和嫦娥一般的仙女居住；而那云间将会有十二玉梯直通那月宫。这里，词人又巧妙化用“诗豪”之“江上楼高二十梯，梯梯登遍与云齐”（唐·刘禹锡《楼上》）之诗意，隐含着词人对历史兴亡之喟叹：吴宫昼夜相继的荒淫，吴王夫差的醉生梦死，最终落了个纵欲亡国的悲剧结局。这真的是天上、人间迥然不同啊！正如词人笔下所写：“哀筝一弄湘江曲，声声写尽湘波绿。”（《菩萨蛮》）当词人回到现实之中时，对历史兴亡之感慨又化为了一种哀愁和怨恨。由此可以推断，此词当是他穷愁潦倒时所作。

清平乐（烟轻雨小）

烟轻雨小，紫陌香尘少①。谢客池塘生绿草②，一夜红梅先老。　　旋题罗带新诗③，重寻杨柳佳期。强半春寒去后④，几番花信来时⑤。

注　释

① 紫陌：这里指京师郊野的道路。香尘：芳香之尘。化用唐刘禹锡《元和十一年自朗州召至京戏赠看花诸君子》诗："紫陌红尘拂面来，无人不道看花回。"

② 谢客：这里指南朝宋诗人谢灵运，他的小名为"客儿"，故有此称。他的诗中有"池塘生春草，园柳变鸣禽"（《登池上楼》）之名句，故而后人称池塘为"谢客池塘"。

③ 旋题：意为即刻题写。罗带：丝织的衣带。

④ 强半：大半，过半。

⑤ 花信：意即开花的消息。

题　解

"小晏"的这首词，意旨颇为丰厚：既有对春花秋月、节候变更之敏感，又有对岁月流逝之感慨，还有对情感生活之体验。尤其是情感方面，当写词人于仲春之时节与一歌女重修旧好。词中之"旋""重"二字皆为"重新"之义，似乎含有曾与该歌女失和，现在又重新"题诗"并重新约会之意。其中之"春寒""花信"二词皆语意双关，既指气候、时令，又隐喻关系之冷淡与感情之升温。虽则比不上其父"大晏"之脍炙人口的代表作《浣溪沙（一曲新词酒一杯）》那般的意旨深刻（其中既有"夕阳西下几时回"之对赏心乐事之留恋，对美好时光逝去难回的今日不再之惋惜和怅惘，对美好事物去之难以原样重现之叹惋及无法阻止光阴流逝、岁月如水和人入老境之无奈；又有“无可奈何花落去，似曾相识燕归来”之时光流逝、难以阻止之慨叹，珍惜拥有、珍惜眼前、惜时如金之感悟，面对新春新景、日新月异气象之欣喜，融入了“大晏”对人生、社会乃至自然宇宙极有见地之思考)，但亦富有深刻之人生体验、珍惜拥有和珍惜美好时光之感悟及对时光流逝之敏感，这对以创作“艳词”为主的“小晏”来说，亦是难能可贵。

赏 析

词之开篇，词人以颇有色彩之笔触，描写目睹耳闻之景致：“烟轻雨小，紫陌香尘少。”轻烟缕缕，细雨霏霏，京师郊野的道路上，那因雨而起的尘土中，竟然有微微的芳香之气息。这里，词人巧妙化用“诗豪”之“紫陌红尘拂面来，无人不道看花回”（唐·刘禹锡《元和十一年自朗州召至京戏赠看花诸君子》）之诗意，以“轻”“小”来写“烟”“雨”，突出了景色特点，准确而形象；以“香尘少”来写“紫陌”，视觉与嗅觉兼用，突出了京城郊野道路之环境特点。尤其是“香尘”二字，既暗含“春芳勿遽尽”（唐·卢照邻《入秦川界》）之春花尚存之意，又暗寓佳人留香之信息，为下文抒写做了很好的铺垫。

上阕后二句，承前描写眼前之景：“谢客池塘生绿草，一夜红梅先老。”只见那绿水池塘的堤岸边，绿草茵茵；谁知一夜之间，艳丽之红梅竟然这么快就凋零了。上句化用“谢康乐”之名句“池塘生春草，园柳变鸣禽”（南朝宋·谢灵运《登池上楼》）及其典故，暗含水清草绿之环境美之喜悦。下句兼用拟人、夸张之手法将一种“残杏枝头花几许？啼红正恨清明雨”（晏几道《蝶恋花》）之怨恨蕴含其中。喜怨并生，令词人忧喜参半，可见出词人内心情感颇为复杂。这与“大晏”之“红蓼花香夹岸稠，绿波春水向东流”（晏殊《浣溪沙》）之化愁为乐有异曲同工之妙。

换头二句，转而描写词人心情之波动：“旋题罗带新诗，重寻杨柳佳期。”新作之诗刚刚题写在罗带之上，浓浓之诗意又勾起了他对曾经的情人之思念，追怀那相恋相聚之美好时光，在心中重新燃起破镜重圆、重续旧好之爱的火焰。这里，既有“让（原句为‘劝’）我早归家，绿窗人似花”（五代前蜀·韦庄《菩萨蛮》）的涣然之冰释和醒悟，又有“月上柳梢头，人约黄昏后”（宋·欧阳修《生查子·元夕》）之渴望和企盼。尤其是“旋”“重”二字，将一种“花落未须悲，红蕊明年又满枝”（晏几道《南乡子》）之重续旧缘、重新来过的殷切希望包含其中。

词末二句，是词人在渴盼中油然而生的愁绪：“强半春寒去后，几番花信来时。”那大半的春寒去后，等那花信之暖风轮番吹过之时，那曾经的冷面、冷待和冷淡不再重来！那曾经的热心、热肠和热情重新来过。“春寒”二字，隐喻着曾经的“冷”将永远翻篇，不再重来；“花信”二字，则隐喻着爱情之花绽放不败。正如词人所写：“有情不管别离久，情在相逢终有。”（《秋蕊香》）

清平乐（蕙心堪怨）

蕙心堪怨①，也逐春风转。丹杏墙东当日见，幽会绿窗题遍。　眼中前事分明②，可怜如梦难凭③。都把旧时薄幸④，只消今日无情⑤。

注　释

① 蕙（huì）心：女子的心愿，意同"芳心"，这里喻指女子心地纯洁，性情高雅。南朝宋诗人鲍照《芜城赋》诗："东都妙姬，南国丽人。蕙心纨质，玉貌绛唇。"唐朝诗人贺朝《孤兴》诗："君子在遐险，蕙心谁见珍？"蕙，蕙兰，一种草本植物，花气芳香。堪，能忍受。

② 分明：这里意为"明明白白的"。

③ 可怜：可惜。凭：凭借、依据或相信。

④ 薄幸：薄情、负心。唐朝诗人杜牧《遣怀》诗："十年一觉扬州梦，赢得青楼薄幸名。"幸，宠爱。

⑤ 只消：只需、只要。宋代词人辛弃疾《临江仙·再用韵送祐之弟归浮梁》词："只消闲处过平生。"

题　解

晏几道的这首词抒写了词人与一女子之间的一段感情纠葛。曾几何时，词人与一位"蕙心纨质，玉貌绛唇"（南朝宋·鲍照《芜城赋》）之心地纯洁、情趣高雅的女子相识相知，曾经与之幽会题诗写词，满心欢愉，极为喜悦。时至今日，那"衣上酒痕诗里字，点点行行"（晏几道《蝶恋花》），如在目前。然而，"春梦秋云，聚散真容易"（《蝶恋花》），好情好景就这么轻易地离散了。词人倍觉伤感——好梦难托，故而心生怨恨。但当他回忆起昔日的一点一滴时，又心生自责之情：是因为自己“旧时薄幸”，有负于她。就在这种自责无奈的情形之下，词人创作此词，以之排遣心中不快，从而达到心理平衡之目的。由此可见，这首词是词人内心情感的真实表露。

赏 析

词之上阕，着重于忆昔。

词乍一落墨，便从记忆深刻之处写起：“薰心堪怨，也逐春风转。”她那纯洁无瑕的心，忍受着怨恨情绪，但随着那流转的春风而改变了。这两句，虽则只有寥寥九字，却包含着丰富的内容：“蕙心”写出了她的心灵之美好，性情之高雅。然而，她却心生怨恨。这就不难推想，词人起初可能并不怎么待见她，且不待见之程度还颇为深重，故而使她怨恨顿生。“也逐春风”四字，则含至少两层意思：一是她之怨恨是逐渐消除的；二是消除的原因是“春风”，“转”“怨”为爱的。这“春风”当是喻指词人自己。起初词人对她并不中意，当是那种“春风不相识，何事入罗帏”（唐·李白《春思》）之情形，她没有让词人一见而钟情；后来词人渐渐识得“金镶玉”，当是那种“春风至则甘雨降”（汉·刘安《淮南子·原道训》）之情形，词人如春风化雨般温暖了她的心，故而又转“怨”为“爱”了。

上阕后二句，具体叙写两人之情深义重：“丹杏墙东当日见，幽会绿窗题遍。”想当初相见，她在院墙的东边，倚着红杏。此后，二人日渐情笃，曾频频幽会，在那绿窗之上题满了记录真情之新词。“丹杏墙东”可见出相遇时之景色及地点，且有一种“红杏枝头春意闹”（宋·宋祁《玉楼春·春景》）之意味，且暗点时间。“幽会”当是由不待见到心仪、钟情之过程。“绿窗题遍”当是两情依依、如胶似漆之情形。尤其是“题遍”二字，更见出二人知心欢爱之情景。

词之下阕，着重于抒情。

换头二句，抒写词人如今之真实感受：“眼中前事分明，可怜如梦难凭。”此前之挚情欢事又清清楚楚地呈现在眼前，可惜都如梦境一般，难有凭证。上句追忆那“舞低杨柳楼心月，歌尽桃花扇底风”（晏几道《鹧鸪天》）的欢爱之情景，显然心情是愉悦、激动的；下句情绪低落，又有一种“相寻梦里路，飞雨落花中”（晏几道《临江仙》）的寻寻觅觅、没有结果之愁楚和对过往的难以忘怀及对女子的牵挂、惦念。尤其是“如梦难凭”四字，又有一种相爱情事如梦境一般、令人难以相信为实的忧伤蕴含其中。

结拍二句，是词人的自我安慰之语：“都把旧时薄幸，只消今日无情。”细细思量过去，“我”确实有过对她薄情的行为，觉得心里有些许的不安；不过，一想到她如今之无情，又觉得相互抵消了。“都把”“只消”二词，用语准确、精妙，刻画出词人心有所痛、心有所悔但又不敢面对现实而寻找理由解脱的复杂而矛盾的心理。

这首词最大的亮点：情切意真。尽管词末词人勉勉强强找到了平衡自己心理的理由，但就全词来看，词人对女子之“无情”还是理解的，没有丝毫之怨恨，仍有无限之留恋，正可见出他的深情忠厚之真性情。

木兰花[①]（秋千院落重帘幕）

秋千院落重帘幕[②]，彩笔闲来题绣户[③]。墙头丹杏雨余花，门外绿杨风后絮。　朝云信断知何处[④]，应作襄王春梦去[⑤]。紫骝认得旧游踪[⑥]，嘶过画桥东畔路[⑦]。

注　释

① 木兰花：词牌名。原为唐教坊曲名。又名“西湖曲”“惜春容”等。

② 重帘：层层的帘幕。

③ 彩笔：优美的诗句。喻指有文才。典见《南史·江淹传》：“梦一丈夫自称郭璞，谓淹曰：‘吾有笔在卿处多年，可以见还。’淹乃探怀中得五色笔一以授之。尔后为诗，绝无美句。时人谓之才尽。”题绣户：即在绣户上题诗。绣户，指雕饰华美的门户，多指青年女子的居处。

④ 朝云：这里用巫山神女与楚怀王梦中幽会的故事。怀王游高唐，梦神女前来，自称愿荐枕席，分手时，自称“朝为行云，暮为行雨，朝朝暮暮，阳台之下”（宋玉《高唐赋》）。朝云在此词中指所思女子。信断：音讯断绝。

⑤ 襄王春梦：楚襄王与宋玉游高唐，夜梦与神女相遇，嘱宋玉作《神女赋》。

⑥ 紫骝（liú）：本指一种马，这里指良马、骏马。

⑦ 嘶：马鸣。画桥：指雕饰华美的桥梁。

题　解

“小晏”的这首词是表现冶游风流的，抒写词人重游与莲、蘋、鸿、云等歌女曾经欢度美好时光之地的情思与感慨。晏几道的友人沈廉叔与陈君龙家，拥有以上四名歌女。每当宴会之时，她们则清歌娱客。每当此时，词人“每得一解，即以草授诸儿”（《小山词》自序）。等到沈、陈二人或殁或病，四名歌女亦离散他乡。词人将所写之词编辑成册，“考其篇中所记悲欢合离之事，如幻如电，如昨梦前尘”（同前）。此词所写之怀旧之思，正是以这样的生活情事为背景的。词人早年常与酒友诗朋、舞女歌儿聚会游乐，当他故地重游之时，不禁心有所思，追怀美人，然而美人不见，只有当年之踪迹似在眼前，处处可见，如那朝云，如那暮雨。

词人触景伤怀，寄情于物，虚实相间，感人至深。此词颇有《诗经·秦风·蒹葭》之“秋水伊人”那迷离惝恍之意境，以婉曲的方式表情达意，就如“蒹葭苍苍，白露为霜”一样，营造了一种朦胧、清新而又神秘之意境，以深婉含蓄之手法，抒写出词人怅然若失却又热烈企盼之心情。

赏 析

词之上阕，抒写别后之回想。

词人乍一落笔，便描写出旧地重游之时那种似曾相识之情景：“秋千院落重帘幕，彩笔闲来题绣户。”傍晚的院落中，只有那秋千似乎还在不停地摇曳，还有那重重的帘幕低垂着。当年你才华横溢，闲暇之时曾在闺房里举笔题诗。上句直入正题，写出旧地重游、一切如旧之景况。尤其是“秋千”二字，突出了心上佳人天真活泼、美丽纯真之性情，那荡游秋千之场景似乎重回眼前。下句着重写出佳人才华不凡、把笔题诗之情形，更突出了佳人不仅形象美，而且天资聪慧，心灵极美。这样就把一种“所思迷所在，长望独长叹”（唐·姚崇《秋夜望月》）的深沉的思念之情蕴含其中。

上阕之后二句，紧承前句之忆想，再写词人恍若从梦幻之中醒悟而见眼前之景象：“墙头丹杏雨余花，门外绿杨风后絮。”转眼看时，只见墙边之红杏尚留下雨浇过的残花，门外的绿杨还飘着风吹后的白絮。词人触景生情，情融景中：雨中之杏花勾起词人之美好回忆，那红杏不就是昔日心上佳人娇艳之容颜吗？！然而，历经岁月之风雨，她大概亦如这经风雨摧残之“杏花”了吧？此境此景，词人油然而生伤感：自己不就如眼前之绿杨飘出之柳絮一般，行踪无定，旧情难续，这能怪何人呢？这就把词人“长情短恨难凭寄”（晏几道《采桑子》）之万千怅惋和辛酸蕴含其中。

词之下阕，抒发今日之怀念。

换头二句，紧承上阕，直抒胸臆：“朝云信断知何处，应作襄王春梦去。”“我”的美人啊，你音讯全无，犹如那飞逝的轻云，不知你此刻身在何处啊？“我”大概只能如楚襄王梦见神女那样，只能在梦中与你相遇了。这里，词人运用典故，表达对心上佳人的深切之怀念，言真意切，情深意挚，既有“真个别离难，不似相逢好”（晏几道《生查子》）之叹惋、叹恨，又有“要问相思，天涯犹自短”（晏几道《清商怨》）之懊悔、懊恼。

词末二句，词人由忆念佳人写到自身：“紫骝认得旧游踪，嘶过画桥东畔路。”“我”的坐骑紫骝马竟然还认得过去的路，嘶鸣着向画桥东边奔去。这两句简直是神来之笔：以马之谙悉佳人曾经的住处而奔去的细节，不写人，而写马。作为贵家子弟的词人，定然曾身骑这匹“紫骝”，无数次地往来于这“秋千院落”，虽则别离多年，骏马依然记得当年之游踪。这里，不仅意境极美，而且手法极妙：虚中写实，实中有虚。马儿尚且有情如此，人何以堪？！这就把词人“渐写到别来，此情深处，红笺为无色”（晏几道《思远人》）之无尽的凄楚、凄苦和凄伤写了出来。

此词意境迷离，手法高妙。那“院落”暮色之中摇曳之“秋千”，那抒写情思、题写“绣户”之“彩笔”，还有那经“雨”浇过之“墙头丹杏”，门外绿杨风中飘飞之白“絮”，更有那“襄王春梦”之忆想，“认得旧游踪”之“紫骝”，创设一个既清新又迷离之意境，通过极富情意的细节及见景生情、情融于景和以虚写实、直抒胸臆等多种手法，尤其是“紫骝”识途的神来之笔，把词人思念佳人之真挚、真切之情感表现了出来。

木兰花（小莲未解论心素）

小莲未解论心素①，狂似钿筝弦底柱②。脸边霞散酒初醒③，眉上月残人欲去④。 旧时家近章台住⑤，尽日东风吹柳絮。生憎繁杏绿阴时⑥，正碍粉墙偷眼觑⑦。

注 释

① 小莲：词人友人的歌女。心素：心中之情愫。
② “狂似”句：这里以筝弦发出的高亢清脆之音比喻小莲的狂放性格。钿筝，指镶嵌有金银玉贝等饰物的筝。
③ 霞：这里指脸上之红晕、酒晕。
④ 眉上月：这里是说女子眉如新月。
⑤ 章台：本是古时长安城中的街名，后用作娼妓居所之代称。
⑥ 生憎：极其憎恨，极端厌恶。
⑦ “正碍”句：意思是说最恨绿树成荫，妨碍了小莲在粉墙后面偷看。觑（qù）：偷看。

题 解

晏几道的这首词是抒写词人对往昔游冶生活之回忆及新近之心灵感受的，是词人专为自己所心仪、眷恋之能歌善舞、色艺双绝的歌女小莲而写的。小莲是词人的好友沈廉叔、陈君龙两家歌女中，“小晏”最为钟情的。词人在多首词中都写到了她，不说未点名道姓的，就是直呼其名的亦有几首。比如，“归来独卧逍遥夜，梦里相逢酩酊天”之“手捻香笺忆小莲”（晏几道《鹧鸪天》）；又比如，“凭江阁，看烟鸿，恨春浓”

之“浑似阿莲双枕畔，画屏中”（晏几道《愁倚阑令》）；再比如，“绿鬓能供多少恨”“今年老去年”之“写向红窗夜月前，凭谁寄小莲”（晏几道《破阵子》）等，皆是词人专为小莲而作的。由此可见，小莲在词人心中，有着颇为特殊、重要的地位。此词抓住小莲之“狂”态，塑造了一位天真烂漫、妩媚风流的性格鲜明之女子形象。尤为可贵的是，揭示出了她丰富的内心世界。

赏 析

这首词以一个“狂”字贯串始终，上阕重在抒写今宵幽会之欢娱，下阕重在追忆旧时初见之情景，以同情之笔触，倾注了深深之情感，塑造出一个身份低微而又善良纯洁、情趣高雅、柔情满满的女性形象。词旨风流艳丽，却无亵狎之色，这正是“小晏”艳词之特点。

词乍一开篇，便直接点示小莲“狂”之性格特点：“小莲未解论心素，狂似钿筝弦底柱。”小莲啊，她是多么清纯天真的女子啊，她还不懂得怎样跟人细诉衷肠；而她的狂放，却如钿筝底柱之弦上所发出的高亢清脆而热烈之乐音。这两句写得极为传神：词人运用欲进先退之手法，以“未解论心素”写出她之纯真，没有心计，只有柔情蜜意之特点；然后点出“狂”字，且以“曾醉西楼”之“钿筝”（晏几道《清平乐》）传送出来。化无形之“狂”为具体可感、震人心扉之热烈、高亢的弦乐之声，喻比恰切，形象生动。这与“诗魔”笔下之“弦弦掩抑声声思”“说尽心中无限事”（唐·白居易《琵琶行》）有异曲同工之妙。

上阕歇拍二句，再加补足“狂”字：“脸边霞散酒初醒，眉上月残人欲去。”小莲脸上那红红的如霞般的酒晕已渐渐散去，她从酒意中刚刚清醒；那眉上的翠黛也已消残，她就要离开了。词人着一“霞”字，形象地描写出小莲因饮酒而脸生红晕，故而有了醉意，方才在弹筝之时显出一种“狂”态，亦奏出热烈狂放之音。而“眉上月”三字，语义双关：既是指小莲眉上额间之“麝月”涂饰在卸妆睡眠之时已经残褪，又表示良宵将尽、明月坠西之时间，妙将欢会之情暗寓其中。这正是“小晏”艳词之特色：能将艳冶之至的情形，以极为优雅之笔触出之，毫无低俗不雅之情调。这正是词人同情弱者、善待底层之人的本性之所在。

换头二句，补写小莲之身世：“旧时家近章台住，尽日东风吹柳絮。”小莲过去的时候，家靠近“章台”居住，她亦像整天在春风中被吹得四处飘飞的柳絮一般，有着凄苦之飘零身世。这里，词人巧妙化用唐代文学家许尧佐的“章台柳，章台柳，昔日青青今在否？纵使长条似旧垂，亦应攀折他人手”（《柳氏传》）之意，写出了小莲凄楚之飘零身世及凄苦的人生遭际。

词末二句，词人追忆与小莲初次相见时之情景：“生憎繁杏绿阴时，正碍粉墙偷眼觑。”最可恨的是杏子成丛、绿树成荫，正妨碍了小莲在粉墙后边偷眼相看呢！这一细节，是词人铭刻心间、念念难忘的。词人曾在词中多次描写过相似之场景：“丹杏墙东当日见，幽会绿窗题遍。”（《清平乐》）“莺来燕去，宋玉墙东路。”（《清平乐》）这里的“粉墙偷眼觑”，正是贯串全词之小莲不受约束之“狂”态，巧妙收拢全词，且意味深长。

木兰花（初心已恨花期晚）

初心已恨花期晚①，别后相思长在眼②。兰衾犹有旧时香③，每到梦回珠泪满④。　多应不信人肠断，几夜夜寒谁共暖。欲将恩爱结来生⑤，只恐来生缘又短⑥。

注　释

① 初心：起初的心愿。花期：指植物开花的时期。这里喻指因缘聚合的时期。

② “别后”句：这里是说别后的相思之苦，经常表露在眼泪之中。

③ 兰衾（qīn）：意即香衾，是对被子之美称。

④ 梦回：从梦中醒来。

⑤ 来生：原是迷信之说法，指人死后再转生到世上的那一生。这里是“下辈子”的意思。

⑥ 缘：这里指缘分。

题　解

“小晏”的这首词极写相思之苦，表达了女主人公对心上人之思念和对两人聚少离多的怅恨苦闷之情。这首抒写“一日不见，如三秋兮”（《诗经·王风·采葛》）之情人别后的思念之情的词，虽则没有点明具体的思念对象，但那人一直在女主人公心中：因为只有爱得热烈、忠诚、衷心、痴情，不管不顾那世俗的眼光，且用尽心力呵护和维系的爱情，一旦错过或离分，那种伤痛将是刻骨铭心的！正如“大晏”所写的那样：“无情不似多情苦，一寸还成千万缕。”（晏殊《玉楼春·春恨》）曾经的过往，历历在目。日里夜间，那人似乎从未远离，就在女主人公身边，时时处处都有那人的影子……真的是“天涯地角有穷时，只有相思无尽处”（同前）啊！无奈之下，她也只能将希望寄托于来生。由此可见，她之思念是多么悲怆和绝望啊！

赏 析

这首词别具一格，是以女主人公的心理活动为主线而展开的——

乍一开篇，词人没有抒写“牵牛织女遥相望，尔独何辜限河梁”（三国魏·曹丕《燕歌行二首·其一》）之夜间难寐的相思之苦，而是从白天女主人公见花而生之怨恨写起：“初心已恨花期晚，别后相思长在眼。”她之初心本来就怨恨花期来得太晚，奈何自从和心上人分别之后，她因为相思满眼皆是曾经与心上人朝夕相处之情景。“初心”二字，是女主人公与心上人一见钟情而要相守一生之心愿。然而，心上人一别而无踪影，难以寻觅。故而年年依然之“花期”，在她看来，皆是晚的。那“花前失却游春侣，极目寻芳，满眼悲凉，纵有笙歌亦断肠”（五代南唐·冯延巳《采桑子》）的“失侣”之伤，令她顿然心生怨恨。而心上人不在身边，故而只能迁恨于“花期”，把满腔之恨怨撒在无辜之“花期”身上，可见其怨恨之深重。这里的拟人手法用得十分巧妙。“相思”二字，直接点题，且以“长在眼”三字，化抽象为形象，将曾经的点点滴滴皆纳于女主人公之眼前。言简意丰，容量极大。

上阕后二句，紧承上句，转而写到夜间：“兰衾犹有旧时香，每到梦回珠泪满。”每当“夜月一帘幽梦”（宋·秦观《八六子》）之时，她感到被子里似乎仍留有他在时那香味；每次梦醒之时，她都是珠泪满眼，悲伤难忍。上句是女主人公温馨之忆想。着一“香”字，可见出曾经的“以胶投漆中”（汉·无名氏《古诗·客从远方来》）之情爱是多么的甜蜜和美好。下句是今日之场景。正是因为“兰衾”仍留有心上人曾经之香味，故而她才会梦中常常复制那时之情境，才会梦醒之时珠泪涟涟。词人以虚幻之梦境与现实之凄冷相对比的手法，形象地表达了女主人公之悲苦。

过片二句由上阕之忆想场景，转入悲楚之思念：“多应不信人肠断，几夜夜寒谁共暖。”你大概不会相信人之相思会令人肝肠寸断，多少个寒冷的夜晚又有谁能与“我”相拥取暖呢？！“多应不信”是女主人公的揣测之语，但事实偏偏就是如此——“一寸相思千万绪，人间没个安排处”（宋·李冠《蝶恋花》），且已到了“肠已断，泪难收”（宋·辛弃疾《鹧鸪天》）之可悲地步。

词末二句，描写女主人公难以割舍之情缘及痛苦难舍之心情：“欲将恩爱结来生，只恐来生缘又短。”“我”想把我们的恩爱寄托在来世，可是又怕来生我们的缘分仍是这样短暂，不能天长而地久。她陷入了一种不舍而又难以相见的矛盾痛苦之中，“百感凄恻”（南朝梁·江淹《别赋》），难以自拔。

减字木兰花[1]（留春不住）

留春不住，恰似年光无味处。满眼飞英[2]，弹指东风太浅情[3]。 筝弦未稳[4]，学得新声难破恨[5]。转枕花前，且占香红一夜眠。

注 释

① 减字木兰花：词牌名，又简称“减兰”。即就宋词《木兰花》的一、三、五、七句各减三字，故又称“偷声木兰花”。

② 飞英：飘飞的落花。

③ 弹指：这里喻指时间短暂。佛家说二十念为一瞬，二十瞬为一弹指，即手指弹动的一刹那。

④ 筝：指秦筝，一种弦乐器，音色沉伏，长于怨调慢声。

⑤ 新声：新的曲子。古诗《今日良宴会》：“弹筝奋逸响，新声妙入神。”难破恨：难于排遣因春天而引发的空寂、烦闷、愁苦及怨恨之情绪。

题 解

晏几道的这首词表达了惜春、伤春的无奈之情。全词以细腻之笔触，以哀婉缠绵之情调，恰到好处地表达了女主人公哀婉缠绵之心情。春光逝之太快，且留它不住，故而怨气顿生，怨春之薄情。当那“青门垂柳百千条”之“春色”（唐·许景先《折柳篇》）逝去之后，她又觉得“年光无味”。于是，怅惘之情又从心头生起，她想用自己的筝弦之技除却此情，又觉得自己技艺未能学成，亦难派上用场。在这种百无聊赖之心情下，她抱起枕头，放之花前，姑且来个独占花香、一夜安眠吧！词人借女主人公之口，表达了“留春不住”之主旨。全词叙议结合，亦景亦情，物我交融，创造了一种缠绵悱恻之意境，将一种叹世伤时的飘零身世之感寓于词中。

赏 析

起首二句，点明词旨，且以形象的喻比出之：“留春不住，恰似年光无味处。”“我”想留住这“白日风花香”（晋·舞曲歌辞《白纻舞歌诗三首·其三》）之春天，却难以留住，就像这飞逝的光阴一样，没有趣味。首句直点主旨，用语简洁明了，借女主人公之口，“以无涯之情爱，悼不驻文光阴”（唐·刘禹锡《伤往赋》），将词人才高八斗却仕途坎坷、沉居下僚的身世之悲蕴寓其中。次句以“年光”之“无味处”的喻比，更加反衬出词人内心之悲苦。托怨妇之口，抒词人自己之哀怨，手法巧妙，没有痕迹。

上阕后二句，承接上句，进一步抒写怨春之情结：“满眼飞英，弹指东风太浅情。”满眼所见，都是那飞舞之落花，“我”只怨东风太无情无义，在这弹指一挥间，就让春天离“我”而去。女主人公看到“落红满路无人惜”（宋·杨万里《小溪至新田四首·其一》）之景况，将怨恨之情抛撒在“东风”身上，以“太浅情”三字愤而斥之，与词人笔下之“东风又作无情计，艳粉娇红吹满地”（《玉楼春》）有异曲同工之妙，以“太浅情”着力写出春风之薄情寡义。且以“飞英”写花之美的色彩，更反衬出“满眼”之惨痛景象：满目飞花，飘落地下，令人触目惊心，将一种花落春残之感伤寓于其中。

过片二句，紧承上阕，以转作承，不正面抒写惜春之意，却以自怨自悔的反笔出之：“筝弦未稳，学得新声难破恨。”秦筝刚刚弹过，那学得的新曲也不能排解“我”心头的愁恨。花落春去，本是人力无法挽回，女主人公想以弹奏新曲而排解心头之“恨”，然而亦是枉然。词人着一“难”字，更见出怨恨之深，感伤之重。看似写女主人公，实则暗寓词人自己：穷困潦倒，愁恨满腔。

结拍二句，抒写女主人公之自解自慰：“转枕花前，且占香红一夜眠。”还是面对花丛、抱枕而眠吧，暂且让那花之幽香伴“我”入梦，忘却一切烦恼，求得那一时之欢愉。词人借女主人公之心理，以抒自己之胸臆。语言极为旷达、安适，实则较之惋惜、叹恨之情，更深一层，达到极为沉痛之程度。这一收尾，与词人之“此时金盏直须深，看尽落花能几醉”（《玉楼春》）语意颇为相似，蕴含无计留春、悲情难抑之苦楚。这亦是“小晏”生性高傲，才高八斗，沉居下僚，仕途坎坷，饱受挫折，却终不肯依人下人之遭际的隐讳表达。

减字木兰花（长杨辇路）

长杨辇路①，绿满当年携手处。试逐春风②，重到宫花花树中③。　芳菲绕遍④，今日不如前日健。酒罢凄凉，新恨犹添旧恨长。

注　释

① 长杨：长杨宫之省称。长杨宫本是秦、汉时的宫名。辇（niǎn）路：即天子车驾经过的道路。这里的“长杨辇路”是指北宋京城汴京。
② 试逐：尝试着追逐、跟随。
③ 宫花：指皇宫禁苑中的花木。
④ 芳菲：香花芳草。

题　解

“小晏”的这首词是怀人之作。词人数年之前，曾在汴京遇到一个心仪可爱的女子——“小蕊”，写下了一首“小蕊受春风”之《南乡子》。年岁尚小的她，“日日”游赏于“宫花花树中”，“恰向（意为‘在’）柳绵（即柳絮）撩乱（即纷飞）处”，与词人邂逅“相逢”，那袒露出内心满满喜悦的可爱灿烂之“笑靥”，那道旁青草“茸茸”（柔细浓密的样子）之一路相送，那“载笑载言”（《诗经·卫风·氓》）之开心畅谈，尤其是那说到托付终身之事时的“满面”羞“红”，皆给词人以美好、幸福之憧憬。虽则相别数载，但词人一直坚信“有情不管别离久，情在相逢终有”（晏几道《秋蕊香》），故而重回汴京之时，第一件事就是要找到心仪钟情之“小蕊”。他急步踏上“长杨辇路”，来到“当年”与她偶遇“携手处”，“重到宫花花树中”，极尽眼力和心力，可“芳菲绕遍”，哪里还有“小蕊”的影子啊！令词人不得不发出“上穷碧落下黄泉，两处茫茫皆不见”（唐·白居易《长恨歌》）般之悲叹。万般无奈之下，草成此词，以抒心中的“恨无兮羽翼，高飞兮相追”（汉·徐淑《答秦嘉诗》）之苦思苦念。

赏析

词之落笔，直叙词人旧地追寻之情形：“长杨辇路，绿满当年携手处。”他来到了北宋京城汴京，又匆匆来到当年与她偶然相遇、一见钟情而携手同游的地方，只见绿柳依依、绿草茵茵，满是绿色，却寻觅不到心上人的影子。首句点出地点，看似平平，实则融入了词人“多情帘燕独徘徊，依旧满身花雨、又归来”（宋·田为《南柯子》）之满腹怅惘。下句巧以眼前之景点明事由，尤其是“携手”二字，显然有着“携手藕花湖上路，一霎黄梅细雨”（宋·朱淑真《清平乐》）之类似的甜美回忆。可见，起首二句有着昔日欢乐、今日孤独之强烈对比，更有一种“无论去与往，俱是梦中人”（唐·王勃《别薛华》）之失落和凄伤。

上阕后二句，描写词人千般之找寻：“试逐春风，重到宫花花树中。”他尝试着追逐那融融之春风，三番五次地来到那曾经的“日日宫花花树中”（晏几道《南乡子》）的二人“携手”赏游之地，但依然是沮丧而归。词人着一“逐”字，就把那种千般寻觅、万般找寻之步履匆匆、快走如飞之“青眼望中穿”（唐·白居易《江楼夜吟元九律诗成三十韵》）的情景蕴含其中，那种寻觅不着之苦闷是不言自明的。

换头二句，是词人苦寻苦找之中的感叹：“芳菲绕遍，今日不如前日健。”他腿疾眼快，走遍了香花芳草遍地的二人曾经的同游之地，可是没有心上人的行踪；今日步履艰难，已明显感觉到不如前几天那样的健步如飞了。这两句直接叙写寻觅情人之情形。“绕遍”二字，写出了词人穷寻苦觅之景况，显然有着“上穷碧落下黄泉，两处茫茫皆不见”（唐·白居易《长恨歌》）之悲苦。“今日”与“前日”之相比较之中的“不如”“健”三字，极形象而又真实地写出了苦寻无着的失望之感伤，显然有着“思佳人（原句是‘故旧’）以想像兮，长太息而掩涕”

(《楚辞·远游》) 之境况。

词末二句，是词人寻佳人不见的愁恨交集、心绪孤寂之情状：“酒罢凄凉，新恨犹添旧恨长。”他愁苦难当，以酒解愁，刚刚喝完酒就觉心中寂寞、冷落，那种今日寻访不遇之新恨，又增加在昔年别离之旧恨之中，使怨恨更加深重而悠长。这里，词人将“如春草”之“离恨”(宋·邢居实《寄陈履常》) 与寻觅不着之新怨归结一处，以一个“长”字出之，蕴含了“柔情似水，佳期如梦，忍顾鹊桥归路”(宋·秦观《鹊桥仙》) 之无限悲苦。这正如“易安居士”笔下所写：“梧桐更兼细雨，到黄昏、点点滴滴。这次第，怎一个愁字了得！”(宋·李清照《声声慢》)

菩萨蛮[①]（来时杨柳东桥路）

来时杨柳东桥路[②]，曲中暗有相期处[③]。明月好因缘[④]，欲圆还未圆。　却寻芳草去[⑤]，画扇遮微雨[⑥]。飞絮莫无情[⑦]，闲花应笑人。

注　释

① 菩萨蛮：词牌名。原为唐教坊曲名。亦作“菩萨鬘”，又名“重叠金”“子夜歌”等。

② 东桥：东边的桥。这里是泛称，非实名。

③ “曲中”句：这里是说约会的地点在弯路边上的隐蔽之处。相期处，相约之处。

④ 因缘：缘分，机遇，机缘。

⑤ 芳草：香草。

⑥ 微雨：细小的雨。

⑦ 飞絮：飞舞、飘飞的柳絮。

题　解

“小晏”的这首词，描写初涉爱河之初恋少女的幸福之感和甜蜜之心情。词人以“枝上啭黄鹂”之“绿杨”（明·唐寅《题杏林春燕》），“和烟铺嫩绿”（宋·李九龄《过相思谷》）、“有情皆碍马”之“芳草”（唐·罗隐《魏城逢故人》），“涧底渡”之“低桥”（北周·庾信《奉报赵王出师在道赐诗》），“通幽处”之“曲径”（唐·常建《题破山寺后禅院》）等三春之景物的陪衬，把初恋少女那种惊喜、紧张、惊慌及羞赧、羞怯等多种情绪相交杂的特有心情和感受，真实、真切而又极为生动地表现出来，那情、那景如在目前。确实体现出词的“能言诗之所不能言”及“言长”（清·王国维《人间词话》）之特点。

赏 析

这首词写的不是“待月西厢下，迎风户半开；拂墙花影动，疑是玉人来”（元·王实甫《西厢记》第三本第二折）之户内邀约之恋情，而是户外之约会。你瞧，我们的女主人公她来了——

“来时杨柳东桥路”。她来的时候，穿过那“风轻”中“展尽黄金缕”之依依“杨柳”（五代南唐·冯延巳《鹊踏枝》），等走过那“弄轻柔”之“丝丝”“杨柳”（宋·无名氏《眼儿媚》）之后，又踏上那东边的“横落照虹堪画”（唐·杜牧《洛阳长句二首·其一》）的小桥。走上小桥之时，“桥回行欲断，堤远意相随”（唐·李商隐《赠柳》）。她一想到今日之约会，期待的心里反而有了些许的紧张……

她知道：“曲中暗有相期处。”她和他约会的地点就在那弯路边上的隐蔽的地方。古诗说得好：“曲径通幽处，禅房花木深。”（唐·常建《题破山寺后禅院》）她觉得爱情是神秘的，故而便有些羞赧和羞怯；她对爱情又是神往的，故而又有些惊喜和紧张。思想之间，她不禁望那已上柳梢头之月，不觉心头暗喜：“明月好因缘，欲圆还未圆。”明月大概亦认为“我”和他是好姻缘，你看它欲圆未圆，不正预示着我们会走向圆满吗？于是，她怀着欣喜和甜蜜，走向那约会之处……

“却寻芳草去，画扇遮微雨。”这是又一个约会之日，尽管天色不是很好，她却毫不理会，仍然去那花红草绿的约会之处。约会之时，她和他完全沉浸在爱情的甜蜜和幸福之中，就是天空刚刚落下的细雨，她亦用画扇遮在他的头上……他见此情景，幸福的笑容出现在脸上……

她回归的路上，心花怒放，充满喜悦。真个是“意中人，人中意，则那些无情花鸟也情痴”（清·洪昇《长生殿·窥浴》）！她在心中嘱告：“飞絮莫无情！”飞絮啊，你不要漫天飞舞，这般无情！她又向花儿讨饶：“闲花应笑人。”安静的花儿呀，你也不要笑话“我”，因为我相信，“有情不管别离久，情在相逢终有”（晏几道《秋蕊香》）！

玉楼春[①]（东风又作无情计）

东风又作无情计[②]，艳粉娇红吹满地[③]。碧楼帘影不遮愁[④]，还似去年今日意。　谁知错管春残事，到处登临曾费泪。此时金盏直须深[⑤]，看尽落花能几醉。

注　释

① 玉楼春：词牌名。又名“春晓曲”“惜春容”“归朝欢令”等。

② 东风：春风。

③ 艳粉娇红：红粉，指胭脂和铅粉，女子的化妆品，常代指美人，这里借喻花朵。

④ 碧楼：玉楼，翠楼。亦为阁楼之美称。

⑤ 金盏：这里是酒杯之美称。直须：只要，就是要。此为宋时之口语。

题　解

这是晏几道所写的一首伤春惜时之词。用语清新，别有意味。词人因伤春而惜花，因惜花而醉酒，把内心的沉痛之意，用深婉之笔表之。尤其是妙用拟人手法：上阕之中的“东风”“帘影”皆以拟人之法融情于景，用“无情”“吹”和“不遮”等词将词人伤花的怨恨之情表达得愈加深重。下阕词末二句，巧妙化用唐代诗人崔敏童的名句“能向花前几回醉，十千沽酒莫辞贫”（《宴城东庄》）之诗意，使得旨意更加深化。颇有“大晏”笔下之“劝君莫作独醒人，烂醉花间应有数”（晏殊《木兰花》）之神理。全词表情蕴含深意，达意巧妙化用，具有一种感人之艺术魅力。

赏 析

词之上阕，从描写暮春典型事物和景色入手，表达年年春愁之无奈：“东风又作无情计，艳粉娇红吹满地。”东风又施行那无情之心计，它把那娇艳的红花吹得落满大地。词人着一“又”字，表明埋怨“东风”“无情计”之心情先前就有，谁知今日又重来，可见怨恨之深、之重。此处词人采用拟人之手法，明是指责本来并无情意之“东风”，实则暗写词人爱花之心，借对“东风”之怨恨来表达词人内心惜花、惜春之深厚情感。怨“东风”愈深，爱花惜春之情愈重。“艳粉娇红”四字正面写落花，写出花之形态及色彩之美，与“吹满地”三字形成鲜明的对比、反衬，更见出“东风”之“无情”。着一“吹”字，把“东风”之残酷无情直观地抒写出来，动感很强。

接着，词人换用委婉的口气，言说“怨”非一日：“碧楼帘影不遮愁，还似去年今日意。”青楼上珠帘的缝隙里有落花之残影，珠帘怎遮得住“我”心里的满腔愁思，就像去年一样，“我”今天伤春之愁情更甚。这两句，词人化无形为有形，把“愁”形象地表现出来，且那“愁”似乎是无处不在，没有什么东西可以遮挡，即就那“帘影”亦无能为力。词人由自然之事物写到人之世界，不仅点明“愁”之词旨，而且以“还似”一句以示春愁之绵长和司空见惯。“碧楼帘影”暗指人物，且为女性。尤其是“不遮愁”三字，极为生动传神。“愁”是拟人，“帘影”亦是拟人，拟人双用，把“还似去年”之伤春、惜春之意表达得更为深厚，语气亦倍加沉痛。

词之下阕，以问句入手，表达更深之愁苦：“谁知错管春残事，到处登临曾费泪。”谁知“我”误管了暮春残红之情事，到处登山临水以观景，竟耗费“我”多少春泪！词人着一“错”字，准确有力地表达了人对“春残”之无能为力和无可奈何。这两句，明是怨悔——花落春去，自然之理，人力无法挽回，惜花伤春，只能徒然伤情，这不是“错管”吗？！实是感伤——“春花秋月何时了”，年年如此，怎能不使人黯然情伤！

词末二句，词人写出解“愁”之法：“此时金盏直须深，看尽落花能几醉。”金杯美酒，此刻就要斟满而举杯痛饮，直到把落花看尽，因为人生在世，时光短暂，还能有多少欢乐，还能有几次陶醉！这两句，是词人万般无奈之下的自我解脱之法。费泪费心有何益？不如借酒浇愁以长醉！实际上，“抽刀断水水更流，举杯消愁愁更愁”（唐·李白《宣州谢朓楼饯别校书叔云》）。词人非但不能解脱，还令愁怨更为深重。这两句，词人回到严酷之现实，表面似乎是失望之后的及时行乐、自甘麻醉，但实际上是从另一个侧面发出了青春时光无多、催人老去之沉重慨叹。尤其是“看尽落花能几醉”之末句，化用前人之诗句，既叹花更叹人，在前句“直须深”之连连呼唤之中，更蕴藏着无计留春、悲情难抑之痛苦，且故以问句出之，婉转而蕴藉，意味幽深，把伤春惜花之怨恨愁情，推向了高潮。

玉楼春（采莲时候慵歌舞）

采莲时候慵歌舞①，永日闲从花里度②。暗随蘋末晓风来③，直待柳梢斜月去④。停桡共说江头路⑤，临水楼台苏小住⑥。细思巫峡梦回时⑦，不减秦源肠断处⑧。

注 释

① 慵：这里意谓懒得做某事。

② 永日：长日，漫长的白天。

③ 蘋末晓风：指清晨掠过蘋草梢端的微风。蘋末，出自战国楚宋玉《风赋》："夫风生于地，起于青蘋之末，侵淫溪谷，盛怒于土囊之口。"

④ "直待"句：化用唐代诗人彦谦诗意："漏滴铜龙夜已深，柳梢斜月弄疏阴。"（《无题十首·其六》）直待，一直等到。

⑤ 停桡（ráo）：停船。桡，船桨。

⑥ 苏小：苏小小，南朝齐钱塘著名歌女。这里借指女子。

⑦ 巫峡梦回：典出战国楚宋玉《高唐赋》："昔者楚襄王与宋玉游于云梦之台，望高唐之观。其上独有云气，崪兮直上，忽兮改容。须臾之间。变化无穷。王问玉曰：'此何气也？'玉对曰：'所谓朝云者也。'王曰：'何谓朝云？'玉曰：'昔者先王尝游高唐，怠而昼寝，梦见一妇人，曰："妾，巫山之女也，为高唐之客。闻君游高唐，愿荐枕席。"王因幸之。去而辞曰："妾在巫山之阳，高丘之阻。旦为朝云，暮为行雨。朝朝暮暮，阳台之下。"后以"巫峡梦回"或"朝云暮雨"比喻男女欢会。南宋·陈德武《玉蝴蝶·雨中对紫薇》词："梦回巫峡，春在瑶池。"巫峡，长江三峡之一，一称大峡，因巫山而得名。梦回，从梦中醒来。

⑧ 秦源：桃源，在今浙江天台北。据南朝宋刘义庆《幽冥录》载，东汉时，刘晨、阮肇到天台山采药迷路，误入桃源洞遇见

两位仙女，被邀至家中。半年后回家，子孙已过七代。后因以指男女幽会之仙境。肠断：形容心中极度悲痛。

题 解

晏几道的这首词，是抒写词人身处温柔乡中时的自省和反思。应是词人《鹧鸪天（彩袖殷勤捧玉钟）》之续篇，大约作于宋神宗熙宁五年（1072）以后。此时，其父逝世已近二十年，其父的门生、身为高官的范仲淹、欧阳修等人亦已去世，加之词人秉性耿直，“仕宦连蹇，而不能一傍贵人之门”（宋·黄庭坚《小山词序》），故而仕途坎坷，生活艰难。词人忆昔思今，写下数十首艳词。这首词接叙“自有艳词，让其独步”（清·陈廷焯《白雨斋词话》）之《鹧鸪天（彩袖殷勤捧玉钟）》的“今宵剩把银釭照，犹恐相逢是梦中”之末二句展开。

赏 析

词乍一起笔，就直写词人与情人相会之后的情形：“采莲时候慵歌舞，永日闲从花里度。”在那夏日之采莲时节，日日沉醉于歌舞之中，亦让人厌倦了；时光就在与歌女欢欢笑笑、嬉嬉闹闹的悠闲之中度过了，令人百无聊赖，懒于做事。“采莲时候”，既点出时令为夏日，又将一种“采莲花样女，载酒叶儿船”（宋·梅询《吴兴道中》）之欢乐气氛含于其中，且与“慵歌舞”形成反衬。在这样的大好时节，自己却沉醉歌舞。“永日”一句描写“慵”之具体景况，显然有一种不该、不愿却又无奈之意在。

接着词人具体描写“永日闲从花里度”之情事：“暗随蘋末晓风来，直待柳梢斜月去。”“我”常常在清晨人迹稀少之时就来到湖边，那掠过蘋草梢尖之微风，令人感到惬意；“我”和她相约采莲于湖中，直到那月儿西挂在柳树树梢之上时，才离湖同归。上句写白日游耍于湖中，那“采莲”只是托词罢了，真实的情形应是“闲从花里度”。下句写游归时间，可见其游兴之浓，与词首之“慵”字相呼应。可以见出词人对此种逍遥度日的自在生活并不满意，有一种清醒的反思之意在。据史料记载，词人在河南商丘结识了一个名叫文君的歌女，二人常相约在商丘的南湖荡舟采莲，白日游赏，晚上歇宿于歌女家中。

词之过片，承上启下：“停桡共说江头路，临水楼台苏小住。”停下船儿，“我”和她互相诉说着江面上的景色，看着那比邻江水边的楼台，据说那钱塘著名歌女苏小小就曾住在那楼中。这里，词人叙写眼前之现实，又以“苏小小”借指与自己交好之女子，明显含有对自己所作所为的不满意在。

词末二句，当是后来词人与同舟游湖采莲之歌女感情起了变化之时的叙写：“细思巫峡梦回时，不减秦源肠断处。”如今，楼台依旧在眼前，那人却渺渺无踪了。细细思量巫峡梦回之情景，就不由得令“我”想到刘晨、阮肇遇见仙女的故事，就如刘、阮重到桃源洞，已找不到仙女之踪迹一样，“我”之心中极度悲痛，犹如断肠一般。词人对自己的过去进行沉痛的反思，以故事相比衬，将自己对人生的自省之意含于其中：这样的荒唐行为，这样的放荡作为，这样的荒废人生，是大不该呀，是令人悔断肠子的事呀！词人敢于解剖自己，对于一个出身于封建社会的文人来说，已是难能可贵的了。对于当今社会游戏人生、误入歧途的人来说，不无警戒之意义。我们说，人生需要反省，需要痛改前非，需要洗心革面，要活出一个全新的自我！

晏几道此词最大的亮点：词人在“艳词”的外壳中，包藏了一颗敢于亮出自己心中之丑，勇于解剖自己，弃旧图新，不断上进，有所作为之心。

阮郎归[①]（旧香残粉似当初）

旧香残粉似当初[②]，人情恨不如。一春犹有数行书[③]，秋来书更疏[④]。　衾凤冷[⑤]，枕鸳孤[⑥]，愁肠待酒舒[⑦]。梦魂纵有也成虚，那堪和梦无[⑧]。

注　释

① 阮郎归：词牌名。词名用东汉刘晨、阮肇天台山采药迷路遇两位仙女之故事。唐教坊曲有《阮郎迷》，疑为其初名。又名“醉桃源”“宴桃源”“碧桃春”等。

② 旧香残粉：旧日残剩之香粉。香粉，女性的化妆用品。

③ 一春：这里指整个春天。书：书信。

④ 疏：稀少。

⑤ 衾（qīn）凤：指绣有凤凰图案的彩被。衾，被子。

⑥ 枕鸳：指鸳枕，即绣有鸳鸯的枕头。

⑦ 愁肠：愁思郁结的心肠。舒：缓解，消除，舒畅。

⑧ 那堪：怎堪，怎能忍受。和：连。

题　解

这是“小晏”创作的一首闺愁词，当写于词人的父亲晏殊去世之后、家境中衰、晚景困顿之时。词人饱尝世态炎凉之滋味，尤其是人情之冷暖。官场、情场之中，有权、有势、有钱者可以呼风唤雨，而无权、无势、无钱者则受尽屈辱，这些司空见惯之现实，使词人之内心更加凄凉悲苦。他把这种世态人情的冷热，以闺怨词出之，借闺妇之孤苦表现男子之薄情，即所谓的“多情女子无情郎”之传统写法，将自己心中难以发泄的对世态炎凉之深切感受，令闺妇以代言，故而满篇皆是女子的怨恨之语，语气凄绝。词人从女主人公的切身感受出发，抓住极能体现情意渐淡渐冷之具体细节（春去秋来书信渐疏渐稀及自己孤枕独眠、借酒浇愁等），把闺妇难以抑制、驱遣的愁苦抒写出来。闺妇之怨怼愈深，愈显得她对情意之看重，就愈见出她之笃爱真情。尤其是采用层层深入、步步紧逼之手法，将思忆之深情、怨恨之沉痛抒发到无可回旋之地步。更值得注意的是，末二句情意凄婉，沉痛至极。后来宋徽宗被掳北上途中作《燕山亭》词，末结写道："怎不思量，除梦里、有时曾去。无据，和梦也、新来不做"，显然从"小晏"此词翻出。不过一写男女之私情，一抒亡国之恨而已。

全词语浅味深，意境凄楚，有极强的艺术感染力，与欧阳修之《玉楼春》："别后不知君远近，触目凄凉多少闷。渐行渐远渐无书，水阔鱼沉何处问？夜深风竹敲秋韵，万叶千声皆是恨。故欹单枕梦中寻，梦又不成灯又烬"，有异曲同工之妙。

赏 析

词之上阕，着重抒写怨情，怨行人之薄情。

起首二句，直写闺妇晨起梳妆之情状："旧香残粉似当初，人情恨不如。"她脸上的旧香残粉还和过去一样，然而远行的心上人对她的感情却不如当初了，这就使她徒留怨恨。上句写物，重在强调往昔所用香粉虽则有"残""旧"之感，但物亦故物、香亦故香。这就为下句写人打下了对比之基础。下句写人，重在强调人之变化：离去之人——闺妇日夜思念之人却经受不起时间、空间之考验，情渐淡薄，今不如昔，使闺妇陡然而生怨恨。由此可见，思妇虽则渐渐憔悴，但情深依旧；情"不如"者是那远行离别之人！何以见得呢？上阕歇拍二句，便是再清楚不过之明证——

"一春犹有数行书，秋来书更疏。"春天心上人还有几封书信寄来，一到秋天，那书信就日渐稀少，寥寥无几了。这里，补充、延伸词首二句，以人不如物、今不如昔之事实，暗含无奈之对比：春之"数行书"与秋之"书更疏"。思妇对"数行书"已感满足，可心上之人连这点滴之情意亦不愿再付出，故而令思妇倍感不安，"恨"意生出，且愈来愈深重。

词之下阕，转而叙写闺妇夜间之愁思，抒写她处境之孤凄、相思之痛苦。

换头二句，着重抒写思妇的主观感受：“衾凤冷，枕鸳孤。”那绣有凤凰图案之彩被是如此的冰冷，那绣有鸳鸯图案的枕头又是那样的孤单，怨恨就一夜又一夜地从被、枕间增生。这里，词人用“以我观物，故物皆着我之色彩”（清·王国维《人间词话》）之手法，以强烈之反差，写出曾经的共度良宵之物犹在，同眠共枕之情景仍历历在目，而如今只有她一人形影相吊，独守长夜孤冷难挨之情状。同时，这里的“衾凤”“鸳”“枕”还有比喻、象征意义：思妇每于夜深人静之时，见那“衾”上之凤凰、“枕”上之鸳鸯，就想到昔日之恩爱、情侣之分离，一种凤凰失侣、鸳鸯成单的凄楚之情油然自心头生起，那种“人成各，今非昨”（宋·唐琬《钗头凤》）之愁苦难以抑制。有什么办法呢？在这愁肠百结之中，她只好借酒浇愁——

“愁肠待酒舒。”她盖着冷被，靠着孤枕，只能以酒解愁，舒缓那郁结之愁肠。词人着一“待”字，可见乃是女主人公之心愿，未必她真的能入那梦乡，那“酒”亦未必能舒解百结之“愁肠”。由下句可知，其“愁肠”不仅未能舒解，反而“酒入愁肠，化作相思泪”（宋·范仲淹《苏幕遮》），致使她之愁恨幽怨陡然加重加深。闺妇从“春（原句是‘秋’）来更觉消魂苦，小字还稀”（晏几道《采桑子》）之生恨到恨重，又翻进一层，层层逼出结拍二句——

“梦魂纵有也成虚，那堪和梦无。”纵然在梦中与他相见，那也是一场虚幻，更何况连梦也做不成，叫人如何能够忍受！结句奇绝，以层递之手法抒写思妇心中之苦想，波澜顿起，跌宕起伏，令女主人公达至绝望之地步。这比词人笔下之“别后除非，梦里时时得见伊”（《采桑子》）又“悲”了一层。此二句比“柳三变”之“多情自古伤离别，更那堪、冷落清秋节”（宋·柳永《雨霖铃》）及“稼轩”之“惜春长怕花开早，何况落红无数”（宋·辛弃疾《摸鱼儿》）还要凄惨，可以说惨绝之至，无可回旋。

阮郎归（天边金掌露成霜）

天边金掌露成霜①，云随雁字长②。绿杯红袖趁重阳③，人情似故乡④。　兰佩紫，菊簪黄⑤，殷勤理旧狂⑥。欲将沉醉换悲凉⑦，清歌莫断肠⑧。

注释

① 金掌：这里指金铜仙人之掌。典见《三辅黄图》。汉武帝曾在长安建章宫前柏梁台立铜柱，高二十丈，上有铜制仙人手擎承露盘。此处借指汴京宫殿，以金掌霜露表示已达深秋季节。

② 雁字：此处指雁群飞行时排成的“一”字或“人”字。唐白居易《江楼晚眺景物鲜奇吟玩成篇寄水部张员外》诗：“风翻白浪花千片，雁点青天字一行。”

③ “绿杯”句：此处是说趁那重阳佳节纵情饮酒放歌。绿杯红袖，这里指代美酒佳人。重阳，旧历节日，每年农历九月初九日为“重阳节”。我国古代有重阳登高赏菊饮酒之习俗。

④ 人情：这里指风土人情。

⑤ “兰佩”二句：此写词人狂态——身佩紫色兰花，头上插着黄菊。语出战国楚屈原《离骚》：“纫秋兰以为佩。”又《九歌·少司命》：“秋兰兮青青，绿叶兮紫茎。”菊簪黄，意即插戴那黄色的菊花。唐杜牧《九日齐山登高》诗：“尘世难逢开口笑，菊花须插满头归。”

⑥ 殷勤：尽力。理旧狂：指重又显出昔日狂放不羁之情态。

⑦ “欲将”句：意思是说借酒消愁。

⑧ 清歌：清离之歌声。

题 解

这首《阮郎归》是“小晏”词中之名作。词人作为晏殊（曾任宰相）之幼子，年少之时过惯了酒筵歌席之富贵生活。其父死后，家道中落，生活窘困，词人便对世故人情、离合悲欢有了更为深刻之感受。此词便是表达词人深沉情思之名作，以其最能见出“小晏”之真性情、情感凝重深厚，而颇得佳评。

此词大约作于宋神宗元丰六、七年重阳佳节词人监颍昌许田镇时。颍昌即许州（今河南许昌）。宋仁宗皇祐元年（1049）秋，词人的父亲晏殊曾在许州担任过一年知州。虽时过三十余年，但可能在许州留有一些旧吏。“小晏”虽则仕途淹蹇，陆沉下位，但其父之旧吏仍对他很尊重，所以请他参加州府之重阳节宴会，故而他便有“人情似故乡”之感。此词重在抒写他在重阳节客居他乡参加宴会之情景和感受。感喟身世之悲，抒发了反思人生、思念家乡的悲凉之情，蕴含着一种饱受压抑又心犹不甘之情怀。故而，此词曾颇得历代士大夫文人之共鸣。

赏 析

这首词是“小晏”词情思深沉之代表作之一，意境悲凄，抒写出饱尝坎坷、离合的沧桑悲凉之感，情感波澜起伏，逐步深化。

词之上阕，触景生情。

词乍一落笔，词人便展现出一幅秋气瑟瑟之景象：“天边金掌露成霜，云随雁字长。”天低云暗，汴京的承露台上露已成霜；长长的雁阵在那云中穿行。“金掌”二字，巧以典故，点明地点——汴京。“露成霜”三字，又妙以气候特征而点明时令——深秋。可见上句着重于写地面：承露台上，白露为霜。萧瑟悲凉之气，显然可触可感。“雁字”二字，又将视线引入天空，写天上之排成“一”字或“人”字之雁阵，穿行于“云”中之动景。着一“随”字，把那种雁阵飞行之动感写得极为逼真、形象：长长之雁阵，似乎令那云影也随之而延长。“云”“雁”相衬，给人一种缥缈之感。这就与上句一起，为全词奠定了一个秋气萧索之悲凉基调。

上阕结拍二句，抒写词人之情怀：“绿杯红袖趁重阳，人情似故乡。”正值重阳佳节，红袖佳人捧美酒屡屡相劝，这温暖之人情，真的和在故乡一样。词人客居异乡，恰逢“秋水秋天生夕风”（唐·邵大震《九日登玄武山旅眺》）之“重阳”佳节，每逢佳节倍思亲，思乡之情便油然而生。然而，有佳人美酒相伴，倒也能顿然消减那思乡之情愫，反而深感眼前亦值得珍惜。这样，就把客居之情与怀乡之思融汇一起，用细腻而又蕴藉深厚之笔触，在赞美故乡人情之美、表达深切的思乡情怀的同时，又盛赞了重阳聚会之时友情之珍贵和美好，有一种“高朋满座”“胜友如云”（唐·王勃《滕王阁序》）之欣喜。

词之下阕，抒发感慨。

换头之三句，描写重阳宴饮之盛况：“兰佩紫，菊簪黄，殷勤理旧狂。”大家身上佩着紫兰，头上插着黄菊，“我”亦尽力地想恢复过去的狂放不羁之态。这里，词人巧妙化用“纫秋兰以为佩”（战国楚·屈原《离骚》）、“秋兰兮青青，绿叶兮紫茎”（战国楚·屈原《九歌·少司命》）和“尘世难逢开口笑，菊花须插满头归”（唐·杜牧《九日齐山登高》）之诗意，既写出人物之众、服饰之异，渲染了重阳佳节聚会宴饮之盛况，又抒写了词人“浩歌惊世俗，狂语任天真”（宋·陆游《醉书》）的少年之狂又回归自身的狂放不羁。着一“理”字，把词人仕宦坎坷、陆沉下位之阴霾瞬间扫除畅快淋漓地抒写出来。再加“殷勤”（尽力、努力之意）二字，又蕴含着不负友人盛情的恭敬之意，亦可见出词人“时运不齐，命途多舛”（唐·王勃《滕王阁序》）之不堪回首、难以诉说之慨，饱含词人人生的悲凉之感。

全词之结拍二句，表达词人难以言说之心声：“欲将沉醉换悲凉，清歌莫断肠。”“我”之所以要这样，不过是用沉醉来排遣悲凉；唱歌的人，请不要唱出那让“我”断肠之歌声。这两句，把词人万般无奈却又聊作狂放之深重苦楚尽含其中。“断肠”二字，又将“衣上酒痕诗里字，点点行行，总是凄凉意”（晏几道《蝶恋花》）之无限凄楚尽含其中。

这首词最为突出特点：真率。词人在洗练的绘景与跌宕起伏的情感抒写之中，皆融入了真性情，表达出深重的失意之叹。词人作为宰相晏殊的贵公子，又有才华，本该极易仕进，但他性情耿介，厌恶官场，平生不肯“一傍贵人之门”（宋·黄庭坚《小山词序》），故而，仕途坎坷，难以遂志，“欲将沉醉换悲凉”。这样，词人以忠诚、率直之笔，真实地表达了“慕冥伤涸两踌躇”（晏殊《观画目送飞雁手提白鱼》）之极遭压制而又心犹不甘之情怀，成就了“含不尽之意”的“沉着厚重”（清·况周颐《蕙风词话》卷二）之名作。

归田乐[1]（试把花期数）

试把花期数[2]，便早有、感春情绪。看即梅花吐[3]，愿花更不谢，春且长住[4]。只恐花飞又春去。

花开还不语[5]，问此意[6]、年年春还会否[7]？绛唇青鬓[8]，渐少花前侣。对花又记得、旧曾游处。门外垂杨未飘絮[9]。

注　释

① 归田乐：词牌名。又名“归田乐引”。

② 花期：植物开花的时期。

③ 看即：相当于“眼看着就……”之意。看，估量，犹言料想。即，即是。吐：长出，生出。

④ 长住：长驻，长留。

⑤ “花开”句：化用宋欧阳修《蝶恋花》：“泪眼问花花不语，乱红飞过秋千去。”还，却。

⑥ 此意：这里指“愿花更不谢，春且长住”。

⑦ 还会否：意为还能有什么话可说呢？会，能。否，句末语气助词，表反问。

⑧ 绛唇青鬓：这里指代年轻人。绛唇，红唇。青鬓，黑发。

⑨ 门外垂杨：即词人《浣溪沙·家近旗亭酒易酤》词中之“户外绿杨春系马”处。絮：即柳絮。

题　解

“小晏”的这首词，写于惜春留春之际，抒写感春怀人之情，流露出对过往年华逝去之感叹。正如词人在《小山词·自序》中所写：“追惟往昔过从饮酒之人，或垄木已长，或病不偶，考其篇中所记悲欢离合之事，如幻如电，如昨梦前尘，但能掩卷怃然，感光阴之易迁，叹境缘之无实也。”而这种对时间、对人事之“人之生也亦少矣，而岁之往矣亦速矣”(《尸子》)的感怀，是以浅近之语言、深挚之情感而表达出来的。全词没有华词丽句，亦没有深奥之典故，读来如潺潺之清流，言浅情深，字字有味，句句皆真，确为独具艺术魅力之至性至情至真之作。

赏 析

这首词机杼独出，妙以“花”为线索来串联全词，以突出伤春怀人之情。词之上阕，连用四个“花”字、两个“春”字，以盼春、留春而伤春；词之下阕，又连用三个“花”字、一个“春”字，以花开、花谢而怀人。加之富有特色之拗字句（如三平声之“年年春”、三仄声之“又记得”等）的运用，读起来朗朗上口，极富音乐美。

落墨三句，打破俗套，语浅而意深：“试把花期数，便早有、感春情绪。”春天未来时，“我”就尝试着数那花开的日子。“我”的心里，便早早地有了伤春的情感。这里，词人以看似矛盾的“数花期”的盼春之情与“早有”之“感春情绪”，即盼春又怕春来却去之心理，突出了留春不住的伤感之情，是十分真实的。“试”“早”二字，尤见情深：前者在“春”未来之时，后者在“春”未去之际，盼“春”之切与“春”去之伤，显然可见。虽则与“韩昌黎”笔下“但悲时易失，四序迭相侵”（唐·韩愈《幽怀》）之意相同，但用语却生动、形象而又浅显，极易为人们认同和接受。

接着，词人用“看即梅花吐”一句承上而启下：眼看着那“只把春来报”(《卜算子·咏梅》)的梅花，如今已是含苞待放了。词人着一“吐”字，巧用拟人手法，极形象地写出梅花开放之状，既紧扣上句之“便早有”三字，又下启“愿花”“不谢”之词意。

“愿花更不谢，春且长住。只恐花飞又春去。”上阕结拍这三句，补足了上句：梅花还未开时，“我”已希望它更不要凋谢，好让那芬芳之春天长驻人间。最怕的是百花凋残，春天匆匆而来又匆匆归去。前两句写出词人惜花之心愿，情痴至极，似极小儿女之口吻、之情怀，却说出了一个深刻道理：“年年只是人空老，处处何曾花不开。”（唐·白居易《与诸客携酒寻去年梅花有感》）可见，惜时、怀人方为本词之主旨。

换头三句，词人巧妙化用“醉翁”“泪眼问花花不语，乱红飞过秋千去”（宋·欧阳修《蝶恋花》）之词意，心生痴问：“花开还不语，问此意、年年春还会否？”等到花开之时，那花儿却默然无语，试问其中之深意，我们能够理解透彻吗？其实，这三句词人亦化意于“年年岁岁花相似，岁岁年年人不同”（唐·刘希夷《代悲白头翁》）之名句，言下之意是：若是春天能够理解人们的心意，那么它就不会叫花儿凋谢了，因为花开又花落，春来又春去，正是人们悲感“日月逝矣，岁不我与”（《论语·阳货》）的缘由啊！年年伤春，年年春天依旧逝去，我们还能有什么话可说呢？！“不语”者是“花”，痴问者是词人，“此意”者，即上阕之“愿花更不谢”“春且长住”之意。由此可见，词意句句深入，环环紧扣，全词之意脉融为一体。

接着，词人由“花”而想到看花之人：“绛唇青鬓，渐少花前侣。”当日在花前一起快乐地游春赏花的侣伴——那些红唇黑发的少女少男们，竟一年比一年少了。这就暗暗扣住了词人所化意的“人不同”三字。“绛唇青鬓”四字，当指昔年曾与词人同游之女子，即莲、鸿、蘋、云等人，亦可指沈廉叔、陈君龙等友人。全词旨意，至此出之：由感春而怀人。

词末三句，水到渠成，追忆旧游：“对花又记得、旧曾游处，门外垂杨未飘絮。”看到眼前之花开，便想起旧日曾游之地——那时，门外袅娜之垂杨，还未曾扬花飘絮呢！词人见花而忆旧，以当日歌筵酒席之“旧曾游处”，想到“门外垂杨”之“户外绿杨春系马”（晏几道《浣溪沙》）之情事，以昔日赏春之欢乐与今朝孤独之悲戚形成鲜明对照，凸现出惜时怀人之主旨。

浣溪沙[1]（二月和风到碧城）

二月和风到碧城[2]，万条千缕绿相迎。舞烟眠雨过清明。 妆镜巧眉偷叶样[3]，歌楼妍曲借枝名[4]。晚秋霜霰莫无情[5]。

注 释

① 浣溪沙：词牌名。原为唐教坊曲名。一作“浣溪纱”，又名“小庭花”等。

② 碧城：仙人所居之处，泛指华美的住所。《太平御览》卷六七四引《上清经》：“元始（元始天尊）居紫云之阙，碧霞为城。”唐李商隐《碧城三首·其一》：“碧城十二曲阑干，犀辟尘埃玉辟寒。”

③ “妆镜”句：此句是说歌女对镜梳妆，按柳叶之形画眉。巧眉偷叶样，意即把眉毛画成柳叶的样子。

④ 借枝名：古曲名《杨柳枝》。此曲常为歌楼所唱。

⑤ 霰（xiàn）：指雪珠，白色不透明的球形或圆锥形小冰粒，多在下雪前或下雪时降落。

题 解

晏几道的这首咏柳词，历来有不同理解。总的说来，大致有两种：一是借咏和风细雨之中袅袅婷婷、风情万种的柳枝，来借喻虽青春年少、红极一时而终归要红颜老去、落拓潦倒之歌女形象，表达词人对被侮辱、被损害的风尘女子的关注和同情，同时亦把词人自身的遭际、身世感慨寄寓其中；一是讽喻之作。“上半阕言其盛时，下半阕一、二句，言趋附者多也。末句似讽、似怜，又似以盛衰无常警戒之。盖柳盛于二月时而衰于晚秋，似得势者有盛，必有衰也。”（刘永济《唐五代两宋词简析》）当然，两者皆有道理。因为“诗无达诂”（汉·董仲舒《春秋繁露·精华》）。不过，笔者以为第一种理解较为妥切。因为“诗之外有事，诗之中有人”（清·黄遵宪《人境庐诗草自序》）。“小晏”一生仕途不畅，加之家道中衰，生活困窘，故而虽则生于仕宦之家，却对处于下层之歌儿舞女抱以真心的理解和同情，且完全不顾忌个人世家公子之身份，始终以完全平等的心态与她们接触交流。这些歌女是真实的，因为她们确实是“小晏”现实中贴心的朋友。然而她们又是虚幻的，因为“小晏”在她们身上，几乎寄托了他的所有希望和理想。

赏析

“小晏”笔下以“柳”而代之的歌女，大概亦是“靓妆眉沁绿，羞脸粉生红”（晏几道《临江仙》）的一位吧，因为词人对她赏爱有加，充满关切和关爱之情。

上阕以柳喻人，以婀娜多姿之柳枝来象征歌女的美貌及飘零之身世。

词之开篇，词人大概想到了唐人“春风二月时，道傍柳堪把”（唐·储光羲《洛阳道五首献吕四郎中》）之类的诗句吧，便从容地写上了这么一句：“二月和风到碧城”——二月那和煦的春风吹来，那华美住所四围之重碧叠翠的丛丛柳树，在风中翩翩起舞。起首七字，勾画出一个“春风入垂杨”（宋·寇准《南浦》）的场景和画面，笔触轻灵而场景宏大。且“碧城”二字，既写住所之华美，又写杨柳之四围的风景；加之点明时令的“二月和风”四字，便给人一种和煦之春风飘然而至的感觉，眼前似乎出现了“春风不解禁杨花，蒙蒙乱扑行人面”（晏殊《踏莎行》）的画面，形象感极为鲜明。

次句“万条千缕绿相迎”，词人以拟人的手法，描写拂柳之形象：柳树那万千枝条，在春风中有情相迎。“绿相迎”三字，紧连首句的“到碧城”之意，刻画出的“柳丝袅袅风缫出”（唐·白居易《天津桥》）的迎风飘拂、似有情相迎之动人仪态，显然融入了词人的喜悦、欣喜之情。

词之第三句“舞烟眠雨过清明”，以柳枝的动态形象描绘来收结上阕：那万千的柳枝在暮春的晴烟轻霭之中飘舞，在如梦如幻般的温馨环境中度过了清明三月天。词人仍以拟人之手法，着一“舞”字和一“眠”字，一动一静，刻画出柳枝如人般春风得意和安闲恬静的双重特性。词人立意的象征意义，显然可见：这柳枝不就是他身边那些贴心之歌女的形象写照吗？！

下阕再加渲染，借对柳枝命运之忧虑，来寄托词人对备受摧残之歌女的无比同情。

换头二句，借柳枝而写人："妆镜巧眉偷叶样，歌楼妍曲借枝名。"美人对镜梳妆，总爱把她那双眉画成柳叶之形状；歌楼宴席之上那演唱的清歌，亦常常以柳枝作为曲名。这里，词人巧妙地由柳之"叶"之"枝"而过渡到"歌楼"歌女身上，且以"偷""借"二字，把被"偷"、被"借"之柳推举到备受歆慕之位置，可见对处于下层之民众词人是抱以真正的理解和同情的。

词末一句，词人陡然一转，表达对"柳枝"未来命运之忧虑："晚秋霜霰莫无情。"晚秋的霜霰，你莫要无情地将那袅娜的柳枝摧残！这一句看似突然，其实正是词人面对自然、社会中美好的事物时，而生发出来的一种崇善崇美的情感，透露出词人对自然、对人生的深切体验。而这和风细雨之中盛极一时的"柳枝"，不正与那青春年少、红极一时的歌女极其相似吗？！词人自身之境遇不也有这"柳枝"的遭际吗？！作为一位贵家公子，词人年轻时亦曾富贵风流过，后来却穷困潦倒，沉沦下位。此种先荣后悴之身世，使他对人间之"霜霰"的无情有了一种切肤之痛，因而亦对如"柳枝"一般之歌女喊出那同情、怜悯之声音。

浣溪沙（日日双眉斗画长）

日日双眉斗画长①，行云飞絮共轻狂②。不将心嫁冶游郎③。　　溅酒滴残歌扇字④，弄花熏得舞衣香⑤。一春弹泪说凄凉⑥。

注　释

① “日日”句：化用唐秦韬玉《贫女》诗：“敢将十指夸纤巧，不把双眉斗画长。”
② 飞絮：飘飞的柳絮。
③ 冶游郎：指那些喜欢涉足歌楼舞榭、寻花问柳的浪荡男子。唐李商隐诗：“见我佯羞频照影，不知身属冶游郎。”（《蝶三首·其三》）
④ 歌扇字：歌女手持的舞扇上面的字迹。歌扇，指古代歌舞时用的扇子。
⑤ “弄花”句：此句化用唐于良史《春山夜月》诗：“掬水月在手，弄花香满衣。”
⑥ 一春：整个春季。

题　解

这首词是“小晏”别具特色的作品。全词看似用笔轻灵柔美，实则极为沉重。词人以精美之词传达出沉郁悲凉之情，尤其是极为真实而真切地刻画出一位歌女极其痛苦、凄凉的内心世界，表达了对封建社会中被侮辱、被损害的处于社会最底层的不幸女子的同情与怜悯。“小晏”似乎完全忘却了自己世家公子之身份，始终以完全平等的心态去描写她们，用浓墨重彩极力抒写出歌女的装饰之美、歌舞之美（尤其是上、下两阕之前两句），而在末句，以“一春弹泪说凄凉”突作转折，点明女子内心之凄凉与坚贞，从而显示她之鲜明的个性。很显然，词人在塑造本词抒情主人公形象的同时，亦将自己的身世、遭际和感受融入其中。刘永济先生正有一段极有见地、极为精到之论述："作者将此一舞女之生活和内心写得如此酣畅，其自身几化为此女。盖由作者自身亦具有此种矛盾之痛苦，亦同有此舞女之个性，故能体认真切，此舞女直可认为作者己身之写照。此种写法，又较托闺情以抒己情者更亲切，因之更加动人。论者称其词顿挫，即从此等处看出也。"（《唐五代两宋词简析》）

赏 析

词之上阕，开篇二句，直写歌女在贵人之要求下，着意梳妆打扮、争妍取怜之情状："日日双眉斗画长，行云飞絮共轻狂。"她为了博得贵人之青睐，每日仔仔细细地画着自己的一双长眉毛；她把自己变得像天上的行云那样轻浮，像纷飞的柳絮那样狂荡。上句巧妙化用唐代诗人秦韬玉"敢将十指夸纤巧，不把双眉斗画长"（《贫女》）之诗意，既写出客观之因素"谁爱风流高格调，共怜时世俭梳妆"（同前），又含有主观之沉痛哀怨："我"所自恃的是，凭一双巧手针黹出众，敢在人前夸口，决不迎合流俗，把两条眉毛画得长长的去同别人争妍斗丽。下句巧妙化用《高唐赋》之巫山神女"旦为朝云，暮为行雨"之意，暗喻歌女漂流无定的生涯和任人摆布之可悲境遇，显然融入了"颠狂柳絮随风去，轻薄桃花逐水流"（唐·杜甫《绝句漫兴九首·其五》）之意，来象征歌女及词人自己的悲惨命运。这两句，看似写歌女，实则是抒写词人不为世用之愤懑不平：如今人们竞相追求时髦的奇装异服，有谁来欣赏"我"不同流俗之高尚情操啊？！

上阕结句紧扣"轻狂"二字，写出歌女现实生活与理想之矛盾："不将心嫁冶游郎。"她发誓绝不把自己的真心许给那浪荡的公子。这里，词人又反用"小李杜"之李商隐的"见我佯羞频照影，不知身属冶游郎"（《蝶三首·其三》）之诗意，表现了这位歌女纯洁之心灵和独立之人格："身属"是无可奈何、没有办法、无法避免之事，但在她的心灵深处，还是有着身可属而心不可嫁之神圣不可侵犯之领地。因为"冶游郎"不是她所渴望的真正的爱情。这里，显然蕴含着词人有才难为世用之苦衷。

换头二句，描绘歌女筵前歌舞之情景："溅酒滴残歌扇字，弄花熏得舞衣香。"

酣饮之时，那溅出的美酒，滴到歌扇之上，使扇子上的字迹也模糊不清、难以辨识了；拈花弄草，竟然把舞衣亦熏染得幽香袅袅。“溅酒”二字，写出女子纵饮之狂荡；“弄花”二字，又写出女子娇美之情态。“歌扇”“舞衣”既表明女子之身份，又以“滴残”与“熏得”二词再加渲染、烘托出她在酒筵之上助兴饮酒、强颜作欢之无奈。尤其是“弄花”一句，巧妙化用唐代诗人于良史“掬水月在手，弄花香满衣”（《春山夜月》）之诗意，颇为形象地浓缩出这位歌女之日常生活。这亦是对上阕之“轻狂”二字的具体写照。

读到此处，我们不难想见歌女内心之凄苦——“一春弹泪说凄凉”。她心中千般凄楚、万种辛酸，无人可诉，唯有暗暗流泪，独自凄凉，又辜负了美好之芳春，虚度了大好之年华。词末一句，词人点示词旨，借歌女之口吻，写出他内心的身世之悲苦：作为贵家公子的词人，为人耿介恬淡，厌恶仕途混浊，“仕宦连蹇，而不能一傍贵人之门”（宋·黄庭坚《小山词序》）。这种穷愁潦倒之境遇与率真洒脱之性格，不正与这首词中的女主人公有极其相似之处吗！词人巧将自身融入笔下人物之中，令人倍感真实而真切。

六么令[1]（绿阴春尽）

绿阴春尽，飞絮绕香阁[2]。晚来翠眉宫样[3]，巧把远山学[4]。一寸狂心未说[5]，已向横波觉[6]。画帘遮匝[7]。新翻曲妙[8]，暗许闲人带偷掐[9]。　前度书多隐语[10]，意浅愁难答[11]。昨夜诗有回文[12]，韵险还慵押[13]。都待笙歌散了[14]，记取留时霎[15]。不消红蜡。闲云归后[16]，月在庭花旧阑角[17]。

注　释

① 六么令：词牌名。原为唐教坊曲名。又名“绿腰”。

② 飞絮：飘飞的柳絮。香阁：指女子的闺室。

③ 晚来：傍晚入夜。翠眉宫样：女子模仿宫女用青黛画眉。

④ 远山：意即“远山眉”，亦称“远山黛”，一种画得长长的眉，看起来颇为清秀。《西京杂记》载，“司马相如妻文君，眉色如望远山，时人效画远山眉。”

⑤ 一寸狂心：此指女子狂乱激动之春心。一寸，古人认为心为方寸之地。狂心，春心，指男女之间相思爱慕之情怀。

⑥ 横波：指年轻女子眼神流转，如水波般荡漾。

⑦ 画帘：即有画饰的帘子。遮匝（zā）：即密密地环绕、遮掩。匝，周围，环绕。

⑧ 新翻曲：即新改编的曲子。翻，改编。

⑨ “暗许”句：意思是说默许清闲无事之人来暗中掐记自己新谱写的曲子。偷掐，即暗中模仿学习。相传唐玄宗夜晚在上阳宫谱新曲，李暮在天津桥上赏月游玩，听到后随即在桥柱上插谱记录，第二天便在酒楼上演奏。

⑩ 书：指书信。隐语：不直说本意而借别的词语来暗示的话，与今之谜语相类似。

⑪ “意浅”句：意即因来信辞意不够明确，故而愁于难以答复。

⑫ 回文：古代诗词的一种可以回环往复阅读的形式。据说此种形式起源于前秦窦滔妻苏蕙的《璇玑图》诗。

⑬ 韵险：所用的诗韵之字是不常见而险僻难押的字。慵押：懒得去用韵。

⑭ 笙歌：这里泛指奏乐唱歌。

⑮ 记取：记住，记得。留时霎：作短暂的逗留。

⑯ 闲云：悠然飘浮之云。

⑰ 阑：栏杆。

题　解

“小晏”的词以小令为胜，这首词则是他之词作中偏长之调，以一个新的角度、细之笔触，描写了一位歌女与情人约会之情形。其中多有叙事之成分，有柳永词之风味。虽则“小晏”词题材范围较为狭窄，大多以歌女为描写对象，但词人能够在此较为狭窄的取材范围之内，善于进行相对广阔而深入之开掘，描写出歌女之众多的生活、情感之侧面。加之，词人非常谙悉他所描写的对象——处于社会底层之歌儿舞女的生活、情感及遭际，似乎亦完全忘记了自己世家公子之身份，他始终以完全平等的心态与她们交流、沟通，给予她们真正的关切与同情。故而，在他的词作中，这些歌儿舞女是真实的，因为她们原本就是“小晏”现实生活中的朋友，甚或在她们的身上，词人亦寄托了他之希望和理想。我们说，怜人者实亦自怜，“小晏”用锦绣之笔构建的情感世界，实则是他心灵世界之映照。这正是“小晏”词难能可贵之艺术特色。

此词之上阕极力刻画歌女约会之前的动作神态，实则写出其难以抑制之兴奋心理；下阕正面描写约会，用女子反复叮咛之口气，情事如在目前。加之环境地点的巧妙衬托，亦给花前月下之约会增添了诗情画意。

赏　析

这首词生动地描写了一位歌女与情人幽会的心态及举动，极为真切地展现了女主人公的心理活动。

词之上阕着力描写歌女与情人约会之前的精心梳妆打扮及精彩表演。

起首二句，描述暮春节令及事件发生之环境：“绿阴春尽，飞絮绕香阁。”绿树已成浓荫，此时正是晚春时节，那柳絮环绕着楼阁闺房在飞舞。这里，词人不仅巧妙点示季节时令，且以“飞絮”之形象，喻比女主人公幽会之前的既兴奋、紧张又不安、迷乱之心绪。尤其是着一“绕”字，十分传神，以十足的动感描写来暗示歌女之心情，颇能引起人们之联想。

紧接着的二句，描写歌女认真、用心良苦之梳妆打扮：“晚来翠眉宫样，巧把远山学。”盼到晚来，演出的时间也快到了，她开始用心梳妆：她学着宫中之装饰，巧妙而又精美地画出了远山眉之式样。这里，词人抓住其“女为悦己者容”（《战国策·赵策一》）之心态，只正面描写她对足可传情之眉黛的精心描画之情形，起到了以一当十之作用。此处巧用典故，以“司马相如妻文君，眉色如望远山，时人效画远山眉”（见《西京杂记》）之记载，以美人衬歌女，引人联想。同时，“晚来”二字，又点明了具体之时间。

“一寸狂心未说，已向横波觉。”这两句写歌女与密约之人眉目传情、暗送秋波之情状：她心中一阵狂喜，因为她的心上人已在席间，她乍一瞥见，就向他眼波传情，且被对方瞬间接住，于是他们从彼此的眼神里便已察觉。这里的细节描写隐讳而又真切、生动，是理解本词词情之关键。“狂心”二字点明双方激动、热切之情绪。而这“狂心”又是通过这“心灵之窗户”——眼睛，即水波流动之眼神而传达出来的。故而“横波觉”三字便有了密约之人彼此传情、心照不宣之艺术效果。这就使词情极有韵致。不难想见，在觥筹交错、歌舞盛宴之中正演出着一场情人密约之小剧。

上阕结拍三句，描写笙歌演出之状况：“画帘遮匝。新翻曲妙，暗许闲人带偷掐。”在那画帘遮护之宴所，歌女演奏着新翻的曲子，并且妙处纷呈。这是因为，她之情人在座，她自然定要尽心尽情演奏，尽管曲谱会让旁人偷记了去，她亦在所不惜。“画帘遮匝”写演出之环境。“新翻曲妙”一句，巧妙化用“诗魔”的“古歌旧曲君休听，听取新翻杨柳枝”（唐·白居易《杨柳枝》）之诗意，写出她之演出颇有创意和新意。“偷掐”二字，又暗用元微之“李谟擫笛傍宫墙，偷得新翻数般曲”（唐·元稹《连昌宫词》）的所述之典，通过侧面之心理描写，表现了女主人公为了爱情而不惜冒影响自己演出的切身利益之险的感人内心世界。

词之下阕忆写昔日之往来、描写今日之幽会。

换头处四句，补叙情人连续给她写信、寄诗之情形：“前度书多隐语，意浅愁难答。昨夜诗有回文，韵险还慵押。”他以前写给她的信，暗语太多，她理解不深，担心回答不好。昨夜他寄给她的回文诗，要写诗和韵又难度太大。这四句抒写过去女主人公与心上人交往之频繁，既写出“前度”之“书”，又叙出“昨夜”之“回文诗”，可见二人往来之频繁、情意之密切。同时，亦表明了女主人公未曾回复之原因，且将爱情表达得含蓄而巧妙，为今日之幽会做了充分铺垫。

接下来的两句承前启后，表达女主人公和情人密约幽会之期待与渴望：“都待笙歌散了，记取留时霎。”她想来想去，还是决定待今晚笙歌散后，请他记住稍留一会儿。女主人公将一切未表达的及未交流之情意皆放到了表演之后与心上人相聚之“二人世界”的甜蜜时光。依此我们不妨回顾上阕所写，所有之巧画宫眉、横波送心及“新翻曲妙”之细节描写，皆落到了实处，可见出皆是女主人公用心之所为。全词所写幽会之秘密至此揭破，令人不能不惊叹“小晏”词笔之精妙！

词末三句，意境更加优美：“不消红蜡。闲云归后，月在庭花旧阑角。”在女主人公看来，一对心心相印之情人约会，当然不用点燃蜡烛，免得惊动了他人。只等那闲云儿散尽之后，以那月儿当灯，就相会在庭院花丛之中那栏杆边的老地方。第一句看似多余，细细品味却极有意趣：词人有意抛却“自怜无好计，夜寒空替人垂泪”之“红烛”（晏几道《蝶恋花》），而给人一种不拘形式而只有情意的亲昵之感。末二句确认约会之地点，给老地方以“云”“月”和“花”之装饰、衬托，自然有了一种“云破月来花弄影”（宋·张先《天仙子》）的诗情画意，以花前月下烘托相爱之浪漫情调。

御街行①（街南绿树春饶絮）

街南绿树春饶絮②，雪满游春路③。树头花艳杂娇云④，树底人家朱户⑤。北楼闲上⑥，疏帘高卷⑦，直见街南树。　阑干倚尽犹慵去⑧，几度黄昏雨。晚春盘马踏青苔⑨，曾傍绿阴深驻⑩。落花犹在，香屏空掩⑪，人面知何处⑫。

注　释

① 御街行：词牌名。又名“孤雁儿”。
② 饶：意为充满，多。
③ 雪：此处用来形容白色之柳絮。游春：即春天外出而踏青。
④ 娇云：这里指娇柔多姿之云。
⑤ 朱户：这里指富贵人家。因其以朱漆涂门户，故有此称。
⑥ 闲上：意即闲懒地登上（北楼）。
⑦ 疏帘：稀疏的竹编窗帘。宋代诗人张耒《夏日》诗：“落落疏帘邀月影，嘈嘈虚枕纳溪声。”
⑧ 阑干倚尽：这里是说凭靠在栏杆上的时间极长。慵去：即懒得离去。去，离去。
⑨ 盘马：这里是说骑在马上驰骋回旋。
⑩ 绿阴深驻：这里指在绿荫深处停马休憩。
⑪ 香屏：这里指华美之屏风。
⑫ 人面知何处：这里化用唐人崔护“人面桃花”的故事。

题　解

这首词抒写了意中人离去之后主人公苦涩无奈之情怀。全词之情事由唐代诗人崔护之名诗“去年今日此门中，人面桃花相映红。人面不知何处去，桃花依旧笑春风”（《题都城南庄》）而翻出，但其中定然融入了词人之亲身经历，大有岁月流逝、物是人非之真实感慨。此词当作于宋神宗元丰元年（1078），即将踏入不惑之年的词人故地重游，恰逢好友王肱离世，词人即由此想到曾经相离之意中人，一种物是人非之感伤油然而生。惆怅感伤之中，“小晏”便创作了这首词。

本词选定“街南绿树”为核心之意象，来组织全词：上阕以“街南绿树”起首，从“树头花艳”转至“树底人家”，以“街南树”结拍；下阕仍然紧紧围绕“绿阴”，描写自己在故地流连徘徊之情景，词末以“人面知何处”收结，原来写物即写人。又由于词人巧妙化用崔护之“人面桃花”之诗意，对所忆情事做了明确之暗示，从而收到了含蓄有致、事简意丰之效果。

赏　析

这首词虽则由唐代诗人崔护《题都城南庄》之诗意翻出，但却打破了崔诗由昔到今之顺叙写法，而是采用倒叙的手法，先从眼前之景象写起，从而见景生情，勾起对心上人之怀念。

词之上阕描写春日之美景，写法颇为别致：首句与结句多字重复——首句之“街南绿树”与结句之“街南树”。细细玩味，方知前四句与后三句乃是行文上的倒装，而重复之处恰是衔接之标志。当然，亦可这样理解：先写登楼远眺之所见，引起词人之忆想；再由景而及人，由人而见景。这样，上阕亦是浑然一体。两种理解，各有其妙。我们不妨顺其原有之序来解其词意。

起首二句，描写自然之景色：“街南绿树春饶絮，雪满游春路。”杨花柳絮绕街南绿树而飞舞，就如那大雪铺满路径。这两句自然是词人登楼远眺之所见，虽未明示，但从所见景致之高远是不难推测的。三、四句由自然之景写到人间之春色：“树头花艳杂娇云，树底人家朱户。”树头开着娇美之花朵，花朵之上是那娇柔多姿的白云；树荫之下是那朱户人家。词人先以飞絮、花点明季节——当为春深之时，暗示思春、怀人之意，点示出词人对意中人之怀想。接着，在写完“树头”之“花”、“花”上之“娇云”后，又加上“树底人家朱户”一句，于无意之中蕴含有意之思：词人所思念之心上人，大概正在这“朱户”大宅之中吧？虽则在古代只有王侯功臣才够得上受赐“朱门”，但到了宋代，普通的官宦大户，同样也可将大门漆成红色。词人思慕着“朱户”大宅之中的女子，心情自然是激动的，亦有些不便明言之隐衷，故而写得有些闪烁其词、隐晦曲折。

上阕末三句，由景及人、由人见景：“北楼闲上，疏帘高卷，直见街南树。”词人闲懒地登上北楼，那疏散的竹帘向上高卷，一眼所见是遮蔽艳女朱户之城南树。这里，词人着一“闲”字，“闲”字不闲：哪里是什么闲懒，分明是词人有意为之，那种“若问相思甚了期，除非相见时”（晏几道《长相思》）之苦衷，显然隐含其中。

词之下阕表达物是人非的怀念之情及万般之感慨。

换头二句，由景而及情：“阑干倚尽犹慵去，几度黄昏雨。”词人倚遍那栏杆还懒得离去，曾在黄昏几次淋过那霏霏细雨。词人着一“慵”字，与上阕之“闲”字有异曲同工之妙：看似“懒”得离去，实则是心上人未见，根本不忍、不愿也不想离去。可以想见，词人就这样等了一天又一天，从拂晓到黄昏，甚至甘愿淋受那“黄昏雨”！这里，既写情态，亦写心理。何以如此呢？

紧接之二句，便是回答：“晚春盘马踏青苔，曾傍绿阴深驻。”想当年亦是暮春时节，词人曾经骑马在这长有青苔的路上盘桓，在那绿树的树荫下久久地停驻。这里，词人一笔两写，既是怀想当年，亦是实写眼前。当然，“盘马”并非今日之事，“晚春”亦非眼前这个“晚春”，而“绿阴”“青苔”之所在的，定然是“街南绿树”底下之那“朱户人家”。因为那门户之中有词人“从别后，忆相逢”（晏几道《鹧鸪天》）的思念之人！

词末三句，乃是点睛之笔：“落花犹在，香屏空掩，人面知何处。”如今重访街南，落花还在，宅门虚掩，词人心中所思念的人儿，又在哪里呢？这里，词人巧妙借用唐代诗人崔护《题都城南庄》之诗意，生发出物是人非之惆怅感叹，更流露出词人对心上之人的无尽思念与牵挂。

浪淘沙[①]（小绿间长红）

小绿间长红[②]，露蕊烟丛[③]。花开花落昔年同[④]。惟恨花前携手处[⑤]，往事成空。　山远水重重，一笑难逢，已拚长在别离中[⑥]。霜鬓知他从此去[⑦]，几度春风。

注　释

① 浪淘沙：词牌名。原为唐教坊曲名。又名“浪淘沙令”“卖花声”“过龙门”等。

② “小绿”句：此句是说花草红绿相间。长红，即成片之红花。

③ 蕊（ruǐ）：花蕊。烟丛：露水迷蒙的花丛。

④ “花开”句：此句化用唐代诗人刘希夷《代悲白头翁》诗：“年年岁岁花相似，岁岁年年人不同。”

⑤ 惟：只。携（xié）手：牵手。

⑥ 拚：意为豁出去，舍弃不顾。

⑦ 霜鬓（bìn）：白色的鬓发。这里代指离人，亦是词人自称。

题　解

“小晏”的这首抒写女子伤春怀人之词，是其席间即兴之作。“二晏”之词中，此类作品占有相当大的比重，留下了诸多脍炙人口的名句。比如，“鸿雁在云鱼在水，惆怅此情难寄”（晏殊《清平乐》）之深情难以传达之郁闷、怨恨和愁苦，“碧纱秋月，梧桐夜雨”（晏殊《撼庭秋》）之彻夜相思无眠的难以驱遣、难以忍受之痛楚，“欲尽此情书尺素，浮雁沉鱼，终了无凭据”（晏几道《蝶恋花》）之相思之情无法表达、无可弥补之凄楚，“两鬓可怜青，只为相思老”（晏几道《生查子》）之因相思而耗损青春、容颜老去之伤感伤悲。这首词亦是表现女主人公之离愁别恨的。词意凝练，蕴藉颇深。正如清人陈廷焯所点评的那样：“缠绵悱恻。”（《词则·别调集》）

赏 析

词之上阕，重在触景而伤怀。

起首二句，着力渲染花草之繁盛：“小绿间长红，露蕊烟丛。”小小的绿草丛中，开着嫣红之鲜花，真有一种红花成片之景象；那花蕊在露水的滋润下，在那迷迷蒙蒙的花丛之中，隐隐约约地、娇羞地藏在那迷离的薄雾之中。乍一开篇，词人便以拟人之手法，着力渲染花草之繁盛。尤其是以“露蕊”作为重点，描写其娇柔、羞怯之态，暗将见景而心伤之女主人公形象置于此景之中，且有一种“人不如花”的伤感蕴含其中。词人以春日花开之盛景，来反衬女主人公无法驱遣的怀人之愁恨。这与词人笔下之“红日淡，绿烟晴。流莺三两声”（晏几道《更漏子》）有异曲同工之妙。在景物描写之中自有人在，自有情在。

紧接着的第三句“花开花落昔年同”，显然是景中之人——一位伤春怀人的女子的深沉喟叹：花开花落，年年如此，与昔年全然相同。这一句显然融入了“年年岁岁花相似，岁岁年年人不同”（唐·刘希夷《代悲白头翁》）的伤感之情。花开花落虽则同于往昔，但人却不同了，情感变了，美好之爱情亦随之而逝了，人亦苍老珠黄了。真的是“年年只是人空老，处处何曾花不开”（唐·白居易《与诸客携酒寻去年梅花有感》）啊！

上阕结拍二句，抒情女主人公触景而伤怀：“惟恨花前携手处，往事成空。”只恨那当年初恋之时，“我”和他曾经手拉着手儿，就在这绿荫丛中，就在这花儿盛开之处。然而，这一切皆已成为过去，昔年往事如梦而成为一场空。在这“对花又记得、旧曾游处”（晏几道《归田乐》），我们的女主人公感慨万千，昔日之欢娱与今朝之孤寂形成了极具悲感之对比。尤其是“惟恨”二字，写出女主人公难以驱遣、难以言说之悲愁、怨恨，似乎让我们顿然觉得词人笔下之春景皆已染上愁情恨意。

词之下阕，重在感喟重逢之难。

过片三句，女主人公感慨相逢之难：“山远水重重，一笑难逢，已拚长在别离中。”“我”与他山重水复，遥相阻隔。想起当年那甜甜蜜蜜之欢笑和那和和美美之恩爱，此时已然舍弃不顾，再也难以得到了吧？“我”已尝尽了失恋之痛苦、悲哀而要长期处在别离之中。这里，女主人公抚今追昔，痛楚万分：既有“真个别离难，不似相逢好”（晏几道《生查子》）之痛悔，又有“有情不管别离久，情在相逢终有”（晏几道《秋蕊香》之忠贞不渝。其精神境界是颇为高尚的：即使长期处在别离之中，只要情意尚在，亦心甘情愿！

女主人公在万般无奈之下，只能把郁积于心的万千哀怨以悲叹出之：“霜鬓知他从此去，几度春风。”这斑白的鬓发再一次明明白白、清清楚楚地告诉“我”：自己一直怀想着的他，早已忘却了曾经的欢笑、恩爱及和美，心儿亦早已远远离开自己不再回来，何止是那几个年月啊！全词结拍二句，词人抓住女主人公最有代表性的“鬓已成霜”之特征，暗示她在“无昼夜”之“相思”与“似长川”之“东泣”（唐·李白《送王孝廉觐省》）中，容颜苍老，两鬓如霜，青春不再。而那负心的他，定然是在那“花开花落”的“昔年”间，移情他人，有了新欢。“几度春风”便让他移情别恋。“花开花落”与“几度春风”“正相关合”（俞陛云《唐五代两宋词选释》），把女主人公的伤悲推至极点，真的是“薄命如斯”“饮恨而终”（唐·蒋防《霍小玉传》）啊！

诉衷情①（凭觞静忆去年秋）

凭觞静忆去年秋②，桐落故溪头。诗成自写红叶③，和恨寄东流。　人脉脉④，水悠悠⑤，几多愁。雁书不到⑥，蝶梦无凭⑦，漫倚高楼⑧。

注　释

① 诉衷情：词牌名。原为唐教坊曲名。

② 凭觞（shāng）：把酒持杯。

③ “诗成”句：此处暗用“红叶题诗”的典故，感叹无法与情人沟通。据唐范摅《云溪友议》卷十记载：唐宣宗时舍人卢渥偶临御沟，得一红叶，只见上题诗云：“流水何太急，深宫尽日闲。殷勤谢红叶，好处到人间。”于是归藏于箱。后来宫中放出宫女择配，卢所娶者乃是题诗之人。

④ 脉脉：这里指凝神默坐、含情无语的样子。

⑤ 悠悠：长远，遥远。

⑥ 雁书：大雁传递的书信。这里泛指书信。

⑦ 蝶梦：这里指梦。典出《庄子·齐物论》：“昔者庄周梦为胡蝶，栩栩然胡蝶也。自喻适志与，不知周也。俄然觉，则蘧蘧然周也。不知周之梦为胡蝶与，胡蝶之梦为周与？”后因以“蝶梦”指梦。

⑧ 漫：随意，胡乱。这里是姑且、聊且之意。

题　解

“小晏”的这首词是抒写情人之间的相思之苦的。从词始于南朝之时，就有男女相思之内容，且所占比重较大。到了词之发展完善的唐五代时期，相思之词与边塞、怀古、春愁等类型的词并驾齐驱、蔚为大观，已相当成熟。比如五代后蜀词人顾夐所写的《诉衷情》一词中，则写下了以直接明快而取胜的词句："换我心，为你心，始知相忆深。"而唐代之"诗魔"白居易所作的《长相思》一词，则以含蓄曲深见长的句子出之："月明人倚楼。"五代词人孙光宪在《谒金门》一词中，则用以物相形、由此见彼之手法而机杼独出："却羡彩鸳三十六，孤鸾还一只。"而"小晏"的父亲"大晏"，抒写千里相隔、难以排遣、无所寄托之相思怀远之情时，不但保持其淡雅闲适之特点，而且还表现出苍凉深厚、沉郁蕴藉之诗风。其笔下的"楼高目断，天遥云黯，只堪憔悴"（《撼庭秋》）之名句，用笔精妙，传达出思妇昼夜难以忍受的极为悲凉之思情。而"小晏"此词，既巧妙化用李后主之"问君能有几多愁，恰似一江春水向东流"（五代南唐·李煜《虞美人》）词意，又以天成之属对把女主人公音信难见、"蝶梦"不成的相思苦况巧用典故表达出来，且以"漫倚高楼"之形象作结，蕴意无穷，给人留下了无限的想象空间。

赏 析

正如唐人笔下所写："唯我忆君千里意，一年不见一重深"（唐·雍陶《恨别二首·其二》），我们的女主人公亦是如此，自从与情人离分的那一刻起，"思君如日月，回环昼夜生"（南朝齐·刘裕《自君之出矣》）。这不，她又一次"凭觞静忆去年秋，桐落故溪头"，回忆起与情人话别之情景：她把酒持杯，借酒浇愁，令自己冷静下来，回忆起去年秋天与情人话别时的情形——那时就在故溪头、桐树下相晤话别。"凭觞静忆"点出此时女主人公"思君已惆怅，黄叶更翩翩"（宋·余靖《晚至松门僧舍怀寄李太祝》）之情状，愁情难抑，借酒解之。梧桐叶落，似乎叶叶说别离。这就写出了她愁苦难当之凄楚，暗扣后文之"恨"字，点示出离愁别恨之深重。尤其是着一"故"字，既点明离别之地点，又将"故人入我梦，明我长相忆"（唐·杜甫《梦李白二首·其一》）之曾经交往之深情厚谊及如今日夜思念之情愫皆包含其中。至深之情，显然可见。

接着，词人写出了女子孤寂、凄伤之情状："诗成自写红叶，和恨寄东流。"她多像那"红叶题诗"的宫女，即就将愁思苦想之情写成诗句，亦无法寄达心上人之手中，只能将千愁万恨寄予东流之水，让那流水带着她之愁恨到那负心人身边。这里，词人妙以典故，且又寄托流水，写出了女主人公的相思之苦情。

过片三句，词人巧妙化用“李后主”之“问君能有几多愁，恰似一江春水向东流”（五代南唐·李煜《虞美人》）的词意，表达女主人公思想、怀念之中无法遏制的愁苦：“人脉脉，水悠悠，几多愁。”此时此刻，她凝神而默坐，满腹愁恨，空望着那依旧远去之流水，心中又增添了新的愁恨。这里，词人以“水”之“悠悠”与“人”之“脉脉”的以动衬静，刻画出女子看似“脉脉”之外表下，内心倒海翻江之难以止息的情感波涛。着一“愁”字，巧妙化用之中将那剪不断、流不尽且难以超脱、无法自拔的相思之苦情形象地表达出来，且赋予“思君如流水，何有穷已时”（三国魏·徐幹《室思》）之意味。

词末三句，词人以精美的对仗及富含深意的动态描写收结全词：“雁书不到，蝶梦无凭，漫倚高楼。”书信难以见到，念想之梦亦难以做成，她只能依旧姑且倚靠在高高的楼阁之上，凝目远眺着那希望极为渺茫之远方。这里，词人运用典故，描写女主人公的内心世界，且以定格的形象描写来收束，场景真切，情意深足，余味无穷。

破阵子[①]（柳下笙歌庭院）

柳下笙歌庭院，花间姊妹秋千。记得春楼当日事[②]，写向红窗夜月前，凭谁寄小莲[③]？　绛蜡等闲陪泪[④]，吴蚕到了缠绵[⑤]。绿鬟能供多少恨[⑥]，未肯无情比断弦[⑦]，今年老去年。

注　释

① 破阵子：词牌名。原为唐教坊曲名。又名“十拍子”。

② 春楼：青楼。

③ 小莲：人名，词人心仪之女子。

④ “绛蜡”句：化用唐杜牧《赠别二首·其二》：“蜡烛有心还惜别，替人垂泪到天明。”绛蜡，红蜡烛。等闲，无端。

⑤ 吴蚕：吴地（即今江苏一带）之蚕。因吴地盛产蚕丝，故称良蚕为吴蚕。唐李白诗云：“吴地桑叶绿，吴蚕已三眠。”（《寄东鲁二稚子》）唐李贺诗云：“越妇支机，吴蚕作茧。”（《春昼》）到了：到底。缠绵：这里以蚕丝之缠绵喻示情意之缠绵。

⑥ 绿鬟：乌黑的鬓发。供：意即禁得起。

⑦ 无情比断弦：意即像断弦一样无情。断弦，断绝之琴弦，这里用来比喻断绝情意。

题　解

这首词抒写晏几道对心仪的女子小莲之怀念，当写于宋神宗元丰五年（1082），词人开始监颍昌（今河南许昌）许田镇之后。词人在《小山词》自序中写道：“沈十二廉叔、陈十君龙家，有莲、鸿、蘋、云，品清讴娱客。每得一解，即以草授诸儿。吾三人持酒听之，为一笑乐。已而，君龙疾废卧家，廉叔下世，昔之狂篇醉句，遂与两家歌儿酒使俱流传于人间。”词人对四位歌女之情感，既有男女之情，亦有对往昔欢情之追忆。比如写小云的：“有期无定是无期，说与小云新恨、也低眉。”（《虞美人》）写小蘋的：“记得小蘋初见，两重心字罗衣。”（《临江仙》）写小鸿的：“问谁同是忆花人？赚得小鸿眉黛、也低颦。”（《虞美人》）而写小莲的比较多：“小莲未解论心素，狂似钿筝弦底柱。”（《木兰花》）“手捻香笺忆小莲，欲将遗恨倩谁传。”（《鹧鸪天》）“梅蕊新妆桂叶眉，小莲风韵出瑶池。”（《鹧鸪天》）等等。这首词在表达对小莲的追忆、怀想的同时，亦抒发了词人对年华易逝之感慨。

赏 析

这首词在写作上极有特点：一唱三叹，摇曳顿挫，既毫不拘束，笔触极为自然而显豁，又借忆写小莲而写莲、鸿、蘋、云四位歌女，以写逝去之欢情岁月。加之又巧妙化用前人诗句，使词意婉转而又含蓄：词人之情感由上阕之伤感追忆，过渡到下阕之悱恻缠绵，再到末句之焦虑以至绝望，使悲哀伤痛压倒缠绵，让我们感受到一段无计可施、悲情难抑之痛苦。

上阕着重于叙事，忆往昔之欢娱。

词乍一开篇，就描述了昔日歌女姊妹欢聚之情景：“柳下笙歌庭院，花间姊妹秋千。”在那柳下花间，处处留下了莲、鸿、蘋、云四位姐妹弹奏歌唱的阵阵笙歌，亦留下了她们在那秋千上的依依笑语，她们弹唱、嬉戏之情形犹然在目。这里，词人采用互文的手法，叙写昔日小莲与姊妹们弹唱、嬉戏之欢歌笑语。既有人物，又有活动和环境，寥寥一十二字，却写得充实、概括而又不乏场景和情趣，表现出当时富贵人家那种歌舞升平、豪华安乐之生活场景。这样的总写，为抒写词人对小莲之思念做了很好的铺垫。

上阕之后三句，是词人追忆之中的深深感叹：“记得春楼当日事，写向红窗夜月前，凭谁寄小莲？”至今仍然清晰地记得当年在青楼时的那些往事，在这月光下的红窗前写封书信，诉说思念之深情，可是谁又能替我寄给小莲呢？词人用“当日事”三字，囊括词首二句之“笙歌”与“秋千”。尽管“舞低杨柳楼心月，歌尽桃花扇底风”（晏几道《鹧鸪天》）、笑语满秋千，但“春楼当日”毕竟已成过去时，如今在这“红窗夜月”之时，词人孑然一身，“当日”之欢情皆已云散烟消，曾经的四位歌女——莲、鸿、蘋、云已不知所踪，故而“长情短恨难凭寄，枉费红笺”（晏几道《采桑子》）。词人虽则清晰地记得当日欢愉之情景，但是那自己心仪之女子小莲已没有踪迹，“长情短恨”之信又如何能够寄出？！无奈之下，词人亦只能“沉醉换悲凉”，“清歌”“断肠”（原句为“清歌莫断肠”）（晏几道《阮郎归》）。看似欢乐之追忆中，融入了词人内心之万千辛酸。

下阕着重于抒情，写离散后之相思。

过片二句，巧妙化用唐代诗人李商隐之“蜡烛有心还惜别，替人垂泪到天明”（《赠别二首·其二》）、“春蚕到死丝方尽，蜡炬成灰泪始干”（《无题》）之诗意，表达极为深沉之感伤：“绛蜡等闲陪泪，吴蚕到了缠绵。”红烛无端地陪人落泪，春蚕到死还要吐丝，似乎诉说着无尽之凄楚缠绵。词人以“等闲”与“到了”之一虚一实的描写，前者描述现今，后者预想将来，隐含一种无可奈何之感喟：即使万般凄苦无法可诉、无人可知，但词人仍然痴心不改，相信“有情不管别离久，情在相逢终有”（晏几道《秋蕊香》），可谓一往而情深。

词末三句，词人将伤感之情推向极点：“绿鬓能供多少恨，未肯无情比断弦，今年老去年。”如今，“我”这乌黑的头发，又能经得起多少次生离死别，未必能如断弦一般之无情。今年的“我”比之去年更为衰老。这里，词人以“绿鬓”喻指生命，以“恨”喻指难以割舍之情感，言下之意“一分痴情消耗掉一分生命”！即便如此，词人亦不后悔，宁肯为了情感而耗尽生命，亦无怨无悔，而不愿、不会如断弦一般无情割舍。因为弦断可续，而情去难留。然而岁月无情，即便是那永志难忘之痴情，又岂能永留于世间乎？！这正如词人在另一首词中所写：“两鬓可怜青，只为相思老！”（《生查子》）

点绛唇[①]（花信来时）

花信来时[②]，恨无人似花依旧。又成春瘦[③]，折断门前柳[④]。　天与多情，不与长相守[⑤]。分飞后[⑥]，泪痕和酒[⑦]，占了双罗袖[⑧]。

注　释

① 点绛唇：词牌名。此调因南朝江淹诗有“明珠点绛唇”句而得名。又名“南浦月”“点樱桃”等。

② 花信：花开的风信、消息。古人将春天分为二十四番花信，意即二十四番花信风，也就是说各种名花按花信顺序而开放。

③ 春瘦：这里指因伤春而消瘦。

④ “折断”句：这里是说尽力折柳以盼望行人归来。古人有折取柳枝以送别亲友之风习。这是因为“柳”与“留”同音，寓有希望行人留下之意。

⑤ “天与”二句：这里是说上天赋予人多情之心，却不肯给予人长相厮守之机会。与，使，令。

⑥ 分飞：别离。

⑦ 酒：这里指酒渍。

⑧ 罗：稀疏而轻软的丝织品。占：通“沾”。

题　解

“小晏”的这首思妇之词，是抒写离愁别恨的。古人曾言：“悲莫悲兮生别离”（战国楚·屈原《九歌·少司命》），可见离别是多么令人伤感啊！一旦别离，那“离恨恰如春草，更行更远还生”（五代南唐·李煜《清平乐》）。离恨犹如一条缠绕在心上的毒蛇一般，时时吞噬着你的心，令你难以安宁。亦如

"李后主"笔下所写:"剪不断,理还乱,是离愁,别是一般滋味在心头。"(五代南唐·李煜《相见欢》)与词人其父晏殊同称"宋初三大词人"之张先(另一位是柳永),就有一首妙语连珠,令欧阳修喜爱、崇拜之词《一丛花令》。不仅有反客为主之"离愁正引千丝乱"之既形象具体之描绘,又强调了此种情感之巨大力量,而且有"更东陌、飞絮蒙蒙"之自然而然的联系与开拓,更有词末之无理而妙的奇思异想之"沉恨细思,不如桃杏,犹解嫁东风"。此词亦如张先之词以女子口吻写离愁别恨,虽不及张词那样有名,但亦有"淡语皆有味,浅语皆有致"(清·冯煦《宋·六十一家词选·例言》)之特色。

赏 析

词之上阕,思妇见景而生离愁别恨。

入韵二句,写思妇见花开而生怨恨:"花信来时,恨无人似花依旧。"花儿开放有风儿带来消息,但令人怨恨的是,心上之人早已离去,却没有归来之消息,全然不似花儿那般的有去有归。词乍一开篇,即以思妇之怨恨直入正题:春去春来,花落又开。此时此刻,思妇心中便极不平静,生出怨"恨"——春去春又归,而人去却无回!真的是"别来楼外垂杨缕,几换青春"(晏几道《采桑子》)。词人着一"恨"字,点示词旨,写出思妇心中之别恨离愁之深重,"为伊消得人憔悴"(宋·柳永《凤栖梧》)之景况不难想见。

上阕之后二句,叙说思妇伤春之长久、怨恨之深重:"又成春瘦,折断门前柳。"她因为年年伤春而消瘦,多么渴盼心上人回到身边。然而,一年又一年,她倚门盼归,竟把门前的柳枝都折尽了。上句巧妙化用唐代诗人李商隐之"只知解道春来瘦,不道春来独自多"(《赠歌妓二首·其二》)诗意,以伤春而"瘦"之细节,表现出思妇相思之苦、怨恨之深。更可见出她在思、恨的煎熬之中度日如年,年年如此,日日如此,故而逢春必"瘦"。下句又巧妙化用"诗鬼"之"主父西游困不归,家人折断门前柳"(唐·李贺《致酒行》)之诗意,以夸张之手法写出思妇三折两折竟折尽门前柳枝的细节,再加写出思妇心中之怨恨的无比深重。

词之下阕,抒写思妇难以排遣的离愁别怨。

过片二句，思妇从尤人进而怨天："天与多情，不与长相守。"苍天啊，你使人多情，却不让人长相厮守。女主人公在万般无奈之下，只能将一腔怨愤抛撒给本就无辜之苍天，恨悠悠之苍天的自相矛盾——既让人多情（有幸与心上人相逢），又不让人相守。如此之多情与相守的相思之苦，使思妇之怨情更深一层。这两句虽不及元代戏曲家关汉卿笔下之"地也，你不分好歹何为地？！天也，你错勘贤愚枉做天"（元·关汉卿《感天动地窦娥冤》）那般在倾诉个人不幸命运的同时，表达了对是非颠倒、善恶不分的社会现实的不满与反抗，但亦在一定程度上表现出对处在最下层民众的理解和同情。这是值得肯定的，亦是难能可贵的。

词末三句，写思妇排遣愁苦怨恨之做法："分飞后，泪痕和酒，占了双罗袖。"她和心上人别离之后，悲伤非常，泪水和着酒水，沾湿了她的双罗袖。前句化用"东飞伯劳西飞燕，黄姑织女时相见"（《乐府诗集·东飞伯劳歌》）之典故，点示别离之愁恨，与词首之"恨无人"一句相关合。后二句写女主人公无力回天，只能以酒埋"恨"，以至泪下，以"双罗袖"相继抹之，故而双袖之上泪痕、酒渍业已沾满。词末以特有之细节，又巧妙化用词人之父的得意门生范仲淹"明月楼高休独倚。酒入愁肠，化作相思泪"（《苏幕遮》）之词意，把女主人公的离愁别恨推向无以复加的程度。

两同心①（楚乡春晚）

楚乡春晚②，似入仙源③。拾翠处④、闲随流水，踏青路、暗惹香尘⑤。心心在⑥，柳外青帘⑦，花下朱门⑧。　　对景且醉芳尊，莫话销魂⑨。好意思⑩、曾同明月，恶滋味、最是黄昏。相思处，一纸红笺，无限啼痕。

注　释

① 两同心：词牌名。此词牌创自晏几道。

② 楚乡：楚地。

③ 仙源：这里特指东晋诗人陶渊明所描绘的理想境地桃花源。

④ 拾翠：这里指拾取翠鸟羽毛以为首饰。后多指妇女游春，在郊外采集花草。

⑤ 踏青：古人于每年清明节前后郊野游览的习俗。香尘：带有花香的尘土。

⑥ 心心：彼此间的情意。

⑦ 青帘：旧时酒店门口挂的幌子，多用青布制成。这里借指酒家。

⑧ 朱门：红漆大门。这里指贵族豪富之家。

⑨ 莫话销魂：意谓不要说伤心的话。

⑩ 意思：这里指心情、情绪。

题　解

“小晏”的这首词是抒写春日情思的，大约作于宋神宗元丰五年（1082）之后。此年春天，词人被朝廷委派为颍昌（今河南许昌）许田镇镇监。在这里，他曾写下多首词。而颇能体现其词情思深沉的代表作之一《阮郎归》就是这时所写。因为其父在此担任过知州，故而虽已过去三十余年，但其父之旧吏仍有留在许昌（亦称许州）的。他们对词人还是很尊重的，常请他参加一些歌舞宴会，他曾写下“绿杯红袖趁重阳，人情似故乡”（《阮郎归》）的词句，可见他在颍昌的生活还是颇逍遥自在的。这样，他就有了许多闲暇，可以赴宴访友，可以踏青赏春。这首词正是词人踏青游赏之时所写。词人亦有与其父一样的“池塘水绿风微暖，记得玉真初见面”（晏殊《木兰花》）之艳遇，虽则没有其父“当时共我赏花人，点检如今无一半”（晏殊《木兰花》）之沉重的悼念、怀想之情，但与心仪之歌女相别之后的思念及不舍之情时时萦绕于他之心头。于是他写下了这首表现儿女情长的沉郁悲凉之词。

赏 析

“小晏”的这首词不似“大晏”写相思之名作《玉楼春·春恨》一般，一开篇便从“绿杨芳草长亭路”之送别场景写起，生发出“年少抛人容易去”之幽怨，而是从春游写起：“楚乡春晚，似入仙源。”在那暮春时节，“我”在楚地郊游踏青，只见桃红柳绿，恍然若进入东晋诗人陶渊明笔下之桃源仙境。这与秦少游所写之“长记误随车，正絮翻蝶舞，芳思交加。柳下桃蹊，乱分春色到人家”（宋·秦观《望海潮》）之春景何其相似尔！但言简情浓，令人展开丰富之遐想。

接着，词人描绘踏青游赏之情景：“拾翠处、闲随流水，踏青路、暗惹香尘。”“我”亦如游春的女子一般，捡拾那翠羽，采摘那鲜花，悠闲地随着那曲曲之流水赏观一路之风景。踏青的路上，在那不经意之间，宝马香车留下的浓浓芳香，惹起“我”的春心。这里，词人以艺术之笔触，描写了郊游踏青偶遇心仪歌女之情形。尤其“暗惹香尘”四字，把词人“春心却（原句是‘莫’）共花争发”（唐·李商隐《无题四首·其二》）之欣喜隐含其中，暗写巧遇之情事。

上阕末三句，词人抒写与歌女一见钟情的情形：“心心在，柳外青帘，花下朱门。”“我”与她心心相印，一见倾心，彼此牵挂，难以割舍。“我”的心留在她所在之柳荫外之酒家歌楼、花树下之朱门绣户。这里，词人以“柳外”“花下”二句点示歌女住处，以“心心在”三字，巧妙化用“小李杜”之“已驾七香车，心心待晓霞”（唐·李商隐《壬申七夕》）诗意，描写出彼此一见钟情、情意绵绵、眷恋不舍之情状。

换头处四句，承上描写词人与歌女相聚相别之情景：“对景且醉芳尊，莫话销魂。好意思、曾同明月，恶滋味、最是黄昏。”对着美景，“我”与她说着知心话，并且借那美酒在醉意之中消除心中之忧烦，不说那让人伤心之离愁。那是多么美好的情意啊，我们曾共一轮明月；那又是多么痛苦的滋味啊，最是那黄昏离分的时刻。这四句，容量极大，蕴意颇深。词人以“对景”二句写出共饮共眠之“销魂”经历，又以鲜明之对比的“好”“恶”二句，写出相聚之欢乐与相别之伤悲。尤其是“好”“恶”二句，口语入词，十分高妙，确为千古警句，确实“读之使人击节”（清·沈雄《古今词话·词品》）。

词末三句，抒写别后之痴情相思。“相思处，一纸红笺，无限啼痕。”相思的时候，只有那写满情意的一封封信笺，饱含那无限相思之情的满袖泪痕。这里，词人以两个蕴意颇深之细节收束全词，意味隽永，感人至深，与词人所写之“渐写到别来，此情深处，红笺为无色”（《思远人》）有异曲同工之妙。

少年游①（离多最是）

离多最是，东西流水，终解两相逢②。浅情终似，行云无定③，犹到梦魂中④。　可怜人意⑤，薄于云水，佳会更难重⑥。细想从来，断肠多处，不与者番同⑦。

注　释

① 少年游：词牌名。又名“小阑干”等。

② 解：懂得，知道。

③ 行云：这里是用典。战国楚·宋玉《高唐赋》载：“昔者先王尝游高唐，怠而昼寝，梦见一妇人，曰：‘妾，巫山之女也，为高唐之客，闻君游高唐，愿荐枕席。’王因幸之。去而辞曰：‘妾在巫山之阳，高丘之阻，旦为朝云，暮为行雨。朝朝暮暮，阳台之下。’”这里以“行云”喻指自己所思念之女子。

④ 梦魂：即梦。古人认为人有魂灵，能在睡梦之中离开其肉体，故而称之为“梦魂”。

⑤ 可怜：可惜，可叹。

⑥ 佳会：美好之聚会。难重（chóng）：难以再来。

⑦ 者番：这一次。者，通“这”。

题　解

晏几道的这首词抒写别情怨绪，当写于其父去世之后家道衰落之时。词人本是赋性天真而又风流之贵公子，年轻之时，酒筵歌席，良辰佳节，有过很多欢娱之朝朝暮暮，有过一段友朋长聚、诗酒人生之快乐时光。亦有几位歌女伴其左右，生活优渥而甜美。然而，当父亲死后，家道中落，生活陷于窘困之中，曾经的红颜知己相继离散，他亦“陆沉于下位”（宋·黄庭坚《小山词序》）。如此遭际，令词人对人情世故、世态炎凉、悲欢离合等，有了更多之体验，曾经那天真无邪之心肠不免时时蒙受悲哀和痛苦，亦让他品尝到惆怅、凄楚之滋味。词人本是一个“痴”情之人——“仕宦连蹇，而不能一傍贵人之门，是一痴也；论文自有体，不肯一作新进士语，此又一痴也；费资千百万，家人寒饥，而面有孺子之色，此又一痴也；人百负之而不恨，己信人终不疑其欺己，此又一痴也。”（宋·黄庭坚《小山词序》）他这种单向付出之“痴”，其实是一种执着，亦是一种发泄。重情重义的词人，要想自我解脱自然绝非易事，在这首《少年游》中，词人正表露出心中之困惑。

赏 析

这首词乍一开篇，词人直入正题，以独有之感悟下笔：“离多最是，东西流水，终解两相逢。”离别与这样的情景最为相似：二水分流，一水向东，一水向西，但最终我们知道两水还能再度相逢。这里，词人巧妙化用“躞蹀御沟上，沟水东西流”（汉·卓文君《白头吟》）之诗意，以“流水”来比喻人之离情。尽管经过千回百折，经受那“无昼夜”之“东泣似长川”的“相思”（唐·李白《送王孝廉觐省》）之苦，耗费时间和生命，但词人以“己信人终不疑其欺己”之“痴”，心甘情愿以难以忍受的痛苦之等待，来换取甜蜜之旧梦重温。虽然“相逢难衮衮”（唐·杜甫《酬孟云卿》），但词人坚信“两相逢”“终”会有。由此可见词人乐观之心态，正如词人所写：“有情不管别离久，情在相逢终有。”（《秋蕊香》）

词人不一而足，再加设喻：“浅情终似，行云无定，犹到梦魂中。”即使情感浅薄，好似那飘飘不定之白云行空，但两人仍然还可相逢于梦境之中。这上阕的后三句，词人用“行云”之典故，退后一步，明知对方薄情寡义，言语无定似那行云，一去而杳无音信，亦不加恨。因为，“犹到梦魂中”。暗用楚王与神女之传说，再次强调情之可贵，确实是“情横于内而性伏，必外寓于物而后遣”（宋·苏舜钦《沧浪亭记》）。

上阕短短六句，词人连用两层含有转折之意的比喻，强调情之不可或缺，给人一种柔肠百结之感。

过片三句，总括上阕之意，使得词旨再进一层：“可怜人意，薄于云水，佳会更难重。”令人可惜的是，人的情意比那行云流水还要浅而没有定性，那佳期密约之相聚，更难有第二次。词人以“可怜”二字，哀叹人情之寡薄、好景之难久长，再次以“薄于云水”作比，在递进之中，增加了回环往复之致，加倍地突出了人情之难堪。

词末三句，词人承前顺势推进一层，道出沉痛之情语：“细想从来，断肠多处，不与者番同。”仔细回想，过去最为伤心的时候，虽则令人多次断肠，但亦不能与这次相比，简直是截然不同啊！词人从“从来”之一生的人生之体验中，认真思考，尤其是多次的生离死别（即“断肠”），以直截而明快之内心独白，表达了对人生遭际的深刻之感悟。

虞美人[①]（曲阑干外天如水）

曲阑干外天如水[②]，昨夜还曾倚。初将明月比佳期[③]，长向月圆时候、望人归[④]。　罗衣着破前香在[⑤]，旧意谁教改。一春离恨懒调弦[⑥]，犹有两行闲泪、宝筝前[⑦]。

注　释

① 虞美人：词牌名。原为唐教坊曲名。又名“一江春水”“玉壶水”等。

② 天如水：意即天色清澄如水。

③ 初：当初。明月比佳期：自古民间便有月圆人归、合家团圆的说法。佳期，这里指情人再次相会的日期。

④ 长向：总是在，常在。

⑤ 罗衣：轻软丝织品制成的衣服。着破：穿破。前香：从前的香味。

⑥ 一春：整个春天，这里言其时间之长。调弦：调节琴弦松紧以准其音调。这里指弹奏古筝。

⑦ 宝筝：此为古筝之美称。

题　解

“小晏”的这首词是思妇怀人怨别之作。词人落拓一生，亲身经历世态之炎凉、人情之冷暖，他之心灵留下了难以磨灭之创痕。然而，词人却难以直接发泄出来，故而只能依靠手中之笔、擅长之词、常写之儿女之情来抒发出来。正如清代著名词人、学者朱彝尊所言：“善言词者，假闺房儿女子之言，通之于《离骚》、变雅之义。”（《陈纬云〈红盐词〉序》）此词正是这样，词人着意刻画了闺中女子的形象，借之将他之身世浮沉、世情感慨及自伤幽独之感等皆隐含其中。

此词既无华丽之辞藻，亦无深曲之典故，更不假借奇特之结构和瑰丽之想象，而只是通过抒写女主人公的个人身世和遭际，将她曾经短暂的欢乐与如今难以摆脱之凄苦和悲哀，以浅近而真挚、真切之语言表达出来。从而借思妇之苦悲，以抒词人心中之块垒。

赏 析

这首词在表现离愁别绪之时，写得悱恻缠绵、动人心魄。

词之上阕，重在抒写倚栏望月盼归之情，突出女主人公期盼之急切。

起首二句，直写女主人公昨夜倚栏之情景："曲阑干外天如水，昨夜还曾倚。"那曲曲弯弯的栏杆之外，天空明净如水，昨夜她也曾在这里倚栏眺望。词人乍一落笔，叙写思妇今夕之倚栏，却以"昨夜""曾倚"见出，倍增词之内涵：她定然是夜夜倚栏望，已然度过了无数个难眠之夜。那种"君去无还期，妾思无已时"（宋·宋庆之《戍妇词》）的苦思苦盼之情景不难想见。"天如水"三字，意蕴丰厚：既写秋夜之天空澄净明朗，又写出秋夜之冷清凄凉，还引出女主人公对月而怀人、月圆盼人归之词意。可说一笔三意，十分精妙。此与"柳三变"之"天如水、玉钩遥挂"（宋·柳永《二郎神》）之景致颇为相似，暗将望月思圆盼归之意蕴含其中。

上阕结拍二句，自然而然地引出女主人公之对月而怀人："初将明月比佳期，长向月圆时候、望人归。"她当初将天上的明月比作相会的好日子，总是在那月圆的时候等待心上人的归来。这里，词人以特有之细节，写出思妇之情真、情痴：起初她总以为"月圆"佳期至，心上人定然会归来。然而，此后"月圆"数次，希望皆化为失望。词人以"长向"二字，正写出了这种一而再、再而三以至无数次之"佳期"并未随明月而来之情形。她在"月解重圆星解聚，如何不见人归"（宋·朱敦儒《临江仙》）的凄苦思盼之中，只得痛苦无望地"长向月圆时候、望人归"！虽则她日思夜想、念念不忘，挂在心头的那个人，也许永远也不会回来，但我们的抒情主人公总盼着他"明天便会归来"，这是一场毫无希望、没有结果之等待。尽管如此，我们的女主人公也绝不会停下来。故而在她痴情与哀怨相交织之形象塑造中，自有一种感人至深的艺术魅力在。

词之下阕，重在描写女主人公痴情不改、内心极为深重之愁苦幽怨。

换头二句，紧承上阕，写出思妇虽则盼而不见，但痴情更痴："罗衣着破前香在，旧意谁教改。"她等啊等，身上之罗衣已经穿破，但罗衣上当年的香味还在。旧日之情意，又有谁能让她改变呢？！"罗衣着破"，可见出时之长日之久；"前香在"，则以罗衣"前香"之犹存以喻曾经的温馨之欢情始终难忘。这样，词人以"罗衣着破"亦不愿更换之细节，把女主人公执着于"旧意"之真情、真心写了出来，描写婉曲而巧妙。"旧意谁教改"一句，以反问之口吻来写，既写出她怨意之深，又写出她对爱情之忠贞不渝。

结拍二句，点出词旨，一吐女主人公不平之心中块垒："一春离恨懒调弦，犹有两行闲泪、宝筝前。"整个春天她满怀离恨，面对眼前之宝筝，亦无心弹奏，只有那两行热泪不由自主地滚落下来。"一春离恨"点示主旨，道出万般之愁苦，故而她"懒"于"调弦"。不仅如此，而且在那"宝筝前""犹有两行闲泪"。正所谓"欲取鸣琴弹，恨无知音赏"（唐·孟浩然《夏日南亭怀辛大》）。词人以"一春"写出离恨的时间之久长，以"懒调弦""两行闲泪"之似轻实重之手法，写出女主人公的深深之怨和哀哀之痛。

采桑子[①]（西楼月下当时见）

西楼月下当时见[②]，泪粉偷匀[③]。歌罢还颦[④]，恨隔炉烟看未真。　别来楼外垂杨缕，几换青春[⑤]。倦客红尘[⑥]，长记楼中粉泪人。

注　释

① 采桑子：词牌名。原为唐教坊曲名。又名“丑奴儿”“丑奴儿令”“罗敷媚”等。

② 西楼：当时汴京（今河南开封）的一个歌舞娱乐场所。

③ 泪粉：脸上被泪水湿润的脂粉。偷匀：指偷偷地拭去泪痕，重又把脂粉搽匀。

④ 还颦（pín）：意为却皱着眉。还，却。颦，皱眉。

⑤ 青春：这里指春天。

⑥ 倦客：客游他乡对旅居生活感到厌倦之人。这里是词人自指。红尘：闹市的飞尘，借指繁华的世间。

题　解

“小晏”的这首词追忆昔日初见西楼一位歌女之情景，当写于词人之父“大晏”去世之后，“小晏”在汴京守制三年期毕的宋仁宗嘉祐三年（1058）之后。二十一岁的词人在汴京之西楼结识了一位歌女。词人虽则几乎一辈子“陆沉于下位”（宋·黄庭坚《小山词序》），但他的青年时代，家境却十分富裕。即使其父去世之后，他之俸禄虽然微薄，可是他有父亲遗下的汴京之赐第，还有“食邑万二千户，实封三千七百户”之田租收入，故而他便经常出入酒肆歌楼，过着“侧帽风前花满路，冶叶倡条情绪”（晏几道《清平乐》）的生活。写这首词时，词人当在长安（因他被朝廷委派去做了一个小官吏），已与那位歌女相别数年。在“西楼别后，风高露冷，无奈月分明”（晏几道《少年游》）的情形之下，他写下了这首词。

赏 析

这首词思路清晰，机杼独出。词之上阕追忆相见之情景，且以“月”“烟”为主要意象，来烘托心仪之歌女的温柔多情；词之下阕抒写别后之相思，又以“垂杨”“红尘”为主体参照，来反衬词人对这位歌女之深切怀念。且篇首之“泪粉偷匀”与篇末之“长记楼中粉泪人”首尾呼应，以最为撼动人心之“泪”点来结构全词，把哀人及自哀之情愫贯串其中，既尽情地抒写出对心仪歌女的思念之情，亦将词人自己漂泊无依的身世无奈的悲苦之情蕴于其中。

开篇二句，词人叙写与心仪歌女初次相见之情景：“西楼月下当时见，泪粉偷匀。”记得那是一个月夜，在那宴饮的西楼里，词人见到了她。只见她正偷偷地抹去脸上的珠泪，重整铅华。首句直叙其事，点明地点（“西楼”）和场景（“月下”），不事雕饰，通俗简明。次句抓住歌女怕席上诸人看出她之泪痕之故的细节，写出了歌女那强颜欢笑以取悦于人的可怜可悲之处境。“偷匀”二字，把歌女的辛酸、悲苦蕴于其中。由此可见，词人全然是以同情的心理来描写的。当然，其中亦不乏喜爱。

上阕结拍二句，承前再写歌女唱歌之情状：“歌罢还颦，恨隔炉烟看未真。”她匀脸后还要继续唱歌，唱完了歌却又皱着双眉，郁郁不乐，只可恨隔着那袅袅之炉烟，词人未能看得真切。词人紧承上句“泪粉偷匀”之细节，又将所见之“颦”的细节呈现出来，歌女那凄怨之神情宛然可见。这样，歌女凄凉之身世、不幸之遭际及凄苦之心情我们不难想见，词人对她之同情、喜爱亦显然可见。这亦是“小晏”词作的一个特点：他似乎完全忘记了自己世家公子之身份，始终以完全平等的心态去和这些身份低下的歌儿舞女交流。因为她们是真实的，是他现实中的朋友；但同时她们亦是虚幻的，因为在她们身上，词人又寄托了甚至是他所有的希望和理想。故而，他的词作中，对于歌女命运之同情亦是一贯的。

过片二句，从别后相思写起：“别来楼外垂杨缕，几换青春。”自从一别之后，想那楼外之缕缕垂柳，又几度在春天里更枝换叶，生绿又生绿。词人选取“垂杨”这一在古诗词中有着特殊意义之意象，令人想到折柳之别离，想到杨花柳絮飘扬无定之身世漂泊之无依。这里看似写歌女，实则亦写词人自己，意即怜人者实亦自怜也！“几换青春”正有此意：词人巧妙化用欧阳修之“手种堂前垂柳，别来几度春风”（《朝中措》）词意，以语意双关之手法，既言光阴流逝之快，又暗含“树犹如此，人何以堪”之年华渐老之感喟，可谓意味深长。

词末二句，词人直抒厌世之感：“倦客红尘，长记楼中粉泪人。”在这尘世之中奔波，词人倍感倦怠。唯有西楼中她之娇容泪眼，时时萦绕于词人之脑际。词人以“红尘”“倦客”自谓，上应“别来”“几换青春”，下启“长记楼中粉泪人”，以“红尘”与“楼中”、“倦客”与“粉泪人”相互映照，既写歌女，又写自己：处境不同，殊途同归，命运竟是如此之相同，确实有“同是天涯沦落人”（唐·白居易《琵琶行》）之感慨了。是哀人亦是自哀，真的会令人情动于衷而“掩卷怃然”（《小山词·自序》）。

满庭芳①（南苑吹花）

南苑吹花②，西楼题叶③，故园欢事重重④。凭阑秋思，闲记旧相逢。几处歌云梦雨⑤，可怜便、流水西东⑥。别来久，浅情未有，锦字系征鸿⑦。　年光还少味，开残槛菊⑧，落尽溪桐。漫留得⑨，尊前淡月西风⑩。此恨谁堪共说⑪，清愁付、绿酒杯中⑫。佳期在，归时待把，香袖看啼红⑬。

注　释

① 满庭芳：词牌名。又名“满庭花”“满庭霜”“锁阳台”“话桐乡”“潇湘夜雨”等。

② 南苑：这是御苑名，即汴京玉津园。因在皇宫之南，故有此称。是出城探春游赏之所。吹花：这是古代重阳节的一种游艺活动。

③ 西楼：即汴京的一处歌楼。与词人《采桑子·西楼月下当时见》中之“西楼”为同一场所。题叶：题写诗句于红叶之上。红叶题诗是宋词中常用之典故。详见词人《诉衷情·凭觞静忆去年秋》注释③。

④ 重重（chóng）：很多。

⑤ 歌云梦雨：男欢女爱。

⑥ 可怜：这里是可惜之意。流水西东：这里喻指离别。

⑦ 锦字：这里指相思的书信。前秦秦州刺史窦滔之妻苏蕙，在家中思之，遂织锦为回文璇玑图诗（亦称“璇玑图”）寄之。征鸿：远行的大雁。古代有鸿雁传书之说。

⑧ 槛（jiàn）菊：种在栅栏内的菊花。槛，防护花木的栅栏。

⑨ 漫：这里是徒然的意思。

⑩ 西风：秋风。

⑪ 共：与。

⑫ 绿酒：美酒。

⑬ 啼红：这里指衣袖上的泪痕。

题 解

晏几道的这首词亦是为西楼那位“泪粉偷匀”“歌罢还颦”的歌女而写。在前词中叙写了与该女相识之情景，后来又在《少年游》中，写出与该歌女分别之情由：“王孙此际，山重水远，何处赋西征？”因为词人要西去长安（其父于宋仁宗至和二年［1055］去世，作为儿子的词人照例在汴京的家中守制三年，期毕重新被朝廷委派去长安当一个小官吏），故而只得与该歌女相别。这首词正是词人在长安时所写。

此词的上阕追忆西楼之情事，以“吹花”“题叶”等语句回想“梦草闲眠，流觞浅醉”（晏几道《踏莎行》）的相聚之欢乐。词之下阕以“残菊”“西风”“此恨谁堪共说，清愁付、绿酒杯中”等语句借景抒写“别来双燕又西飞，无端不寄相思字”（同前）的别后之相思，且把盼归重见之殷切期望蕴含其中。

赏 析

这首词是词人怀人词的代表作之一，写得“柔情蜜意”（清·陈廷焯《词则·闲情集》）、缠绵缱绻。

开篇，词人直入正题，回想当年与歌女之情事：“南苑吹花，西楼题叶，故园欢事重重。”想那南苑中吹花之欣喜，西楼题叶之愉悦，旧时在南苑、西楼等处之时日，真是欢娱无穷，难以述尽啊！词人以“吹花”“题叶”之欢娱以点带面，抒写出昔日之甜美。

接着，词人怀着极好之心情，忆起与歌女相逢之情景：“凭阑秋思，闲记旧相逢。”他在秋日凭栏静思，细细地回想旧日之相逢。“闲记”二字，看似无心，实则念念不忘那花前月下、卿卿我我之蜜意柔情。“几处歌云梦雨”——那昔日欢爱之场景，至今犹在目前；然而，“可怜便、流水西东”——可惜早已随流水散去，人各天涯。又加之“别来久，浅情未有，锦字系征鸿”。相别已久，情意渐浅，竟不见书信一封。时间淡漠了词人与歌女之情意，天涯阻隔了心与心之交流。词人心中留下的，只有那“梦魂纵有也成虚，那堪和梦无”（晏几道《阮郎归》）之无尽的愁恨和凄苦。

换头处三句，承前抒写忆想而引发之伤感：“年光还少味，开残槛菊，落尽溪桐。”年年岁岁，索然无味，目见那栏边之菊花已经开败，溪旁那梧桐的叶子也已落尽。这里，词人以一组精美之对句，以“残”“落”之景，来具体而形象地表现出“年光”之“少味”，与“稼轩”笔下之“老来情味减，对别酒，怯流年”（宋·辛弃疾《木兰花慢》）有着相同之凄苦和哀伤。尤其是这“残”“落”之悲景，不仅与“年光还少味”相对应，而且亦与开篇之“南苑吹花，西楼题叶”遥相呼应，以乐景衬哀，又以悲景写哀，反衬正衬，双管齐下，更加写出词人的寂寞、凄伤。

词人环顾左右，只见“漫留得，尊前淡月西风”：徒然留下的，是与那残月冷风相伴的一杯清酒。这里的“尊前”一句又与上阕之“几处歌云梦雨”相呼应，又增词人之哀。此时此刻，词人悲哀不已：“此恨谁堪共说，清愁付、绿酒杯中。”此番离愁别恨，又能向何人诉说呢？唯有寄托在这绿酒杯中。虽则“举杯消愁愁更愁”（唐·李白《宣州谢朓楼饯别校书叔云》），但凄哀、孤寂之词人，又有什么办法呢？！

词人尽管内心万分伤痛，但他还是心存期待：“佳期在，归时待把，香袖看啼红。”心中之佳期永在，待到归来团聚之时，要把持着她之衣袖，看看那衣袖之上的斑斑泪痕。词末三句，词人一笔两写，既写自己，又写所思念之人，坚信“有情不管别离久，情在相逢终有”（晏几道《秋蕊香》），凄悲之中希望不泯。

留春令[1]（画屏天畔）

画屏天畔[2]，梦回依约[3]。十洲云水[4]。手捻红笺寄人书[5]，写无限、伤春事。　别浦高楼曾漫倚[6]，对江南千里。楼下分流水声中[7]，有当日、凭高泪[8]。

注 释

① 留春令：词牌名。晏几道始填该调。

② 画屏：有画饰的屏风，有山水、云天、花鸟之象。天畔：天边，天际。

③ 梦回：梦醒。依约：依稀，隐约。

④ 十洲：相传为神仙居所，在八方巨海之中。汉东方朔有《十洲记》，谓祖洲、瀛洲、玄洲、炎洲、长洲、元洲、流洲、生洲、凤麟洲、聚窟洲。云水：云与水。此处指代风景、景象。

⑤ 手捻（niǎn）：用手拈取。捻，以手捏物。红笺：寄给恋人的情书。书：书信。

⑥ 别浦：这里指水边离别之处。南朝梁文学家江淹《别赋》有“送君南浦，伤如之何”的句子。漫：遍，全。

⑦ 分流：水的东西分流。

⑧ 凭高：登临高处。

题 解

晏几道的这首词，是写回到汴京后对江南女友之思念。词人曾于宋神宗元丰元年（1078），四十一岁时前往江南投靠时任吴郡太守的五兄知止。在江南时，词人曾写下多首词，如“江南未雪梅花白，忆梅人是江南客”（《菩萨蛮》），“还是南云雁少，锦字无端的”（《六么令》）。到元丰二年（1079）晚春，词人又返回了汴京。此词当是回京之后所写。

小晏之词多写梦境，如“梦魂纵有也成虚，那堪和梦无”（《阮郎归》），又如，“从别后，忆相逢，几回魂梦与君同”（《鹧鸪天》），等等。而此词却一反惯常之法，主要写梦醒之后，梦中之情景只从侧面写来，这样便给读者留下思考的余地。词人之无望的追求和痛苦的思念，皆在不言之中。此词语言平实，感情真挚，构思精美，想象奇特，对比和虚实相映之手法亦运用恰当而巧妙。

赏 析

词之上阕，着重写寻梦及梦后以信寄情。

起首三句，词人以想象写寻梦：“画屏天畔，梦回依约。十洲云水。”那屏风上展现的画景，似乎远在天边——“我”梦醒之后，隐约记得十洲仙境的烟云碧水，感觉仍在神仙世界与情人相会呢！词人起笔不凡，用想象的手法，把眼前之“画屏”想象成传说中的仙人居所，那远在天边的大海中的“十洲”，把读者带入一个如梦似幻的仙人之境。而“十洲”这凡人无法到达之仙灵境界，只有在梦中方能前往。正如词人笔下所写：“正在十洲残梦，水心宫殿斜阳。”（《清平乐》）这里，词人以“十洲云水”暗喻追寻江南女友之意，颇为精妙。词首三句用语平实而不乏色彩，想象奇特而富有特点。

上阕结拍二句，词人梦后寄情：“手捻红笺寄人书，写无限、伤春事。”手里拿着红格信纸想寄一封信，这信中字字句句写着无限思念的情思，那伤春的情事不知托付于何人才能放心。这里，词人通过动作和心理两个方面的描写，把其内心之千种相思、万般怀念之情抒写出来。尤一“捻”字，可见出词人思念之情是多么强烈；着一“伤”字，又可见出词人内心的相思之苦是多么深重，与词人所写的“红笺小字，说尽平生意。鸿雁在云鱼在水，惆怅此情难寄”（《清平乐》）有异曲同工之妙。词人与心上人隔绝，山远水遥，此刻相望，何止天涯啊！好梦无凭，红笺难寄，这无尽的相思之情，又岂能驱遣？！词人妙将“红笺”与“十洲”之残梦相联系，创造出一个情景交融的境界，将苦恋苦思之情怀表现得极有感染力。

词之下阕，着重写凭高念远之离恨。

过片二句，描写词人登楼远眺所见之景："别浦高楼曾漫倚，对江南千里。"登上高楼，"我"曾徒然地凭倚在那栏杆之上，俯视那分别时的水边小道，远对着辽阔的千里江南。词人从独上"别浦高楼"之漫漫相思写起，形象地表达出痛苦之经历与情感，以别后之思念暗寓词人难忘之昔时相聚的欢娱，形成鲜明之对比，使情感愈加沉厚。词人着一"漫"字，把登楼远望难以见到心上人之伤感写了出来。"别浦"二字，又把与心上人相别时的场景展现于脑海，挥之不去，怀念之心已飞至那"千里"之外的心上人身边。而"江南千里"四字，既言相隔之遥远，又喻词人心中之迷茫，用语浅显而蕴意颇深。

词末二句，词人回忆那天分别之酸楚："楼下分流水声中，有当日、凭高泪。"高楼下那东西分流的水声里，分明还有"我"当日登高惜别的泪滴。这里，词人把对心上人的思念，化为形象——就如那融入词人惜别之泪的流水，词人之思念绵绵不绝。借眼前之江水，表达词人永远怀念之心声，想象奇妙而妥切，含蓄隽永，令人击节。

这首词用平实的语言表达了真挚的情感，主要得力于虚实结合、对比等手法的运用。词中所写梦境是"虚"，梦后写信寄情是"实"；水声中仍有当年分别时所流的泪滴是"虚"，而如今登楼相思流泪是"实"。这样虚实相映相衬，实则亦是一种今昔之对比，这样就把词人无限的思念之情写得缠绵悱恻，十分感人。

清商怨[①]（庭花香信尚浅）

庭花香信尚浅[②]，最玉楼先暖[③]。梦觉春衾[④]，江南依旧远。　回文锦字暗剪[⑤]，漫寄与、也应归晚[⑥]。要问相思，天涯犹自短[⑦]。

注　释

① 清商怨：词牌名。“古乐府有《清商曲》辞，其音多哀怨，故取以为名。”（《钦定词谱》）又名“关河令”“伤情怨”等。

② 香信：亦即花信，开花的消息。尚浅：意即为时尚早。

③ 最：这里是副词，意为正、恰。先暖：意即先得暖意。

④ 春衾：意为春季用的被子。

⑤ 回文锦字：这里指寄予爱人的书信。回文，是古诗词的修辞手法之一，指诗词中某些字句回环往复读之，均能成诵，据说其起源于前秦秦州刺史窦滔妻苏蕙所作之《璇玑图》诗。锦字，这里指书信。暗：这里指默默的样子。剪：剪裁，指编排书信的文字。

⑥ 漫：徒然。

⑦ 天涯：天边，形容极长。自：自然，当然。

题　解

“小晏”的这首词是思妇怀远之作，是词人的代表作之一。据学者考证：“此词写女子（或指疏梅）思念江南的情人（叔原自己）。谓庭中之花尚未开，而楼上之人已有春意。梦中与身处江南的情人相会，而一梦醒来，江南仍远隔千里。徒然寄书催归，而归期仍遥。故相思之情，比天涯之路更长。即《碧牡丹》词‘静忆天涯，路比此情犹短’之意。”（张草纫《二晏词笺注》）

此词着力地描写了思妇之心态与感受，因之而抒发她郁积于心的痛苦的相思之情。但却凸现出“哀而不伤，怨而不怒”之写作特色。既不似“年年江上无情雁，只带秋来不带书”（宋·黄庚《见雁有怀》）那般之绝望，又不像“肠断春色在眉弯，倩谁临远山？排恨叠，怯衣单，花枝红泪弹”（明·汤显祖《牡丹亭·写真》）那样之伤悲，更不同“别后同明月，君应听子规”（唐·王维《送杨长史赴果州》）那种之慰藉，而是处处照应，处处伏笔，充分体现出“小晏”词情婉丽之风格特征和精雕细琢之艺术追求，达到了“淡语皆有味，浅语皆有致”的美学佳境。

赏　析

词之入韵二句点明时间和地点：“庭花香信尚浅，最玉楼先暖。”庭院里的花儿，尚未有开放之信息，而那玉楼之中的女子已经最先感受到春天之暖意。这是居住在楼中的思妇的切身之体验。因为她身处高楼，分外能体会到时节变迁之细微征兆，不仅是居高处的“春江水暖鸭先知”之条件的优越而先觉，而且是身体之敏感源于心灵之敏感：因为楼中之思妇一直盼望着春暖花开，花开之日她的心上人就会归来，故而对于节序之细微变化，她亦十分关注。由此可见，她对心上人之思念是多么深切，真的是“思君如春草，撩乱逐春生”（唐·李康成《自君之出矣》）啊！

上阕后二句，描写思妇梦中惊醒之情景：“梦觉春衾，江南依旧远。”她本打算夜间做个好梦，去到江南与心上人相会，可惜这个美梦未能做成，醒来之时仍然是那冰冷的春被与她相伴，她心里明白江南之路途依然遥远，难以到达。前句以梦醒衾冷的细节，描写出思妇与江南情人天各一方之凄楚。后句以“江南”二字，点示梦之内容——思妇在梦中到江南与情人团聚，然而醒来之时江南依旧在那遥远的地方。“依旧”二字，意味深长：江南之梦常做，照例是梦去人空。唯一郁积的，是那又一层深重之愁怨和思念。

过片二句，紧承上阕思妇在漫长的孤寂之中渴盼心上人归来之愁思苦想情景之描写，以典故点明词旨：“回文锦字暗剪，漫寄与、也应归晚。”她暗地里写信偷偷地寄给他，同时她又意识到即使能够寄达他的手中，他照样不会早些回来，即使归来恐怕时候也已经晚了。这里，词人以思妇之心理活动的描写，真实而细腻地表现了她的内心世界，既与上阕之“江南依旧远”暗相呼应，又再加增补了词首“庭花香信尚浅”之内涵：此时尚是早春时节，等渴盼之人回到身边的时候，恐怕那繁花早已落尽，而她的青春年华亦同春天一般逝去了！这就把她“落花相与恨，到地一无声”（唐·韦承庆《南行别弟》）之深重的怨恨蕴含其中。

词末二句，词人以形象的比喻兼夸张之手法，收结全词：“要问相思，天涯犹自短。”如果有人要问她的相思有多长的话，她一定会这样回答：天涯茫茫无边无际，然而比起“我”的相思来说，那天涯还算是短的。词人比拟恰切，看似平常、朴实之语，却蕴意含情极深，比之“大晏”之“天涯地角有穷时，只有相思无尽处”（晏殊《玉楼春·春恨》）有异曲同工之妙，将思妇那“便做春江都是泪，流不尽，许多愁”（宋·秦观《江城子》）的万千思念之愁楚抒写出来，极为动人。

思远人①（红叶黄花秋意晚）

红叶黄花秋意晚②，千里念行客③。飞云过尽，归鸿无信④，何处寄书得⑤。　泪弹不尽临窗滴，就砚旋研墨⑥。渐写到别来⑦，此情深处，红笺为无色⑧。

注　释

① 思远人：词牌名。此为晏几道所首创。
② 红叶：即枫叶。黄花：菊花。
③ 千里念行客：意即思念千里之外的行客。行客，指旅行客地的他乡之人。
④ 归鸿：归雁。古代传说中有鸿雁给人传递书信的故事，故而古诗词中多以之寄托归思。
⑤ 寄书得：意谓能够将书信寄来。
⑥ “泪弹”二句：化用唐孟郊《归信吟》之“泪墨洒为书”之句意。就砚旋研墨，此处是说眼泪滴到砚中，就用它来研墨。就，就着。旋，急忙。
⑦ 别来：别后。
⑧ 红笺：这里指女子用来写情书的信纸，是红色的。无色：意谓失去光彩。

题　解

晏几道的这首闺中念远之词，写得别具一格，不似大多词作那样，以直笔朴语来不事雕饰、不加掩饰地娓娓道来，收到“情溢词外”（清·陈廷焯《白雨斋词话》）、真情自然流露之艺术效果，而是独出心裁：全词语言清丽，用笔婉曲，意味深厚，可谓字字蕴意，句句含情。全词就“寄书”二字尽情发挥，写出了以泪研墨、泪滴红笺，情愈悲而泪益多之细节。尤其是词末之“渐写到别来，此情深处，红笺为无色”三句，以存至理至情于看似极无理之奇思妙想，用夸张的修辞手法，不说抒情主人公心中之悲哀，而言“红笺”亦为之变颜变色，确为“慧心妙语”（唐圭璋《唐宋词简释》）。

赏 析

词之上阕，重在抒写念远之离愁。

起首二句，直接描写闺中女子见景而生发的怀远之情：“红叶黄花秋意晚，千里念行客。”在这红叶飘飞、黄花落尽的晚秋时节，“我”不禁想念起千里之外的远行之人。乍一落墨，词人便以“红叶黄花”之景，点明时令——晚秋，渲染出一种“红叶黄花（原句是‘下山’）寒寂寂”（唐·崔橹《清华宫三首·其三》）的凄冷环境和气氛。着一“晚”字，既说时令，又暗示女主人公与心上人别离之久。“千里念行客”一句，直接点示词旨，既说明相隔之远，又把“千里相思，空有闺中（原句是‘关山’）之望”（唐·杨炯《送并州旻上人诗序》）的无限愁思蕴含其中。

上阕之结拍三句，描写闺中女子伫立于阁楼之上，凝目远眺之时的所见所想：“飞云过尽，归鸿无信，何处寄书得。”天边的云彩不断地飘向远处，归来的大雁也没有捎来“我”那心上人的消息，不知道他的去处，“我”又要把信寄往何处呢？这里，词人借眼前之景，抒女主人公心中之悲情：她遥望渺渺长空，不见心上人之音信。“过尽”二字，极尽失望之神情仪态，比之那“过尽千帆皆不是，斜辉脉脉水悠悠。肠断白蘋洲”（唐·温庭筠《望江南》）似乎还要悲伤一些，因为人家还有盼头（知道心上人乘船而归），而女主人公所盼之人，音信全无（即“无信”），竟然“欲寄彩笺兼尺素，山长水阔知何处”（晏殊《鹊踏枝》）！由于“无信”，便不知心上人如今之所在，女主人公纵然要寄书信也无法寄达。此中之苦情，不言自明。

词之下阕，重在描写愁极之情状。

换头二句，词人描写了一个感人至深的细节：“泪弹不尽临窗滴，就砚旋研墨。”“我”坐在窗前，越失望越思念，一边流着眼泪，一边就用眼泪在砚台上磨墨。这里，词人巧妙化用唐代苦吟诗人孟郊之“泪墨洒为书”（《归信吟》）的诗意，以用泪水磨墨之奇思妙想的细节，表达女主人公之痴情痴意：明明知道书信难以寄达，但仍要执意坚持书写，且以泪研墨，可见其情之真意之挚，确有一种“传情每向馨香得，不语还应彼此知”（唐·薛涛《牡丹》）之执着，可见出她对爱情之忠贞不渝。

全词结拍三句，词人描写女主人公写信之情景：“渐写到别来，此情深处，红笺为无色。”“我”用心用情，点点滴滴皆入信中，一直写到“我”与他离别深情之时，泪水潸潸，滴到那信笺之上，竟然把红笺之上的红色也褪尽了。这又是一个奇思妙想之细节：墨中纸上，情泪合一，难以明辨何者是泪，何者是情。因为，泪、墨、红笺之中，皆融入那生死相许之痴情挚意。比那“手捻红笺寄人书，写无限、伤春事”（晏几道《留春令》）之词意，更进了一层：“泪”竟至化为“墨”，竟至于泪墨相合，使红笺之色尽皆褪去！如此渲染，真是写尽人间之痴情。

此词有两个最为突出的特点：一是用字精妙。全词之中，字字有情。尤其是“渐”字，“极宛转，却激切”（陈匪石《宋词举》），把那情泪合一、竟至泪墨使红笺之色尽皆褪去之细节写活了。二是细节传神。以“泪”磨墨之细节写出了女主人公思念之苦和情痴意挚。“泪墨褪红笺”之细节，不言思妇心中万般思愁怨恨之悲，而说红笺尽皆褪色，可见情痴到何种程度！这真的是“文章本天成，妙手偶得之”（宋·陆游《文章》）。